原発とジャングル

渡辺京二

晶文社

装丁　寄藤文平＋鈴木千佳子

原発とジャングル　目次

1

ジャングルと原発……010
原初的正義と国家……027
労働と交わり……064
荒野に泉湧く……099
私には友がいた！……103
虚無と向きあう……112
人情と覚悟……124
滅びぬ寺の姿……134

2

山脈の記憶……140

私の夢地図　145
私は何になりたかったか　153
未来が過去を変える――酒井若菜さんとの往復書簡　162

3

多重空間を生きる――坂口恭平『幻年時代』　176
『境実宿り』評釈　185
『現車』はどこが凄いか　195
創見と探索の書――土屋恵一郎『怪物ベンサム』　202
草莽の哀れ――村上一郎『幕末』　211
問題の「はかなさ」を知る人――橋川文三『幕末明治人物誌』　220
橋川文三さんの思い出　229
あとがき　242

1

ジャングルと原発

原発がいやならジャングルへ戻れと、「戦後最大の思想家」は言った。では、ジャングルへ戻ってみよう。

アマゾン川上流の一支流マディラ川のほとりに、ピダハンという部族が棲む。ブラジル・アマゾナス州南部の文字通りジャングルの民である。言語学者であり宣教師でもあるダニエル・L・エヴェレットは一九七七年以来、伝道のためこの地を頻繁に訪れ、あるときは長期間彼らとともに生活して、二〇〇八年に一冊の記録を書いた(『ピダハン』みすず書房、二〇一二年)。

彼は言語学者だから、この中で、数詞も色名もなく、従属節の構文を持たぬピダハン語の特異性について論じ、さらにはチョムスキー流の普遍文法への疑念を提起しているが、それはこの際問題ではない。問題はこのわずか四百名ほどのジャングルの民の生態にある。

彼らの生活は川と森に依存している。川で「一日に四時間から六時間漁をすれば、二四時間一家を食べさせるのにほぼ充分なタンパク質が取れる」。これは男の仕事だ。採集やマニオクの収穫は女の仕事で、「ピダハンに多い四人家族を食べさせるのに、一週間に十二時間くらいがこの仕事に充てられる」。つまり週に四十二時間働けばよいので、これを四人が分担すれば、各人週に十五時間から二十時間働くとよいことになる。著者の説明は帳尻が合わぬところもあるが、要するに一家力を併せて日に二、三時間働けば暮らしてゆけるということだ。なおマニオクの栽培は宣教師が教えたので、もとは野生のものを採集していたのだろう。

狩猟採集民の労働時間が短いことは定説になっていて、たとえば、M・サーリンズの『石器時代の経済学』(原著一九七二年)によれば、「食物生産に彼らは、成人労働者一人一日当り、平均三時間から四時間しかついやしていない」。しかし問題は「労働」についての考え方にある。エヴェレットはピダハンが「空腹なのに狩りも漁もせず、鬼ごっこをしたり、わたしの手押し一輪車で遊んだり、寝そべっておしゃべりしたりして過ごす」のが不思議だった。ピダハンの答えはこうだ。「ピダハンは毎日は食べない」。空腹は自分を鍛えるいい方法というのだ。彼らが食べ物は尽きているのに、狩りも漁もせず、三日間踊りあかすのをエヴェレットは見た。これは窮乏ではない。食べたければ漁や狩りをすればよいのだから。つまり食うことは彼らの生活で優先順位の最上位を占めてはいないのだ。それでいて男女とも、痩せてはいても均整がとれた強靱な体格をしている。

狩猟採集生活というと、力尽きた老人を置き去りにする苛酷な遊動生活が連想される。サーリンズが言うように「排除される人々は、まさしくじっさいに自分で動くことができず、家族やキャンプの移動のさまたげになる人々にほかならない」。もちろん、定住生活を営む狩猟採集民は少なくない。ピダハンも遊動生活をすることはなく、川添いに定住している。

だがその定住というのは、次のような実態のものなのだ。すなわち彼らの家屋はジャングルから切り出した数本の柱にヤシの葉を葺いたものにすぎない。家はただ、雨や太陽を適度に遮断して眠れる場所であればいい。飼い犬をつなぎ、家族のわずかばかりの所有物をおいておく場所であればよい。村そのものが楯となってくれるので、身を守るための壁は必要ない。財産は平等だから、富を誇示するための家も必要ない。しかも、乾季になって川の水が引くと、村をあげて広い河川敷に移動し、日除けにヤシの葉を差しかけ、床は砂地の簡素な仮屋を設けて集団生活を営む。雨季になると核家族に分かれ、それぞれの家に戻る。つまり、夏は山地で放牧され、冬は低地で畜舎に入れられる羊群のようなものなのだ。

彼らの社会生活の最大の特色は「みなぎる幸福感」である。彼らは「とても忍耐強く、朗らかで親切」なのだ。エヴェレットによると、それは彼らが「環境が挑んでくるあらゆる事態を切り抜けていく自分の能力を信じ切っていて、何が来ようと楽しむことができる」からだ。

結婚以前には、男女は気の赴くままに自由に交わる。同棲すれば結婚したものとみなされるが、既婚者同士が好き合えば（われわれの社会で不倫と呼ばれるケース）、ジャングルへはいって数日出て来なければよい。戻って来てその二人が同棲すれば離婚が成立して新夫婦が誕生したものと認知される。棄てられた夫、あるいは妻は悲しんだり相手を探したりすることはあっても、騒ぎ（スキャンダル）にまでなることはない。しかも満月の夜の歌と踊りの際は、既婚者であろうと未婚者であろうと自由に交合する。まれには暴力沙汰も起こるが、「暴力が黙認されることはない」。

エヴェレットはピダハンの人間関係が親密で、互いのことをよく知っているのは、

「多くのピダハンが多数のピダハンと性交している割合がかなり高い」からではないかと考えている。彼らの婚姻制度は乱婚でもなければ一夫一妻制でもない。非常にフリーで取り替えの利く一夫一婦制、友愛と性愛がリゴリスティックに区別されないフリーな状態といえる。夫婦というものを、それにおいてのみ性交渉が承認される神聖な制度とする考えは彼らの与り知らぬものなのだ。

子育てはどうか。「子どもも一個の人間であり、成人した大人と同等に尊重される価値がある。子どもたちは優しく世話したり特別に守ってやったりしなければならない対象とは見なされない」。従って彼らはタバコを吸い酒も飲み、性的な戯れもする。エヴェレットは六歳の子どもが酔っぱらっているのを見たことがある。大人に許されていることは、子どもにも許されるのだ。彼らは原則として子どもに体罰を与えない。子どもは「肝の据わった、それでいて柔軟なおとなになり、他人が自分たちに義理を感じるいわれがあるとはこれっぽっちも考えない」。つまり自立心の強い人間に育つのである。

エヴェレットの前任者は、川べりで女がひとりで出産しようとしているのを目撃した。しかし、誰も助けに行こうとせぬ。彼が助けに行こうとすると「だめだ！　お前はいらない。あの女は親に来てほしいんだ」ととめられた。結局その女は死んだ。ピダハンは「人は強くあらねばならず、困難は自分で切り抜けなければならない」と信じているのだ。彼らは「世界じゅうの誰もが自分を助けるべきであると言わんばかりにふるまう」ことを知らない。死にかけている幼児があっても、その運命はどうすることもできず、介助しても苦しみを長びかせるだけだと承知して、手を施そうとしない。彼らは非情に見えるが、実は現実の苛酷な側面に対して、いさぎよいだけなのである。

アメリカ先住民の部族は伝統的に平等社会であるが、ピダハンもそうで集落に指導者はいない。集団の結束は固いのに、公的な強制力は存在しない。ただ強制は確かに在って、村八分と精霊がそれに当る。ある人間が害を及ぼすほど逸脱すると集団から追放される。また精霊はしてならぬことを彼らに告げる。

実は、エヴェレットがピダハンのうちに見出した「ジャングルの民」の特性は、狩猟採集民に広く見られるもので、何も新しい発見ではない。「きわめて限られた物的所有物のおかげで、彼らは、日々の必需品にかんする心配からまったくまぬがれており、生活を享受している」ような狩猟採集民の事例は、サーリンズの『石器時代の経済学』に豊富に示されている。しかし、問題は「経済」にだけあるのではなかった。

重要なことは、ピダハンと生活をともにするうちに、エヴェレットが信仰を失ってしまったことだ。彼は『マルコ福音書』を苦心してピダハン語に訳したが、ピダハンたちはそれを自分たちに縁のない話としか受け取らなかった。つまり宣教師エヴェレットの売り物はここでは全くお呼びではなかったのである。キリスト教に限らず偉大な宗教は、この世に苦しみや不安があるゆえに生まれた。ところがピダハンの社会には、そういう救済を必要とする魂の苦しみや不安が存在しないのである。彼らにとってイエスは笑い話にすぎなかった。自分が一生を捧げようとした信仰が、ここには一切必要とされぬ無用の長物だと知ったとき、エヴェレットの信仰は根底から揺らいだ。

「わたしが大切にしてきた教義も信仰も、彼らの文化の文脈では的外れもいいところだった。ピダハンからすればたんなる迷信であり、それがわたしの目にもまた、日増しに迷信に思えるようになっていた。……ピダハンには罪の観念はないし、人類をやまして自分たちを『矯正』しなければならないという必要性ももち合わせていない」。エヴェレットは自分が当然視し依拠してきた「真実」に疑問を持つようになった。「人生も魂の安息も、神と真実によって妨げられるのだ――ピダハンが正しいとすれば。ピダハンの精神生活がとても充実していて、幸福で満ち足りた生活を送っていることを見れば、彼らの価値観がひじょうに優れていることのひとつの例証足りうるだろう」。

ふつう、文明の進歩がいやならジャングルへ戻りなさいと言うとき、そのジャングルの生活とは野蛮、蒙昧、悲惨の代名詞であるはずである。ところが、エヴェレットの経験したジャングルの生活は、権力と支配が存在せぬ平等社会であり、生きるための労働が最小限ですむ、というより労働と嬉戯がかっきりと区分されていない、成員の親和と幸福感がみなぎる社会だった。つまり、文明的装備が最小であるような一種のユートピアだった。エヴェレットの眼に、これはと映るような暗黒面は、他部族に対する敵意・不寛容にすぎなかった。

ピダハンのような生活をそのまま人類の原始の状態とすることはできない。西欧文明がピダハンを発見したのは一七一四年のことである。それ以前ピダハンの社会にどういう変遷があったか知られていない。彼らがどこから現在の居住地にやって来たのかも不明なのである。しかし、彼らの生活形態、彼らの社会構造は一七一四年以来本質的に変化していない。人類の原始生活には、おそらくいろいろなタイプがあっただろう。だが、ピダハンの社会をその原型のひとつを伝えたものと想定すれば、ひとつの謎が解ける気がする。謎とはなぜ神話的伝承には、人類の最古の状態を楽園として描き、以降の経過を堕落・劣化とみなすタイプが多いのかというものだ。

典型的な例は、前八世紀、ギリシアの詩人ヘシオドスだろう。彼は、『仕事と日々』において、黄金・白銀・青銅・英雄・鉄の五つの時代を区分した。つまり時代がくだるに従って人間もその生活も劣化したという次第だが、原初の時代である黄金の時代は次のように叙べられている。

「彼らは神々のように、煩わしさを知らず、労苦も心身の痛みも知らず、あわれな老いの悲しみにさいなまれることもなかった。生は喜びにみち、死も眠りと変るところがなく、災禍の外にあった。麦を贈る畑地はみずからの力で、ありあまるほどの稔りをもたらし、人々はみずからすすんでしかも人を乱すこともなく仕事をわかちあい、数々の幸《さち》さいわいをわかちあった」。

煩労を知らず、大地は耕作することなくして稔りを生み、生は喜びに溢れ、人びとは幸を平等に分かち合うという。これはエヴェレットのみたピダハンの暮らしではなかろうか。

おなじモチーフは『聖書』にもある。『創世記』は言う。「善悪を知る木」の実を喰べる以前は、男女は裸を羞じなかった。裸体への羞恥がないというのは、性衝動がないことを意味する。『聖書』は互いに性を意識し合うことで罪の意識が生じたと言いたいわけだから、性に対するそのような罪意識のないピダハンは、まさに追放以前の楽園の民ということになる。また『聖書』は、楽園を追放されたアダムとイヴは「一生苦しんで地から食物をとる」と定められた、つまり「土を耕させられた」と語る。だとすると、耕すこともなく一日二、三時間の「労働」で楽々と暮しているピダハンは、これまた追放以前の楽園の民ということになる。

このような、人類の原始には一種の楽園状況があったとする認識（それは原始共産社会というエンゲルスによる史的唯物論的措定にも反映しているのだが）は、狩猟採集時代の生存の安楽さ、平等性、非抑圧性のおぼろな記憶が、農耕開始以後も長く保持されて来たことに由来すると考えておそらく誤りはあるまい。農耕の開始をもって「労働」の苦しみが始まったとする認識は、文化人類学の分野ではほぼ通説となっている。

もちろん農耕の開始が人類の受苦の始まりであったという主張には、さまざまな異論がありうる。第一、禾本類栽培の要求する苦労は、小麦の収穫が播種量の数倍にとどまるギリシアの風土的条件の下で言えることで、紀元前五世紀のヘロドトスも記録しているように、バビロニアの灌漑農耕においては、「収穫量は平均して（播種量の）二百倍、最大の豊作時には三百倍」に達した。ナイルの氾濫が定期的に施肥するエジプトにおいても、事情は同様であったと思われる。水稲栽培においても、苗床つくり、土の耕起、田植え、絶え間ない除草といった過重な労働を課す日本式稲作と、粗放な東南アジアの稲作とでは、農耕が苦役でありうる程度は相当に異なってくるはずである。

ダニエル・E・リーバーマンによると、農業労働自体は狩猟採集に比べてそれほど悲惨なものではない。「身体活動レベル」でいうと、農民のそれは男性平均二・一、女性平均一・九であるのに対して、狩猟採集民のそれは男性平均一・九、女性平均一・八という。つまり農民は「身体活動レベル」では狩猟採集民よりほんの少し高いだけなのだ（リーバーマン『人体600万年史』）。しかし「身体活動レベル」（一日に費やすカロリーを身体保持に必要な最低限カロリーで割ったもの）だけで、両者の労働のつらさを比較する訳にはいくまい。両者の労働は質が違うのである。平均的な狩猟採集民は毎日几キロから一五キロ歩く。そして果実を摘み取ったり、獣を追ったりする。何のことはない。現代人からすればこれはスポーツないしホビーではないか。農民が植物を育てるのも、今日の一坪菜園の流行からわかるように、よろこびでありホビーでありうる。しかし大地を耕起し、たえまなく除草するのはつらい労役以外の何物でもない。

しかし、農耕の開始が、単に労働時間の増大のみならず、支配階級と統治機構の出現を促した一事をとっても、人類という生物にとってそれが一種の災厄を持ったことは否定しがたい。むろん、それは生産の余剰による人口増大、分業の促進、都市形成、知識蓄積等々、いわゆる文明への進歩をもたらしたのであるが、そのようなめざましい進歩は、「ジャングル」の時代、言い換えれば狩猟採集時代の男女関係も含めての人間関係、つまりは社会の特色を喪う代償を伴っていた。その特色とは支配も権力も存在せぬフリーで抑圧の少ない親和性である。もっと文飾を加えれば、山川草木、生きとし生けるものの間に身を置き、悠然と時を楽しむ幸福感である。

「ジャングル」は怖るべき貧困のしるしでもなければ、嫌悪すべき野蛮のしるしでもなかった。しかし、いったん「文明」を知り、その中でしか暮したことのない者が、いかにフリーでありある意味で幸せであろうとも、そのような原初状態に戻ることを望むだろうか。望むものはいまい。いたとしても実際そこに身を置いてみれば耐えきれまい。エヴェレットは「文明」の住人として、「ジャングル」に一時身を置いただけだ。そこで文明世界に通用する「真実」を疑うことを学んだにせよ、彼は「ジャングル」の住人にはなれない。彼が言語学者である一事をもってしても、それは不可能である。「ジャングル」には言語学は存在しない。

「戦後最大の思想家」すなわち吉本隆明氏は、マルクス流の必然＝「自然過程」を頑強に主張してやまぬ人だった。少なくとも経済だけは人間の意向に左右されぬ自然過程だ、その展開に抵抗するのは夢想家だとニべもなかった。この人は「理屈をこねるのが大好き」と自認するだけあって、「経済」と分野を限定しての話になっているが、実はこの「経済」は科学技術が中心をなしていて、氏の言う「経済」とは、物質文明全般にほかならない。

氏の主張には打ち勝ちがたいところがある。ピダハンの世界がいかに魅力的であっても、ではアマゾンに移住して彼らの一員になろうという人はいない。狩猟採集経済以後、人類が獲得したものは物心両面においてとほうもなく巨大多様だったのである。

ところがその巨大な獲得には同時に、様々なリスクや心労や拘束が伴っていた。早い話が富は生活をゆたかにするが、同時に苦の種にもする。精神的な富ならいいだろうと思うのも間違いだ。例えば蔵書は一定数を越えると煩いの種、場合によっては凶器になる。そのことを少なくとも私は去年の熊本地震で体験した。また、人間の労働を省力してくれる技術ならいいのではと思うと、これも違う。交通・通信・情報手段の発達が人間をより一層多忙にして来たことは、各自おのれを省みさえすれば直ちに明らかだ。

しかし、われわれは「技術文明」を放棄できないのである。昔はクルマもケイタイもなくても、何の不自由もしていなかったと言っても、いったんそういうものを発明してしまうともう放棄できない。それは自動車ひとつとっても明らかで、この発明のおかげで日本だけで毎年四千人ばかりが死んでいる。怪我人はその何倍かいる。それなのにクルマのない社会などもう考えられない。クルマの所有や使用を制限するような政策を掲げる政党は選挙で大敗するだろう。まったく自然過程で、人間の意志ではどうにもならぬと言いたくなるではないか。

吉本氏は原発反対運動が大嫌いで、リスクの伴わぬ技術進歩はない、そのリスクを人間は引き受けてゆくべきだと言って、さすがの「戦後最大の思想家」もモウロクしたのではと疑われた。しかし、吉本氏を散々罵った原発反対派は、年間四千人の死者を出しつつ平気でクルマを乗り廻している。一体福島原発の放射能汚染で何人死んだか。吉本氏の発言は筋の通ったものだった。

私自身の考えを言うと、原発はなるだけ早く放棄すべきだと思う。原子エネルギーの管理は廃棄物処理も含めて「科学技術」の手に余ると考える。「科学技術」はより安全なエネルギー源を開発するだろうし、エネルギー使用のレベル自体を縮小する方向を考えねばならぬ段階に来ていると思う。

しかし問題は、物質文明＝科学技術の進展は不可避な自然過程かどうかということだ。マルクスはそう考えたし、吉本氏はその点において全くのマルクス派である。自らを省みて、その点が私は違うと思う。マルクス・吉本がそう考えるのも無理はないと認めつつ、私はそうは思わないとあえて言いたい。文明の賜物を保持しつつ、ピダハンのような管理と支配のないフリーな共同社会をめざすことはできると思う。できると思うのは私が根は夢想家だからである。必然のワナから自覚的に抜け出せるのでなくては、人間に生まれた甲斐がないと思うからである。

むろん現代社会という巨船の向きを変えるのは至難事である。勢い私はドン・キホーテたらざるをえない。しかし「科学技術文明」の向きを変える、あるいはそのレベルを抑制するのは、あくまで私たちの智恵の問題であり、やればできることだ。ただし「やろう」という合意形成が一番むずかしい。そういう合意にどうすれば到達できるのか。今の政党政治や議会制民主主義などでどうにかなる問題でないのは、明白といわねばなるまい。かといって収容所群島は二度とご免だ。

望ましい文明の見取り図なら、掃いて棄てるほどあるのだ。しかし、それを実現する手続き、いやそれ以上に心構えこそ問題なのだ。ラトゥーシュは経済の規模を六〇年代のレベルまでおとせという。しかし、どうやって。法律で強制するのか。抵抗する奴はラーゲリにぶちこむのか。なんだか聞き覚えのあるメロディのように思える。問題に対するもっと根本的角度はないのかと問うと、つまりはおのれの霊的自覚の問題になるのかも知れない。

結局、四の五の言っている間に、文明社会は取り返しのつかぬところへ行きついてしまう公算が大である。すべてが人工化し計算し尽され管理され尽す状態に。近頃のベストセラーを読むと、遺伝子工学によって人類は不死の状態になり、かつ超人になるのだそうだ。そんなことを聞かされると、もうどうでもいいやという気分にならぬこともない。しかし私は、そうなるかどうかはやはり意志による選択の範囲内のことだと考えたい。

自然過程とは詮じつめると、文明的諸装置の出現・進化は必然であり、いったん獲得した文明的利便は放棄できないということだろう。しかし、原発というエネルギー発生装置が出現したのは人類史の必然＝自然過程だったとしても、放射性物質を他のエネルギー源に替えることはわれわれ人間の自由な選択に属する。

自然過程という「物神」を素直に承認したくない。戦後の凡庸思想家、いや思想家などおこがましい一独学者である私の、これが最後の一句だ。

原初的正義と国家

1

イタリアの作家カルロ・レーヴィ（一九〇二～一九七五）は一九三五年、反ファシズム活動のゆえに逮捕され、南イタリアのルカニア地方（*1）に強制居留された。『キリストはエボリに止《とど》まりぬ』（*2）は、イタリア軍がエチオピアの首都アジス・アベバを占領した祝いの大赦によって、一九三六年五月に釈放されるまでのルカニア滞在記である。

イタリア半島はよく長靴の形にたとえられるが、その靴底のへこみにあたるところがルカニア地方である。イタリア南部地方の後進性と貧困は、北部に対比してイタリアが歴史的に抱えこんだ構造的問題をなしているけれども、ルカニアを含むこの半島南端部は、はるか古代に遡れば、紀元前八世紀以来ギリシアの植民地として栄え、その伝説的栄華は芸術史家グスタフ・ルネ・ホッケに『マグナ・グラエキア』(*3)なる幻想的紀行文を書かしめたほどであるが、レーヴィが追放されたルカニア地方は、そのような古代的幻想とは程遠い、救いようもない不毛・貧困・無知蒙昧のただの後進地域にすぎなかった。

レーヴィは一九三五年五月に逮捕、八月にルカニア地方のグラッサーノに送られ、翌月アリアーノ(レーヴィは「ガリアーノ」と表記)に移された。釈放が翌年五月だから、強制居留三年の刑が実質一年未満ですんだわけである。だがこの短いルカニア滞在、とくにガリアーノ滞在はレーヴィにとって、それまで身についた経験、世界観、いや自分自身の存在の根本を揺るがすような、いわば根源的な経験となった。

レーヴィは北イタリアのトリノ育ちである。父は裕福な医師、母は社会党指導者のきょうだいだった。トリノ大学医学部を卒業したものの、画家としての道を歩み、反ファシズムのジャーナリズムに関わった。典型的な大都会の進歩派知識人といってよい。しかもトリノはイタリア統一を主導したサルディーニャ王国の首都である。リソルジメント(統一)が先進的な北イタリアによる後進的イタリアの征服であってみれば、レーヴィは近代イタリアの主流を代表する一人として、突然近代イタリアが取り残した最後進の辺境に投げこまれたことになる。ふつうなら、こんな流謫にさらされた不運を嘆き、獣と変わらぬような生活を送る無知な村人たちを憎悪するだけの悪夢のような体験であるはずのものが、天啓のような発見、不思議な充溢をたたえた類いない日々となった。いったいこのような転換はどのようにして生じ、そして何を意味したのだろうか。

ガリアーノ流謫が苦役でなかったのは、ひとつにはレーヴィが地元の人びとから好意をもって受け入れられたからだろう。住民は村の中産階級と農民に分けられる。村の中産階級とは小学教師をかねる村長、憲兵曹長、医師等々で、すべてファシストであるが、彼らにとってレーヴィはとんだ田舎にたまたま舞い降りたみやこ人であり、自分は野蛮人ではないといわんばかりに競って親切を示した。

一方、大多数を占める農民にとって、レーヴィは何よりも医師であった。ガリアーノにも医師は二人いたのだが、老齢で医学知識も忘れ果て、それでいて強欲で農民を見下しているので、農民は一切信用せず、レーヴィがガリアーノに着いたその日から彼に瀕死の病人を見てもらおうとした。レーヴィは医学部を出たものの臨床の経験は一切なく、病人のところへ連れて行かれてもなすすべがなかったのだが、農民たちは一目で彼を信じた。医療器具も薬品もなく、ただ死の床につき添うだけであったのに、ここに患者に心いためる本物の医師がいることを即座に見抜いたのである。レーヴィはこの村で医療行為を行いたくはなかった。臨床経験がないだけでなく、二人の医師と揉めごとを起こしたくなかったのである。それでも農民たちは引きも切らず、レーヴィのもとに病人を連れて来、また病人のもとにいざなうのであった。この村では病人はいきなり重篤の症状を呈し、あっけなく死んでしまう。レーヴィは無力をかこつしかなかったが、村人はそれでよかったのである。医者はここでは看取りの聖者なのであった。そういう者として彼らはレーヴィを信じ愛した。レーヴィがこの村の農民に対して、深い思い入れを持つようになるのも、根本にはこのような彼らから寄せられる親愛に感動したからであろう。

それにしても貧しく荒廃した何もない村であった。農民たちはそれぞれ土地を持つ自作農だったが、それもわが家から遠く離れた不毛な痩せ地で、夜も明けぬうちに起きて二時間から四時間かけて自分の畑にたどりつくのだ。収穫も乏しく、税金を払うと何も残らない。レーヴィがガリアーノに着いたその日に泊った役場書記の従姉妹の家には同宿者がいた。滞納されている税を取り立てに来た収税人である。彼が言うには、三軒廻ったがベッドの他には何もない。まさかベッドを取り立てる訳にはゆかぬので、やっと牝山羊一頭と鳩を二、三羽取り上げて来たとのことだった。「けものじみた妖気が荒れ果てた村一帯を蔽うていた」とレーヴィは書く。

2

しかし、レーヴィが深刻な印象を受けたのはこの村の極端な貧しさではない。レーヴィが生きているのは二〇世紀であり、ローマを首都とする現代イタリアであるのに、ガリアーノの農民たちはローマはむろんのこと、二〇世紀の国家とはまったく無縁のところに生きている。その生のありかたの原初性にレーヴィはおどろきをもって搏たれた。その原初性をガリアーノの農民たちは「キリストはエボリで止まった」と言いならわして来た。

エボリとはナポリ南方の港湾サレルノから西へ入りこんだ小都市で、これから先がルカニアになる。キリストは足をエボリで止《とど》めて、ルカニアへは一歩も入らなかったのだ。「いやこの土地にはキリストばかりか、時間もなく、個人的精神もなく、希望もなく、因果関係もなく、理性もなく、歴史もない。キリストがやって来なかったようにローマ人も決してここには来なかった」。ギリシア人も来ず、「いかなる西欧文明の開拓者も、移り変る時の観念を、神権政体を、さてはそれを糧とする不断の活動力をここまではもたらさなかった。敵か征服者か、それとも無理解な外来者のほかは、だれひとりこの土地にきたものはない。四季は今日もキリスト前三千年の昔とかわらず農民の苦業の上にめぐっている」。

「彼らの言葉でいう《キリスト》とは《人間》のことである。……この絶望の表現は、おそらく劣等感以外のなにものでもあるまい」とレーヴィは言う。つまりキリスト教文明がこの地に入りこまなかったというのは、歴史上の事実ではない。村人はむろんカソリックの信者であり、教会もあれば坊主もいる。ギリシア人だってローマ人だって来なかったということはないのである。自分たちは「人間」ではないと言うとき、表明されているのはむろん劣等感であろうが、それ以上に、自分たちの獣のような原初的生活が「キリスト」以後の文明、とくに国家の形をとったそれとまったく無縁であり、そのような外部から来る文明の声を片時も信じないという頑な姿勢なのである。

文明の拒否というのは、彼らの在り方の正しいつかみかたではない。ルカニア地方からはおびただしい移民がアメリカへ向かっている。ガリアーノの人口は千二百人だが、アメリカへは二千人が移住している。一九二九年の不況で帰村した者も多い。帰村した者はたちまちアメリカでの生活を忘れて、地つきの人びとと一向見分けがつかなくなってしまう。しかし、村人の家の壁を飾るのは、国王、ムソリーニ、ガリバルディの肖像ではない。そんなものはひとつも見当らぬ。掛っているのはヴィッジアーノの聖母のほかには何とルーズベルト大統領の画像である。彼らにとっての都はむしろニューヨークなのだ。ローマではない。文明はアメリカにある。彼らはアメリカ製の大鋏や手斧を喜んで用いる。アメリカ在住の親戚がひっきりなしにあらゆる日用品を送って来るのだ。「ガリアーノの生活は、職業上の工具に関してはみなアメリカ式で、尺度も同様だった。……彼らはこうした新しい器具に何の偏見も持たず、自分たちの古い習慣との間にいかなる矛盾も感じなかった」。彼らの生活は全面的に呪術と迷信に支配されているが、にもかかわらずそうなのである。上村忠男はこれを「注目のうえにも注目に値する証言」と言う(*4)。まさしくその通りだ。

彼らが拒否したのは文明の成果一般ではなく、文明の一側面たる国家の全進化史であり、それに伴う近代主義的世界解釈なのだ。「歴史にも国家にも無縁の世界、因襲と苦悩にしばられた永遠の忍従の国」とレーヴィは書く。むろんルカニア地方に歴史がないはずはない。レーヴィが言おうとしているのは「政府や権力や国家」とまったく無関係に生きる彼らの生の位相である。「農夫たちにとっては、国家は空よりもはるか遠いところにあるが、天災よりもっと悪性である。というのは国家はいつも農民の敵だからである」。

レーヴィのガリアーノ滞在はちょうど、ムソリーニの政府がアビシニアに宣戦布告した時であった。しかしガリアーノの農民は何の関心も示さなかった。村の上流人士はみなファシストであったが、農民で入党している者は一人もいなかった。戦争は「ローマの奴ら」のやることだった。ローマからやって来るのは徴税吏とラジオの声ばかりで、しかも彼らのしゃべる言葉は自分たちとは別な言葉だった。役場の壁には、第一次大戦の戦死者の名を刻んだ大理石の碑がかかっている。五十人ばかりの名が記されていて、村人のほとんどの姓が刻まれていた。にもかかわらず農民は誰一人として第一次大戦の話はしない。手柄話も苦労談もない。「まだ耳新らしいこの恐るべき流血の大戦も、農民たちには何の関心ももたなかった。彼らはそれに耐え今では忘れてさえしまっているのだ」。レーヴィがこのことを質問すると、素気ない返事が返ってくるだけ。「すべては大きな不幸なのであって、彼らは他の事と同じようにそれを忍んだのであった」。彼らの耳にはファシストの奏でる喇叭《らっぱ》の響は入らない。「それは、どこかの、遠い幸多い進歩の国、死の存在を忘れた国からくる……信用のおけない上調子なたわごとなのであった」。

一方、彼らのレーヴィに対する態度は極めて同情的だった。彼らにとって政治闘争など「ローマの奴らの個人的な問題」であって、理解もできず関心も持てない。しかし彼らはレーヴィのような政治囚を「なにかやむをえぬ事情で不幸な運命を負わされた人間」と見なし、「親切な目で眺め、まるで兄弟のように扱う」。レーヴィが来てすぐの頃村はずれの道を歩いていると、年老いた農夫が驢馬をとめて会釈して言う。「どなたかね。どこへおいでかね」。レーヴィが自分は政治囚だと答えると、「追放者か。残念なことだ。ローマの誰かににらまれたんだな」と言っただけで、「兄弟愛あふれる同情のほほえみで私を見つめながら、ロバをまた歩み始めさせた」。

レーヴィは言う。「この消極的な親しさ、素朴な表現の中ににじみでている同情心、共に痛めつけられた仲間のこの年老いた宿命論者の忍耐、それらは、宗教よりもむしろ自然に培われて、すべての農夫に共通した深い感情となっているものである」。このレーヴィの言葉を読むとき、ほとんどおなじことが言われているもうひとつの民、すなわち一九世紀ロシアのムジークたちのことを想起せざるをえない。ロシアの農民大衆はシベリアへ護送中の囚人（その多くは政治犯だった）に、道中駅々で小銭を与えるのを常とした。ドストエフスキーは言う。「ロシア国民の中に秘められた観念のひとつは、犯罪を不幸と呼び、犯罪人を不幸者と見なすことなのである。この観念は純ロシア的なものである。ヨーロッパのいかなる国民の中にもこの観念は認められない」。このようなロシア農民の心性は、二〇世紀のコルホーズ農民の中にさえ保たれていた。ソルジェニーツィンの短篇の主人公の寡婦マトリョーナは、下宿人のものとラーゲリ囚人の身元をけっして詮索しなかった。主人公がそれを打ち明けたときも、黙って肯ずくだけでとっくに知っていた風だった。ドストエフスキーは純ロシア的観念というが、そういう心性は現にレーヴィが体験したように、政治権力から最も遠くに位置する原初的な生の位相に、普遍的に見出されるものと言うべきだろう。

3

しかし、レーヴィがガリアーノの農民たちに魅せられたのは、このような自分に寄せられた暖いまなざしのせいばかりではなかった。貧困と苦悩と忍従にとらえられた彼らのきわめて苛酷な生活の位相が、なにか永遠の原初的生のありかたのように彼を呪縛したのである。「ここでは、人間の世界と野獣や亡霊の世界の間に、地上に見える樹木の葉と、暗い地下をはう根の間に、何らの障壁がない」。「農民たちには、すべてのものが二重の意味を持っている。牛婦とか、狼人とか、ライオン貴族とか、山羊悪魔とかは、ただ有名な際立った例にすぎない。人も木も獣も、物や言葉でさえも、このような曖昧さを持っている」。「ここには、野獣の世界と人間の世界とのはっきりした区別さえもないのだ。ガリアーノには二重人格をもった不思議な生物が沢山住んでいる」。ある中年の農婦は結婚もし子もあるのに、村人たちは牝牛の娘だと言い、本人もそう思いこんでいた。老人たちは彼女の母親である牝牛のことを憶えていた。この牝牛は赤ちゃんの彼女のおもりをして、モウモウないて呼びかけたり、ざらざらした舌で彼女をなめまわしたりしていた。このことは彼女に人間の母親がいたという事実となんら矛盾するものではなかった。「こういう二重の性格と出誕が矛盾しているなどというものは一人もいない」。このようなありかたの生活にある縦深性が付与されるのは当然である。

「彼らにとってはすべてのものが神聖であり、すべてのものが単に象徴的な意味ばかりではなく現実にも神聖なのだから、宗教など必要がない」。聖マリアの安息日が来ると、村人たちは「霊験あらたかで聞えの高いヴィッジアーノの聖母」になぞらえた張り子の聖母像を担ぎ出して行列する。農夫たちは豊作を祈って小麦を聖母に投げかける。「聖母の黒い顔は小麦の雨を浴びて、獣や銃声や太鼓にとりかこまれながら、慈悲に溢れた神の母というより、むしろ大地の腹の蔭にひそんだ地神、農民のペルセフォネ、実りの鬼神のようであった」。祭りがすんで日照りが続く。「だが黒面の聖母は冷やかに、動ずる色もなく、無関心な自然そのもののように、どのような訴えにも耳を貸さなかった。それにもかかわらず聖母への畏敬は非常なものであった。だがそれは慈愛よりもむしろ威力のためであった。黒聖母はいわば生殺与奪の権を握る大地である。人間には何らの関心も払わず、不可測の意思のまにまに四季を展開させる。農夫らにとって黒聖母は善悪の彼岸にいる。それは穀物を、枯らしたり凋らせたりもするが、また成長させ保護もする。だから人々は聖母を崇めなければならないのだ」。この聖母の実体は明らかであろう。それは中世キリスト教のマリア信仰の形をとりながら、実は古代地中海世界を支配した大地母神信仰にほかならない。デメーテルの娘ペルセフォネは古代ギリシアにおける大地母神の一形態である。

レーヴィにとって、近代ヒューマニズム以前の、いやローマを中心に組織され階層化されたキリスト教以前の人間の原初的ありかたは、まず女性の原始的なたたずまい、形姿として現れたようである。「ヴェールにかくれた女も一皮はげばなんら野獣と変りない。彼女らは平気で肉体的愛情を求めること以外に何も考えていない。そしてそれを大ぴらで語り合い、その素朴な言葉はびっくりするほどである。うそだと思ったら通りを歩いて見給え。彼女らのそばを通り抜けると、その黒い瞳はまるで君の精力がどれくらいあるかを計りでもするように、流し目に君を見下すであろう」。だからこそ逆に、男女が二人きりで一室に居ることに強い禁忌が働く。「農夫たちの考えでは、愛とか性的誘惑は非常に強力な自然の力なので、どんな強固な意志をもってしてもこれを抑えることはできない」。レーヴィには食事などを世話してくれる女が必要だったが、それを見つけ出すのがむずかしいのは、そういう禁忌のためだった。にもかかわらず、結婚せずに母親になるものは大勢いて、咎められたり侮辱されることはない。

村長の妹がやっとジュリアという四十一歳の女性を見つけてくれた。「十五人の違った男から十七回も妊娠した」（*5）という女である。「ジュリアは背の高い豊満な女で、胴は発達した胸と腰で古代の甕のように細くくびれていた。若い頃は野生的だが、さぞ威厳に溢れた美人であったろう」。「古代から神秘的なまでに残忍に、いつも同じ地面から生える茎のような感じの男とは無関係に土壌に結びつき、永遠の野獣的宿命に結びついているような感じであった」。彼女はまるで百年以上生きて来たかのように、村人のあらゆる私生活の齣々に通じていたが、他人を責めもせずかと言って同情もしなかった。「彼女はいわば野獣であり地霊であった。時間にも、疲労にも、男にも決して恐れを抱かなかった。男の仕事をするこの村のすべての女たちと同じく、彼女はどんな重いものでも運ぶことができた」。しかも彼女は料理の名人であり、惚れ薬の調合や呪文に通じた魔女であったのである。

レーヴィはまた村の子どもたちに魅了された。彼は画家であるから、許可の出る範囲で写生に出かけるのだが、その都度子どもたちがつきまとうのだった。彼らには「一風変ったところがあった。それは若々しい野獣のような精神と成年がもつませた性質との混合ともいうべきもので、彼らは生れ落ちた時からすでに悲しみの自覚とそれを耐え忍ぶ力を具えているもののようであった。……彼らは自らを抑えつけ、黙々と過すすべを知っていた。その子供らしい無邪気さの底には、些細な慰めを軽蔑する農民の頑固さと、よるべなき世界で自らの心を守るための引込思案とが、かくされていた。いってみれば、彼らは肉体的にも精神的にも同年配の町の子供たちよりも、遥かにまさっていたのである」。

要するに女たちにせよ子どもたちにせよ、あるいは一般に農民たちにせよ、レーヴィが魅せられたのは、彼らの野性と耐え忍ぶ力、現実の苛酷さを前にして平静に対処してゆける能力、性衝動も含めて人性に備わった自然を人為的道徳で束縛するのではなく、極めて自然に肯定する大らかさ、自分ひとりの力で生き抜くのを、何ら倫理的当為としてではなく当然の運命として受けいれる自立性であったろう。この点、レーヴィが描出する南イタリアの農民像が、ダニエル・L・エヴェレットの記述する、アマゾン流域の狩猟採集民ピダハン（＊6）の行動様式・生活規範に極めて近いことは注目に値する。狩猟採集民に人間の原像があるとすれば、南イタリアの貧農は農耕民といっても、狩猟採集民の存在様式に一抹通じる在りかたを保っているのかも知れない。

4

だが、レーヴィを魅了したのはそれだけではなかった。弟が死にかけているので診てくれと言って来た農夫がいた。レーヴィはちょうど警察から、ガリアーノでの医療行為を禁止する命令を受け取ったばかりだった。だが農夫は粘る。結局すったもんだの末、村長の特別許可を受けて、彼は馬で二時間以上かかる村落へ真夜中出かけることになった。病人は救いようがなく、ただモルヒネを打って苦痛を和らげるほかなかった。レーヴィはこの家に泊ることになり、高く吊り上げられたベッドに横たわった。苦痛を訴える病人のうめき、女たちの祈り声。「家の中には死があった。私はこの百姓たちを愛した。そしてどうすることもできない自分の無力を悲しみ恥じた。それなのにそのとき突然深い安らぎが私の中に浸み込んできた。……私は自分が地上のすべてのものから離れ、ただ独り時間と現実から遙か彼方の無限の中にいるのを感じたのである。……自分が宇宙の真只中にひきこまれてゆくのを感じた。これまで経験したことのない大いなる幸福が私の全身を包み洗った」。この安らぎと幸福感は何なのだろう。それは人々との共生感、ひいては全実在との共生感とでも言うしかないものだと考えられる。「彼らには、人類の共通の運命と、その共通の同意のもとに生き生きした人間的感情が溢れている。これは厳密に云えば意志活動を超えた感情であるのだ。彼らは言葉にこそ出さないが、片時も肌身はなさずこれを持ち歩いている」とレーヴィは言う。この原初的な共同性を彼はこの夜、不思議な宇宙的感覚として体感したのではなかったか。

レーヴィは翌日、帰り途にある村落を通ったが、医者、それも村人を喰いものにする藪医者ではなく、親身になって診てくれる本物の医師がやってくるという噂がすでに行き渡っていて、その村落では村人が総出で待ち構えていた。彼は一軒一軒に連れこまれ、ワインを飲まされながら病人たちに助言を与えねばならなかった。そしてがリアーノへ帰りつくと、「農民たちの顔には何事かただならぬ空気がただよっていた」。レーヴィが当局から医療行為を禁じられたことを村人はもう知っていて、「手に手に猟銃や斧をもって家から出てきた」のである。次の一節は長くはなるが、引用に値する。

「暴動の気が村中を覆っていた。農民の根深い正義感はかきむしられた。あの従順なあきらめのよい彼ら、政治理由とか党理論には不感症の彼ら、その彼らの中に山賊の古い血潮が再びたぎり出していた。この虐げられた民衆はいつでも気ままな瞬時の爆発に身をおどらしていた。ちょっとした人間の失策が彼らの長年間の鬱積した感情を掻き立てた。すると彼らは税務所や兵舎に火を放ち、支配者の喉を掻き切ることも平気だった。暫時彼ら身内にはスペインの残忍な血が目覚め、ただ流血と暴力でのみ購われる自由を求めて鎖を断ちきる。それから彼らは、鬱積した重荷を一瞬ふり捨てた人の石のような無関心さで、牢獄に引かれてゆくのであった。この日、望みさえすれば、私は何百人かの山賊の首領となって村を包囲することも、森に逃れることもできたであろう」。

もちろん、このような激情はレーヴィの説得によって収まりはしたが、今度は彼らはレーヴィの医療行為を認めるよう陳情する署名運動を始めた。そんな運動をしたら自分は他の地方へ移されるだけだとレーヴィが説くと、彼らは何とこの度のいきさつを即興劇に仕組んで上演したのである。まことに「暴力にも法律にも訴えられないとなれば、残るところは芸術に頼る以外に手はなかった」。

彼らの「山賊の古い血潮」というのは説明が必要だろう。藤澤房俊『匪賊の反乱――イタリア統一と南部イタリア』(太陽出版、一九九二年刊)によると、ルカニア(バジリカータ)地方はカラーブリア地方(イタリア半島＝長靴のつま先部分)と並んで、一八六〇年代の最初の数年「匪賊団」が蜂起して、新生イタリア王国の国軍と「血で血を洗う壮絶な、あたかも内乱に等しい光景」を繰りひろげたいわくつきの地方なのである。投入されたイタリア国軍は一八六四年には十二万人近く、国軍の五分の二に及び、戦死あるいは銃殺された「匪賊」は五千人以上、逮捕者は八千五百人に達した。

この反乱はイタリア統一戦争に関わるので、一応簡略な説明を施しておかねばならない。当時ナポリ地方以南の南イタリアとシチリア島は、両者併せて「両シチリア王国」を構成していた。この地域が紀元前八世紀からギリシア人によって植民が開始され、やがてローマ、イスラムと支配者が変転し、一二世紀に至ってノルマン系のルッジェーロ二世によってシチリア王国が建設されたのは教科書的知識に属する。その後の推移は略述するだけでも大変であるので、大端折りに端折ると、一五世紀に至ってスペインのアラゴン王家が、それまで領有していたシチリアに併せてナポリ地方以南のイタリアまで版図を拡げ、両シチリア王と称した。スペイン継承戦争の結果、ルイ一四世の孫がスペイン王家を継ぎ、いわゆるブルボン朝スペインが成立、一七三五年にはブルボン朝スペインがシチリア・南イタリアの支配を確立する。レーヴィが「スペインの残忍な血」を云々するのは、こういう経緯があってのことである。一七九九年ナポレオンがナポリに「パルテノペア共和国」を設立、スペイン・ブルボン家のフェルディナンド一世はシチリアへ逃れたが、ナポレオン没落後ナポリに帰還、「両シチリア王国」を再建した。

一八六一年のイタリア統一が、マッツィーニ、ガルバルディら民間の志士によって鼓吹される一方、サヴォイ地方に淵源するサルディニア王国が宰相カヴールの指導を得てその過程を完遂する経緯については詳説に及ぶまい。南イタリアに直接関連するのは一八六〇年ガルバルディが千人隊を率いてシチリアに進攻、同地を攻略したのちカラーブリアへ上陸したことである。両シチリア国王フランチェスコ二世は南下するサルディーニア王国軍とガルバルディ千人隊に挟撃され、教皇庁に逃げこんで王国は崩壊した。しかしその過程で両シチリア王国政府は、南イタリアの親ブルボン感情の強い地主・農民に働きかけ、彼らをパルチザンに編成して抵抗を続けさせたのである。

もともとこの地方では、一九世紀に入って農民反乱が多発していた。一八〇六年の封建制廃止に伴い土地再分配の法令が出されていたにも関わらず、共有地の分配は進まず、その用益権も農村ブルジョワジーによって侵害され、生存さえ脅かされた農民は共有地の占拠、公文書保管所を襲って土地台帳を焼くなど、しばしば一揆を起こしていたのである。しかも、ガルバルディ軍の半島上陸後、それを支援したのは、このような一揆の対象となっていた農村ブルジョワジーだった。もちろん農民反乱はそのまま匪賊団ではない。しかしこのように一揆多発の土壌があり、そこに両シチリア王国政府のパルチザン闘争への呼びかけがあれば、パルチザンが匪賊的行動に展開するのは当然と言えた。スペインブルボン朝復興の旗印を掲げつつ、地主・富豪を襲撃する匪賊団を「政治的匪賊」とすれば、バジリカータ、カラーブリア地方の匪賊団は、農民の社会的経済的抗議を代行する「社会的匪賊」の性格が強かった。つまり、匪賊団の横行の背景には貧農や羊飼いなど、匪賊たちと社会的出自を同じくする階層の支持があったのである。付言するなら、一九世紀末の南イタリア農民のアメリカ移民熱は、匪賊行為の形を変えた代替行為にほかならなかった（以上、藤澤前掲書による）。

レーヴィは医療禁止措置に関するガリアーノの村人の反応にこの匪賊＝山賊の伝統を想起したのだった。彼らはアビシニア遠征にも第一次世界大戦にも関心を示さないが、「ただ一つの戦争だけは彼らの心に強く訴えていつもその口にのぼるのであった。それはすでに伝説となりお伽話となり詩史となり神話となっていた。それは山賊団のことである。山賊時代は今から七十年前の一八六五年に終ったので、その運動にたずさわったり、目撃したりした想出のあるものは、極めて僅かの老人にかぎられていた。それなのに誰でもが、老人も若者も男も女もまるで昨日のことのように情熱をこめて話すのであった。農民と話しをするときは、それがどんな話題であろうと、何かの折にきっと山賊のことに触れた。彼らの足跡は至る所にあった。山、谷、森、石、泉、洞窟などは必ず彼らの冒険談に関わりをもち、あるいは隠れ家や隠れ場所となっていた。……一時はすべての家族が敵か味方かに分れた。家族の一人が非合法活動をしているとか、山賊をかくまったとか、或は親戚が一味に殺されたとか、穀物に火をつけられたとか、こうしてできた反目は代々受け継がれて今でもなお燃え盛っているのである。しかし僅かの例外を除けば農民はすべて山賊の味方であった。そして時が経つとともに、彼らの空想を激しく刺戟する行為は村の馴染みの場所と結びつけられて、獣や妖霊と同じように極く自然に毎日の会話にのぼり、伝説となり絶対的真実の神話となったのである」。

レーヴィは曲がりなりにも左翼であるから、イタリア統一運動（リソルジメント）の「自由な〃進歩的〃立場からみれば」「この闘争がブルボン王朝やスペインや法王によってそそのかされたという性格」からして反動的であり、弁護の余地はないと一応認めはする。「だが山賊は農民にとっては全く別の何物かである。……山賊の神話は彼らの心の底に根を下してその生活の一部とまでなっている。それは彼らの生存における唯一つの詩であり、暗い絶望の敍事詩である。今日も農民の顔つきは当時の山賊の面相を想い起させる。彼らは黙々と淋しげに物憂げに渋面をつくりながら黒服と黒帽子に身を纏っている。そして冬になると、まわしを着て鉄砲や斧で武装して野良に出かける。彼らはやさしい心と辛棒強い魂をもっている。……だが限りない忍耐の後に彼らが生存の深淵に触れて正義と自己防衛の本能に駆り立てられた時、彼らの反抗はもはや堰を切って溢れ拡がる。それは、終始一貫死以外の何物をも知らぬ非人間的な蜂起である。……だが山賊を通して農民の文明はその固有の性質を守ってきた。彼らはそれが何物であるかを理解しないが、敵意をもって永久に彼らを奴隷化する文明から自己を防衛したのである」。

5

レーヴィの記述はこの山賊（匪賊）論に至って最高の高揚を示している。彼は「農民と話しするとき、その顔付や姿に心を惹かれる」と言い、さらに「農民の騒動はすべて彼らの暗い心の底から生れる根源的な正義への意欲から発している」と断定する。この根源的正義感が、歴史的進歩の立場からすると保守的、右翼的形姿をとって発現する点は、わが近代史においても西南戦争以来の問題史をなしているだけに特に興味深いものがある。しかしこの点をさらに掘り下げるのは別の折に譲って、まずはレーヴィが束の間許可されてトリノへ帰ったときの違和感について見ておかねばなるまい。

この数日間の帰郷は期待に充ちたものであったが、「来てみて感じたものは、孤独とへだたりであった。長く夢に見た土地にも場所にも私は親しめなかった」。小数の友が監視をかいくぐって会いに来てくれたが、彼らの関心も生活もレーヴィのそれとは無縁で離れたものになってしまっていた。ガリアーノ体験を経たレーヴィは、考えかたを根本的に転換させられてしまっていたのだ。遅れた南イタリアの社会をいかにして北イタリアの進歩した社会の水準に到達させるかという、いわゆるイタリアの南北問題は、国家統一以来、為政者を含むすべてのイタリア知識階級の懸案であった。レーヴィの同志たちもむろんこの懸案への回答を持っていた。ところが今やレーヴィの目には、これらすべての論議・回答が見当はずれの空虚なものに見えたのである。その点について彼は考察を書きつけていて、これは本書の重要部分をなしている。

彼らは何が分かっておらず、どこで間違っているのか。レーヴィによれば、問題を解決できるのが国家だとする点が間違っているのである。彼らは例外なく国家を崇拝している。現存の国家であろうが理想の国家であろうが、「ファシスト国家であろうと自由国家であろうと社会主義国家であろうと、あるいはまた小市民階級の新形態の国家であろうと」、ガリアーノの農民には拒否するほかに対応しようのない、理解を越えた無縁の遺物に永遠にとどまるであろうことが、彼らにはどうしても理解できないのである。つまりここには、互いに絶対にわかり合えないふたつの文明が対峙しているのだとレーヴィは考える。国家の文明と農民の文明である。「農民文明は常に敗北者であるが、粉砕されつくすことはあるまい」。

レーヴィは問題の根本的解決についても考えている。「この問題が解決されるのは、新しい政治理念、例えば農民国家の如き新しい国家形態がつくられて、農民がその宿命的な無政府状態と無関心の必要から解放されたときである」。またしても「国家」なのか。レーヴィはあわてて付け加える。「われわれは国家観念を根本から建て直さねばならない。国家は個人を基礎としたものであるべきだ」。しかも、個人のとらえかたもまた転換されねばならぬ。「個人は孤立した単位でなく、一つの関係、すべての関聯の場である」。「国家とは自治体の集合であり、組織聯合体でしかあり得ない。複雑な国民生活の中で農民がその役割を果しうる単位ないし細胞は独立した農村自治体でなければならぬ」。廻らぬ舌というべきか。言いたいことを探して、当座つらねてみただけの言葉ともいえる。しかし、レーヴィが志向していることを、何だアナーキズムの再版じゃないかと笑いとばしても、その笑いも空しい。レーヴィは確かに何かをつきとめているのだ。

上村忠男によると、レーヴィのこの著作は発表以来様ざまな批判にさらされて来た。レーヴィのいう都市文明と農民文明の対立は、「歴史の弁証法に無理解な形而上学的説明」にすぎぬとする批判、「原始的な時代の比類なき創造力を偶像崇拝的に称揚しようとする非合理主義的なモチーフが作動している」とか、農民世界の描写の半分はレーヴィの自己描写にすぎぬとか、もっともらしい評語など、出るべき批判が一応出揃っているようである（＊7）。そのような批判にはそれなりの根拠があるとしても、レーヴィが提出している問題の核心に到底達しえていない。私はレーヴィはこの本で、ある根底的な事実、あるいは問題を取り出して来ていると思う。だがそれは甚だ論じにくい主題である。私も少し考えてみたいが、どのように考えを詰めてゆけばよいのか、半ば戸惑いつつ話を進めるしかない。これは学問になりにくい、いわば知恵の領域にも関わることだから、文科諸学の系統立った成果を無視して、いわば初手から素人考えで行くほかないのである。

6

レーヴィが提出している最大の問題は、国家との距離が最大限で、日常生活において国家など全く必要とせず、それと関わらねばならぬのを人生の災厄と感じるような民の位相が存在するということである。それは南イタリアの農民が示すだけの位相ではない。このような民の位相は「帝力何ぞ我においてあらんや」という古代中国の諺にも表明されていたし、ゲルツェンによれば、ピョートル改革後のロシアのムジークによっても示されていた。「彼らの目から見れば、ピョートルの改革は伝統と彼らの生活様式とにたいする侵犯であるばかりではなく、彼らの問題への国家の干渉であり、官僚的な言いがかりであ」る。「このようにして、農民たちは政府への一切の関与から離れていた。彼らは支配をうけるが、何ものにも同意をあたえてはいない」(＊8)。しかし、国家と無縁な民の位相ということになれば、問題は単にピョートル改革によって始まったのではあるまい。

わが国においても、維新改革期のたとえば京阪の民衆が、開港や安政大獄を含めて当時の政治的事件に全く関心も理解も示さなかったことは、小著『近代の呪い』でとりあげた事例を含んで数々の証拠がある。いや昭和期になっても、それどころか戦後ある時期までにおいてすら、国家＝政府機関を自分たちの日常的生と本質的には関わらぬ外在的なものと感じる心性は、都市文化を離れた農山漁村民では一般的だったのである。それは石牟礼道子の自伝的作品を読めば明らかなことで、彼らは国家などのお世話になることなく仲間うちで生き、問題があればそれを解決して来たのであって、一生のうちお役所に出向かねばならぬようなことがあれば、それを不運な災厄と見なして来たのである。

もちろん、庶民の心性における国家の地位を論ずれば様ざまな問題が発生するのは避けられない。それは等しなみに庶民といっても、微妙な階層の違いに関わる事柄である。郷士として村に君臨して来た肥後国荒尾村の宮崎家には、「官は泥棒の異名であって、謀反はよきこと」という言い伝えがあった。これはこの家の長男八郎が西南戦争で賊軍として戦死したゆえに、滔天の記憶に残る家憲となったのかも知れない。明治二七・八年の役起こるや、何とか徴兵を逃れようと工夫する三兄彌蔵と滔天に対し、母が「百姓のせがれまでお国のために戦さに行きたいと言うておるに」と激怒したことは、宮崎家自体、国家意識の強い農村指導者の家柄であったことを明示している。にも関わらず滔天が一生、荒尾村の「才蔵、おナカの徒」を運命を共にすべき己れの忠誠の対象としたことは、「才蔵・おナカ」たちの国家無用の自立的なありかたに深く感応するものあってのことだと解すべきである。

ことは石牟礼道子の描く水俣の漁民についても同様である。彼らが水俣病に罹病してチッソ資本と対峙する場に曳き出されたとき、つねづねおのれの生活圏と関わりなかった「お国」は、天や神に等しい正邪の裁定者として幻想的に肥大化して出現したのであり、結局はそういう「国」はどこにも存在しないというにがい幻滅があとに残ったのだった。

ガリアーノの農民のような国家と無縁な生の位相と対極にあるものと言えば、即座に古典ギリシアのポリス共同体が念頭に浮かぶだろう。もちろんこの共同体には外国人居留者と奴隷は排除されるのであるが、それ以外の「市民」は貧富による等級づけはあっても、すべて基本的に民会の参加者、つまり国政への参与者であり、そのようなものとして非常時には自費で武装し出陣する装甲歩兵（ホプリーテン）としての義務を負う。成員の権利・義務を法の形で明確に保証し、そのような全成員の参与によって、「国民国家」を成立せしめているとする現代の国家神話は、むろん曲折を経てではあっても、古典ギリシアのポリス共同体を原型とするものと言ってよかろう。しかし、古典ギリシアに関する文書記録には重大な欠落があるのではなかろうか。ポリス共同体として理念型化されたものの蔭には、ポリスなんて知らねえよという民の存在が隠れているのではあるまいか。オルフェウス信仰やディオニュシウス信仰の存在は、民主主義によって国家と同一化したポリスの民という概念で、古典ギリシアにおける人間の存在様式を律し切れるのかという疑いを残さずにはおかない。

そもそもを言えば、国家を無縁不必要なものとして感じる心性は、狩猟採集民の存在形態に源をもつものなのだろう。人類がこの段階に滞留した期間は人類史の大部分を占めていて、農耕の開始などそのスパンからすれば最近のことにすぎない。農耕に移行し国家が成立しても、国家の農民に対する把握・統制には生産力に照応する限度があり、各地それぞれの事情に応じて、国家と無縁に自立した農民社会が残存し続けたのだと考えられる。近代化とは換言すれば自立的な農民社会の国家機構への包摂にほかならず、それはそのまま近代国民国家の成立を意味した。近代化の原動力は社会の工業化産業化、つまりは経済化であるから、その極点で農民社会は解体消失する。

近代化はむろん農民社会を含む国民生活の全般的な改善を意味する。衣食住はむろんのこと医療、教育、交通通信の各面における達成は、史上のいかなる偉業に比しても偉大な達成というべきである。レーヴィの見たガリアーノの農民は国家によるこのような文明化を拒否する頑迷の徒だった。その頑迷の徒になぜレーヴィは愛着し、彼らの姿勢を擁護するのだろう。またこの古いレーヴィの述作に感銘を受ける者が、なぜ私だけではなく少なからず存在するのだろう。

それはあまりに隅々まで行き渡った国家の強大な影から脱出したい根深い願望が、私たちの中に秘んでいるからだろう。二〇世紀に至って増強した国家管理についてはは改めて言う必要もない。ただ今日の「ゆたかな社会」はその国家管理の増強がもたらしたものであることは、忘却を許されぬ事実である。国家の設計・管理による生活の文明化、豊裕化、便宜化、安楽化の替りに喪われたものは、生活のある種の縦深性あるいは奥行きであろう。私たちの生活は商品の生産者＝消費者、ケアの需要者・供給者という平面においてとてつもなく薄っぺらいものとなっている。自然との交渉の縮小・消失はそのような奥行きの消失の重要な要因である。自然は資源とみなされるか、観光の対象と化している。自然に代位するのは国家によって管理された人工的環境である。生に対する悲劇的な感覚が失われるとともに、とめどもない国家に対する要求が民主・人道の名において現れる。このようなことは私が取り立てて述べずとも、今日すでに論じ尽くされたことであるかも知れない。だが、福祉の充実を要求するのが国家機構のより増強・拡大を求めるのと同義であるという痛切な矛盾は、いまだ十分に自覚されているとは言えまい。

私はただひとつのことを言っておこう。国家に依存することを知らず従って支配されることをいまだ知らぬ民は、王侯貴族のそれとは全く異る個の品位と威厳を保っているのだ。これはアイヌについて、あるいはアメリカン・ネイティヴズについて記録されている事実である。記録しているのは当時十分に文明化していた欧米人である。その事実はレーヴィによっても、家政婦ジュリアの形象として記録されている。多くの男と通じ、多くの私生児を生んだとされるジュリアの特徴を一語で表すとすれば、威厳にほかならぬのである。現代人について多くのことが言えるにせよ、ただひとつ露わなのが個の品位と威厳の喪失、その替りとしての軽躁さ、けたたましさ、抑制のなさであることは、おそらく大方の同意が得られるものと思う。いまだ国家によって管理されることを知らぬ民の品性とその生の奥行きを、民主・平等・知性等々の現代人の最もすぐれた獲得物、必ずしも現実ではなくとも理念としての獲得物の上に再建することは、いかにして可能なのだろうか。現代はグローバリズムの時代であり、民間の私企業の自由な創意の時代なのであって、国民国家は衰退の途上にあり、国家的規制はいまや時代遅れであるなどという議論は、事実の本質を見誤った全くの近視眼である。グローバルな市場と見えるものは、各国民国家の苛烈な競争角逐の場であり、民間の自由な創意による企業活動というものも、社会環境の安定・安全、法的調停の健全な機能を含む、国家による全般的社会統合によって保障されたものとしてしか実現されないのが現実なのだ。このような社会活動の大枠の設定者としての国家、しかもそれぞれが国民単位として「国益」の名の下に統合されざるをえない国家をいかにして超えるか、現代の最も根本的な課題はこれ以外にはない。

レーヴィはその途として、国家を自由な自治体連合として編成し直すことを考えている。この考えには新しさは何もない。それはアナーキズムの常套句であったし、現在の高度に複雑化した文明社会の現実からすればひとつの夢想にすぎない。しかし国家を超克する方途を処方箋のように提出するのは誰にとっても不可能である。イヴァン・イリイチにしても、「商品集中社会」を克服する具体案の空しさを、晩年には遂に自覚したように見える。私とておなじことである。従って私が心がけたいことは、国民国家に拘束されぬ、そして依存しない個人であろうとする心構えを常に保ち続けることである。そして自分の個としての生を、自分が属するとされる国家の興亡や利害と全く関係のない、自分の責任でしか築けない〝ともに生きる仲間〟との関係に求めたい。自分の生が国家によるケアの中にある現実は、そう心構えても消えるものではない。その矛盾の中に生きながら、国家に対してフリーな自己を保とうとすることは決して無意味ではないし、それ以外の途は私には見えていない。

ただひとつ、私は考えていることがある。私たちが抱えている社会的正義の感覚は起源が非常に古いもので、時代がいかに変遷しようとも、その素朴で単純な感覚は一切の行動の指標であろうということがそれである。マルクス主義や文化人類学やポストモダニズムは、正義などという倫理的当為は、時代によって変遷するもので、これほど当てにならぬものはないと言う。それはイデオロギーとしての正義のことを言っているのである。イデオロギーとしての正義を信じないのは、彼らが教えてくれなくとも私自身が経験であがなった教訓である。国家あるいは社会が正義として押しつけてくるものを私は信じない。そのような社会的規範、社会構造によって強いられてくる倫理ではなくて、なにかもっと生きものとして素朴で根底的な公正の感覚、さらには他者へのシンパシーの感覚、愛すべきものを愛し憎むべきものを憎む感覚が確かに存在していると思う。そしてそれは人類の狩猟採集時代に形成され、古き農民社会に伝えられた、ただの普通の感覚だと思う。従って洋の東西を問わぬ普遍的なものだと思う。

レーヴィはそういうものの存在を、ガリアーノの「遅れた」農民の中に見た。レーヴィの見たものを私は信じる。それは再び言うが起源が非常に古いものだと思う。惻隠の情などという古い言葉があるゆえんである。現代文明をより稔り多い、あえて言えばより耐え易いものにする方途を見出すには、高度な知性の協働が必要である。だが根本的に必要なのは、いつとも知れぬいにしえから私たちに伝えられた公正の感覚、惻隠の情を保持することではあるまいか。笑いたい方はどうぞお笑いになるとよいと思う。

【＊1】 上村忠男『カルロ・レーヴィ「キリストはエボリで止まってしまった」を読む』（平凡社ライブラリー、二〇一〇年）によれば、ルカニア地方はリソルジメント（一八六〇年代の国家統一）以後はバジリカータ地方と呼ばれてきたが、ファシズム体制下で一九三二年に古代ローマの地名を復活させてルカニアと改称された。レーヴィの流刑はその直後ということになる。ファシズム崩壊後、州制の導入でまた「バジリカータ州」と元の名に戻された。

【＊2】 邦訳には清水三郎治の岩波現代叢書版（一九五三年／二刷一九九二年）があり、小論はこれによった。ほかに竹山博英による岩波文庫本（タイトルは『キリストはエボリで止まった』）がある。引用は主として清水訳に拠ったが、岩波文庫本、上村忠男訳文も参照した。

【＊3】 種村季弘訳、平凡社、一九九六年刊。

【＊4】 上村前掲書一五六ページ。

【＊5】 ジュリアの末子ルイジはこのことを否定している（岩波文庫版・訳者解説）。

【＊6】 ダニエル・L・エヴェレット『ピダハン』（みすず書房、二〇一二年）。

【＊7】 上村前掲書二八四ページ以下。

【＊8】 ゲルツェン『ロシヤにおける革命思想の発達について』（岩波文庫）六一、六二ページ。

労働と交わり

1

ハンナ・アーレントは『人間の条件』において、人間の基本的な諸活動（activities）を労働（labor）、仕事（work）、活動（action）に三区分した。私はこの難解をもって聞える大著で展開された彼女の思考の全般を論じようというのではない。むろんそれは、私ごとき無識の徒の手に余る、というより初手から手のつけようのない企てである。私はただこの区分法について、自分が考えるように挑発された事柄についてだけ書きとどめておきたい。

彼女による労働と仕事の区分は、おそらくそれが西洋人の思考の伝統を継ぐものと思われるだけに、私などにとっては明晰であればあるほど異様なものに感じられる。

まず彼女の言うところを聴こう。

「労働laborとは、人間の肉体の生物学的過程に対応する活動力である。人間の肉体が自然に成長し、新陳代謝を行ない、そして最後には朽ちてしまうこの過程は、労働によって生命過程の中で生みだされ消費される生活の必要物に拘束されている。そこで、労働の人間的条件は生命それ自体である。

仕事workとは、人間存在の非自然性に対応する活動力である。人間存在は、種の永遠に続く生命循環に盲目的に付き従うところにはないし、人間が死すべき存在だという事実は、種の生命循環が永遠だということによって慰められるものでもない。仕事は、すべての自然環境と際立って異なる物の『人工的』世界を作り出す。その物の世界の境界線の内部で、それぞれ個々の生命は安住の地を見いだすのであるが、他方、この世界そのものはそれら個々の生命を超えて永続するようにできている。そこで、仕事の人間的条件は世界性《ワールドリネス》である」。

労働と仕事の本質的区分は、前者の産物が瞬時もしくは短期間に消費されてあとに残らないのに対して、後者の産物が長期的に見れば摩耗するにせよ、一定期間存続して人間の環境を、すなわち人間にとっての世界を構成するという点にある。つまり、前者は人間の生物としての生命維持にしか関わらず、人間と動物とを何ら区別するものではないのに対して、後者はまさに文化的構築であり、人間と動物はこの点で明白に分別されるのだ。

どこからこういう区分を思いついたのかという訳者志水速雄の質問に対して、アーレントは「台所とタイプライターで」と答えたということだ。つまりオムレツを作るのは労働であるが、タイプライターで論文を書くのは仕事なのである。何という女性思想家らしい発想であろう。

料理を生命維持のための労働と捉えるならば、それが論文作成つまりは学問という意味ある仕事を行うために、仕方なくいやいや日に三度繰り返さねばならぬシジフォス的労働ということになる。アーレントが男であれば、妻に任せたことだろうし、ギリシアのポリス市民なら奴隷にそれをやらせればすんだことであろう。

ものを喰うのは動物もすることだ。人間は動物であるから喰わぬわけにはゆかぬ。だが人間は単なる動物でなく、仕事をしさらに活動を行なう。仕事、すなわち家具・家屋・神殿・橋梁・もろもろの文化財の産出と、活動、すなわち言論にもとづく政治生活こそ、人間の人間たるゆえんであり、食料を生産しそれを消費するのは、生物的生存＝生命維持という、仕事と活動という人間の本来のありかたを実現するための、なければそれが最上という必要悪にすぎないのだ。

こういう考え方をするのはアーレントだけではない。プラトンも人間の魂の属性を、「食物や飲み物や性愛やその他それに準ずるものに対する欲望」（これはすべて金銭によって叶えられるから「金銭を愛する部分」とも呼ばれる）、勝利や名誉を愛する部分（気概とも呼ばれる）、真実を知ること、つまり「学びを愛する部分」とか「知を愛する部分」とか呼ばれるもの、というふうに三区分し、「欲望」の部分を最低に位置づけた。この欲望を彼は「宴席でのドンチャン騒ぎを愛するもの」とさえ呼んでいる。プラトンの考え方はギリシア人一般のそれを代表していた。ギリシア人が奴隷所有を必要としたのは、この最低の欲望をみたすための労働を彼らに肩代わりさせ、自らはアーレントの言う仕事と活動に専念するためであった。欲望のために働くことを免れ、国事に専念できることこそポリス市民の資格だったのである。またかのマルクスも、最高度に発達した生産力を私有の枠から解放すれば、すべての人間が労働から解放され、たとえば午前は釣をし午後はプラトンを読む生活を楽しむことができると説いた。すなわち生命維持のための労働を本来は免れるべき苦役ととらえるのは、ヨーロッパのある種の伝統と言ってよいのだ。

2

労働を免れてしかるべき苦役とするのは、一面妥当性をもつようにみえるが、ふつうの人間の実際の経験からすれば、実は特別な人間たちの考えかたである。アーレントが例にあげた台所仕事を考えてみればそれは明らかなことと言わねばならない。料理が最高に楽しい労働のひとつであることは実際にやってみるとわかる。献立てはイメージであるから、その段階からも創造的である。献立てに合わせてまず食材を買いこむ。もちろんキュウリ一本だって選んで買う。その皮むきだって、どういう使い方をするのか、サラダにまぜるのか、独立した一品にするのかでむきかた、切りかたが違う。ゆでるにせよ、焼くにせよ揚げるにせよ、みな一律ではない。工夫をしようと思えばいくらでも出来る。料理がアートであるのはやってみればわかる。アートであるからこそ、上手もいれば下手もいるのだ。

食事は動物的な生命維持だから、それに費される労働は低級だというのは、よく出来た料理を作って自分の愛する者、あるいは者たちをよろこばせたことがない人の言うことである。また、あとに残らない瞬間的な消費だから次元が低いというのは、なぜ人間は神に食物を捧げ、神との共食によってよみがえったのか考えたことのない人の言うことである。日中戦争の最終局面で、いわゆる大陸打通作戦に従軍し、河南・湖北の省境から、仏領インドシナ国境まで歩き通した松浦豊敏は、畑から蚕豆《そらまめ》をとってスープにして喰ったときの経験を、『越南ルート』という小説に書いている。もちろん餓えは最悪の段階に達していた。肝心なのは彼がこう書いていることである。「後にも先にも、長い行軍の間、あの時のように優しい気持ちになったことはありませんでした」。優しい気持ちは何が善であるかという哲学的探究から生じたのではない。そらまめのスープから生れたのだ。

プラトンは「宴」といえば必ず「ドンチャン騒ぎの」と形容句をつける。だがイヴァン・イリイチが人びとの歓ばしい共生を形容した「コンヴィヴィアル」とは、もともと「宴席の」という意味なのである。心をこめた料理を誇りをもって適正な価格で提供している小さな店で、五、六人の友人が集まって食事をする時の精神的充溢を知らぬ人はなかろう。「盛り上って」騒ぐ必要など全くない。静かな会話が心はずむのは、会話によき食事、さらにはよき酒が伴っているからだ。口腹の歓びを精神の歓びと無縁とする人は、そもそも生命を保ち更新し続ける働きと、善と真実を求める心の働きが一体であることを知らぬのである。

食事のもつ精神的な重要性はイサク・ディーネセンの『バベットの晩餐会』を読むだけで明らかだろう。ノルウェイの小都市に暮す姉妹の家に、ある日傭ってくれと言って来た女がいた。この女バベットはパリから「火つけ女」として逃亡して来たのだ。「火つけ女」というのはパリ・コミューンの際、石油を振りまいて家屋を焼こうとしたという悪名をかぶせられた庶民の女たちである。姉妹の父はキリスト教の新宗派を開いた男だったが、今ではその宗派も様々な内紛を抱えながら細々と存続するばかりだ。バベットは大変役に立つ料理女だったが、勤め始めてから十四年もたったある日、富くじに当たったので、故牧師の生誕百年を記念して晩餐会を開きたいと申出る。人数は十二名。当夜のディナーで、出て来る一品一品に老信者たちの頬は緩み、仲違いしていた者も互いに謝り合う。しかし料理の真価がわかったのは姉娘のかつての恋人、今は将軍となっている老人だけだった。彼はワインも含め、パリ最高のレストランのディナーが再現されているのに一驚した。姉妹は金持ちになったバベットが家を去るのではないかと心配した。しかし彼女は当ったお金を全部このディナーに注ぎこんでいたのだ。彼女はカフェアングレのシェフだったのであり、そこではディナー十二名で一万フランかっきりだったのである。

食事は瞬間的な欲望の満足であり、単に生命を維持するためだけの消費行為だというのは、それが人の心をいかに開くものであるかを知らず、料理が究極のアートのひとつだということも知らぬのである。バベットはブルジョワジー支配に反抗するコミュナールだったと同時に、ブルジョワのためとはいえ最高の料理のアーティストだった。質素な家庭の地味な料理女として十数年をすごしたあとも、このアーティストのおのがアートにかける誇りをもう一度味わいたいという欲望は死んでいなかった。この欲望は料理が単なるはかない生命維持行為ではなく、時間を永遠とするアートであることを語っていないだろうか。

霊長類研究者山極寿一は類人猿に見られる「物乞い行動」と「分配行動」が、「食物を利用して互いの社会関係を確認し調整しようとする」働きであることを明らかにし、次のように述べている。「こうした類人猿の分配行動や豊かな狩猟採集社会から推察すると、初期人類は分配しなければ飢えてしまうほど貧しい食環境で暮していたのではないと思われる。……分配活動は飢えた人びとを生き残らせるために発達したのではない。食料を分配することが仲間同士の親睦を深め、より自由度の高い社会交渉を発現させ、多様な協力体制をつくりあげる役割を果たしたからにほかならない」。食物の分配とは共食である。「現在世界のどこを見渡しても、個人単位で食事をすることが原則になっている社会はない。食事は社会的な場であり、親睦を深める交渉であり、互いのきずなを確認しあう手段である」。

しかも食事＝料理は、単に人と人を繋ぐだけではなかった。石牟礼道子は五、六歳のとき、初めて料理らしきものを作った思い出を語ったり、書いたりしている。キビナゴという小さい魚を刺身にしたのだが、そのとき彼女は着物の袖をからげる紐を花結びにしていた。この花結びというのが幼な心にもいかにも美しい装いと思われ、料理は花結びと切っても切れぬ行為だった。彼女はその初めての料理を盛った小皿を、あるところでは父に、あるところでは狂気の祖母に奉ったと書いている。すなわちこれは人が森羅万象と交渉する聖なる儀式だったのである。アーレントは台所などに立たずに、一日中タイプライターを叩いていたかった訳だが、石牟礼という作家にとって、台所仕事は執筆行為とおなじ重さをもつ生命のいとなみ（生命維持行為ではなく）だったのである。

3

アーレントはさらに重要な事実を忘却している。飲食や性行為はそのときどき消費される瞬間的行為で、机や家屋を作る「仕事」と違ってあとに何も残さないと言う。この人は穀物は空から降ってくると思っているのだろうか。食物が収穫されるには田畑がなければならない。田畑は人の一代だけではなく何代もかけて造成されたものである。「生きかはり死にかはりして打つ田かな」（村上鬼城）。家具や建物が人間にとっての世界を作り出すというのなら、田畑はそれ以上に人間にとっての基本的な景観、すなわち世界を作り出すのである。

さらにまた食物は小麦であれ葡萄酒であれ、袋や甕に入れて保存される。納屋や家屋の片隅に置かれた袋や甕は、机や寝台とおなじく日常の生活世界の景観を形づくらないだろうか。また鶏や家鴨は食べられれば姿も形もなくなるであろうが、それを食べるためには飼育の期間が必要であるのはいうまでもない。しからば、彼らが庭で穀物をついばんでいる光景は、これまた家屋や教会堂とひとしく人間の感性をはぐくむ世界景観のひとつではないか。

自ら農業を営みつつ、農という人間の在り方について考察する宇根豊は、農という営みは、人間何も喰わねば死んでしまうから、いかにしんどくても耕して収穫せねばならぬのだという単なる「生命維持行為」なのではなく、たとえそれがそういう面をもつとしても、その労働が持続的な人間の行為たりうるのは、田畑を中心として展開する生命の世界に情愛を感じるからだ、つまり農という行為を通じて人間の前に「天地有情の世界」が開けるのだと論じている。

さらに、狩猟に至っては、太古以来ヒトが世界を感受しそれと交流する大事ないとなみであった。ブッシュマンに関する人類学者の記録を読んでみるとよい。狩猟・採集活動によって、ヒトは世界を理解したのである。トルストイ以下のロシア貴族文学の華というべき場面は狩猟のそれであった。狩猟という行為がひとりの少年にとってどんな教育的意義をもったかは、フォークナーの『熊』に語り尽されている。

漁業についてはどうか。石牟礼道子は水俣病患者でもあった不知火海漁民の杉本栄子についてこう書いている。「栄子さんの船が大漁のとき、海辺の生きものたちが狐や狸まで、エンジンの音を聞きつけて渚に寄って来たというが、それらのものたちに、市場に出せない小魚を栄子さんが、『ソーイソイ、ソーイソイ』と投げ与えられる。生きものたちは総出して、つま先立ちになり、両手を差し出しながら待っていた、というエピソードがある。栄子さんがいらっしゃらないと海辺は賑わわない」。

またこうも書いている。

「八月の魚満天の祈りの日、明るいうちから沖の方に稲妻を含んだ風が立ちはじめ、引きこむような気配があったという。いつもなら恐ろしくて船を出せないそうだが、この日栄子さん夫妻はなぜかその中心を目ざして、

『さあ、ゆくぞ』

という気になったそうだ。雨もざあざあまざったすごい空模様だった。

海の上に魚たちを巻きこんだ竜巻が出来ていて、人には見えぬそれが杉本の船からは見えたのではないかとわたしは思う。ひょっとして雨雲の中からも魚たちがどどどどどと降って来たのではないかしらん。舳先も、竜巻にこなされながら、ひきさける

ことなく、雨も風もお互い撫でさすらんばかりに、魚の集中している渦の真中に快栄丸を押しやったのだろう。鳥肌立ちながらの大漁だったそうだ。……原初の昔から海の上のどこかにあったかもしれぬ神の試練のような天候。そのただ中にはじめて誘《いざ》ないこまれた感動が、いつもいつもふれあってはいるけれども、その日また新しくめぐりあった魚たちとの、おぞぶるいするほどな出逢いだったにちがいない。何よりもその間、栄子さんには天と海からの呼びかけがあったにちがいなかった。身悶えしながらしぼり出されるその声はほとんど神がかりして聞え、聞く側も奇跡の海面に誘いこまれたような気さえしたのだった。その時の海のざわめきや網の手ざわり、船の震動、夫婦の息づかいや短いかけ声など、海の上であったことすべてを話そうとして、栄子さんの声は飛んでいる鳥さながらに、光ったりかげったりするのだった」。

　こうした世界交歓の様相を実質とする農や漁のいとなみを、単なる生命維持のための労働で、その産物は瞬間的に消費されてはかないとか、人間活動の欲望という最低の部分に関わる事柄だとあっさり切り捨てて、その上にことごとしい愛知の世界を概念から概念への展開という形で築きあげる哲学者とは、いったい何という種属であることか。

性愛はもちろんアーレントにとってもプラトンにとっても、単なる生命維持行為であり欲望の領域に属する。しかし、私は三十代の不知火海漁夫から、朝早くから漁に出て、漁果を得たのち家に帰って妻と交わるすばらしさを聞かされたことがある。ゾラも坑内から上って風呂で汚れを洗い流す坑夫が、衝動にかられて妻を引き寄せるシーンを『ジェルミナール』で描いている。「『おやめったら、馬鹿だねェ！　お前さんびしょ濡れで、あたしゃ濡れるじゃないか』……彼は又も彼女をつかみ、今度はもう放さなかった。入浴の終りはいつもこんな風で、彼女は彼をうんと強くこすり、つぎに布で体中を拭き、彼の腕と胸の毛が布で擽ぐられ、こうして彼の元気が回復するのであった。とは言え、この時は坑夫町の仲間の家々でも同じように馬鹿な真似の時間で、この時人々は必要以上に子供を植えつけるのであった」。

必要以上に子供を云々の言葉は、ゾラがいかにもナチュラリストらしく無知な人間の粗野な行為としてこの坑夫の行為をとらえていることを示しているものの、ここに表現されているのは性行為のもつ精神的な力学であろう。ことに激しい労働で身体を使い尽した一種の昂揚が、性行為につながるのは注目すべきことである。すなわち性行為とは人間がある極限に近づく行為であって、それ故に俗間に「お祭」などと称されて来たのだった。

4

哲学者たちに従って、飲食とそのための労働、さらには性行為を単なる生命維持行為、価値を生まぬ欲望の世界とみなそう。アーレントの第二の人間活動（activities）は仕事（work）である。仕事はいずれ摩耗に見舞われるにせよ、労働（labor）に比べたら一定の存続・定在という点で、いくらか価値をもつもののようだが、アーレントによると人間たるゆえんは第三の領域たる活動（action）にあるのだ。彼女の定義によると「活動 action とは、物あるいは事柄の介入なしに直接人と人との間で行なわれる唯一の活動力であり、多数性という人間の条件、すなわち、地球上に生き世界に住むのが一人の人間 man ではなく、多数の人間 men であるという事実に対応している。たしかに人間の条件のすべての側面が多少とも政治に係わってはいる。しかしこの多数性こそ、全政治生活の条件であり、その必要条件であるばかりか、最大の条件である」。

要するにアーレントによれば、人間の最も価値ある活動は政治なのである。この場合の政治とは言論を基礎とするものであることは言うまでもない。公的な言論の空間に参加し、公共の諸問題の解決に積極的に参与することが、人間の諸活動のうち最も価値の高いことなのである。言論を通じての政治活動というものが、アーレントの場合、具体的にはどんなものとしてイメージされていたか、それは知らない。彼女の著作や伝記をもう一度精査すれば、それも明らかになるのかも知れないが、私はアーレント論をやりたいのでなく、彼女を哲学的思考の一例として取り上げたのであるから、そこまで労をとる必要もあるまい。要するに集会に出て発言したり、新聞雑誌に論説を発表したり、場合によっては各級議員選挙、大統領選挙でキャンペーンに加わったり、必要とあればワシントンの大統領府をデモで包囲したりする範囲を出ないであろう。

しかし私は、人間の条件が多数性にあるとして、その条件からまず引きだされるのが、たとえば古典ギリシアのポリスや初期アメリカ十三州の堂々たる国政レベルの「政治」であることが不思議でならない。人間の条件が多数性であり、その事実に対応するのが、人と人との間で行われる活動だというのはよいとして、そのような活動はまず幼少期の遊び仲間として始まり、学齢期に入ればクラスメート間の交際となり、長じて大人となれば、地域あるいは職場での人間関係として現われる。政治を広義に解すれば遊び仲間にもクラスメートにも、隣人にも同僚にも、「政治」は出現するであろう。動物行動学者にいわせると、チンパンジーだって三匹いれば、どいつと組んで他の一匹を疎んじるかという「政治」が出現する。遊び仲間には餓鬼大将が出現し、クラスには必ずボス（あるいは人気者）を中心に主流派が成立する。このような集団における力学に積極的に参加することが、人間として最もあるべき望ましい姿なのか。人間には群れたい衝動とともに離群の衝動が必ず存在する。ニホンザルのオスは生涯中必ず一度はハナレザルとなる。離群こそ人間を人間たらしめる自覚の現れではないのか。

ムラ社会において、公共の問題は宗族の長の全員出席の会合で討議・解決される。宮本常一が対馬の小村で経験したところによれば、宮本が希望する村所有の文書の閲覧を許可するかどうかについて、二日にわたって会合は続いたという。もっとむずかしい問題になれば三日かかる。理屈などは言わない。事例を思いつく限りあげて行くなかで、おのずと決着はつくという。ああいうことがあったよなあ、こういうこともあったよなあとやってゆくのである。世間話なども交えたであろうから、それはそれで楽しい集いでもあったかも知れぬが、こういう会合は仕方がないから開いているだけで、村人たちの諸活動のうち人間として最も価値の高いものであるはずがない。村人が全実在の深奥に踏みこみ、おのれの生命の価値を実現する場はもっと他にあった。

ましてや、今日のわれわれが逃げ得ぬものとして参与せざるをえない会合、団地やマンションの入居者集会に至っては、そこで積極的に発言したりリーダーシップをとってゆくことが、人間として最も高級ないとなみだなどと言われたら、失笑を禁じえないのが実情ではないか。そういう場でリーダーシップをとりたがるのが、警官や教師あがりなのは周知の事実だ。入居者集会と国会では論議される事柄の次元が違うなどと言うなかれ。どこが違うのか。あるのは規模の大小の違いだけではないか。団地やマンションの居住者集会が忍耐せざるをえない不快事であるとすれば、国政レベルの政治も忍耐せざるをえない必要悪なのである。分立する利害・価値観の妥協点を求めるアートが政治なのである。仕方がないからやっているだけのことだ。もちろんできうるかぎり賢く。

私は人々の中にあって互いに関係を結び合ってゆくいとなみが、人間の諸活動の中で最上かどうか知らぬが重要な意味を持つことを、アーレントとともにまたプラトンとともに認める。だがそのいとなみは、いきなり国家とか社会の正しい管理・統治に結びつくものではなく、長ずるに従ってふえてゆく自分の周りの人々、束の間であれ、またごく浅くであれ接触する人々との関係として現われるのである。アテネの立法者ソロンがリュディア王を訪うたとき、クロイソスは最も幸わせな人間とは誰かと問い、ソロンは日々よき父であり夫であり、ポリスの国難にあってはいさぎよく討ち死した一人物の名をあげたとヘロドトスは伝える。プラトンはそういう殉ずべき「共和国」を希求したのであろう。このような「共和国」の理念に殉ずることを一生の幸福の実現とする考え方は今日、いかなる根拠に立っても認めることはできない。殉ずべき「国家」などありはしないからである。

私たちが本当に知っており、またそのために殉ずべき人びととは、生涯のうちに知り合い、その間に愛と友情を築いてきた人びと（その数は少なくはない）しかいないのである。その意味では、どういう人々と出逢ったかがおのれの一生の総決算なのだ。人倫の真の次元は、そういう交りの中でしか貌を見せない。グスコーブドリが火山口に身を投じたのは社会のためでも人類のためでもなく、いわんや国家のためではなく、ただただそういう愛する人びとのためであった。そういうともに生きる人々を見出すかどうかがひとの一生であって、それを措いて公共の言論だの政治活動だの空語に過ぎない。

5

哲学者たちは必ず、自分がその中に投げこまれた世界の見かけを疑わず、一生をただ無自覚にすごす人間と、世界の真の姿に目覚めて、生を自覚的に形成しようとする人間を区別するようである。もちろん彼らは後者であれと私たちに説くのである。私の頭では読解できぬので、ジョージ・スタイナーの解説によるが、ハイデガーの説くところでは「自己はそれ自身から疎外され、ひととなる」、つまり「実存を無定形の『多数の彼ら』ないし他者性に譲渡してしまっているのであ」り、「集合的・公共的・群集的な『多数の彼ら』のなかの『ひとり』に堕している」。世界の中に投げこまれた「現存在」は「非本来性」への「頽落」として現われるのである。

このように言うとき、ハイデガーはおのれの「非本来性」と「頽落」に目覚めた者として語っている訳であろう。そしてこのような哲学的考察に無縁に生きる人びとをいまだ目覚めざる者と捉えている訳であろう。もちろんこのように説いて来た人は多い。説き方はそれぞれ異っているにせよ、哲学者のみならず、宗教者も賢人も聖者もそう説いて来たのだ。「目覚めよ」がその標語であって、目覚めるとは王城を出、妻子を捨てて求道者になることであり、人びとの間をさすらって新しい言葉を撒き拡げることであり、あるいはまたヒマラヤの絶巓に座して黙想することであり、人里はなれたところに草庵を結ぶことであり、僧院や修道院にはいることでもあった。そしてそのような目覚めに遂に達せぬままに過ごされる人の一生は、あるいは酔生夢死、あるいは人糞製造機と罵られることになる。

私はこういう人間論、無自覚に空費される一生と、何らかの「道」に目覚めた一生を区別する人間論を何とかして乗り越えたいと考えて来た。むろん目覚めということは、いかなる人間の一生にもあることであり、そういうおのれを見返す働きは、人間が持つ働きのうち大切なもののひとつである。学校での成績がとび抜けてよろしく、本人もそれが自負であり、親がまたそれを誇ってくれるのが嬉しいというのは、それ自体当然の人性ではあるが、ある日その当然の人性であるものがいやしく羞ずべきことと感じられるとすれば、それはひとつの目覚めでありあらまほしきことである。またおのれが失恋したとき、おのれが失恋せしめたものの痛みを初めて知るのはよいことである。俗諺も言っている。「わが身をつねって人の痛みを知れ」。無自覚に空費されるとされる俗人の一生にも、こんな類いの目覚めならいくらでも転がっているのだ。

だが哲学者の言う目覚めとは、そんな酔生夢死の一生にもざらに転がっているような、いわば日常的な目覚めではなく、もっと高度な真実を見出し善に徹する態の目覚めであるようである。欲望と情念から脱却し、知と善がとことんまで究められた境地であるらしい。人はみな哲人にならねばならぬのであって、高度な知的訓練を経ねばならぬことになる。事実プラトンにおいては、国家の統治を担う能力にまで達するには四十年の教育が必要とされているのだ。

こういう考え方には何か根本的におかしいところがある。たとえば人間は悟りに達しなければならぬとすれば、それに達したごく少数の高僧のみが真の人間に値いし、あとは文字通り衆愚として、幻に惑わされた一生、プラトンの洞窟の比喩に出てくるような、壁に写る影の動きを世界の真の姿と思いこむ一生を送ることになる。存在の真の姿に目覚めた少数のエリートにのみ世界は開かれていて、目覚めぬ衆愚には世界は閉されている。

しかし、そのような悟りなり自覚なり認識なり観照なりに達した人物は、必ず僧院なり学院なり孤独な屋根裏部屋なりで、長期の学問と思索を経てそうなったのであろう。その間彼は飲みもし喰いもし、椅子に座して机に向かい紙とインクを消費し、寝台にも眠り、照明も採り、異性とも接したであろう。水道・下水道・道路・交通手段のお世話になったことは言うまでもない。病いに伏せば看護も受けただろう。そういうものを彼に供してくれた人びとが、人間として真の自覚に達せぬ「頽落した非存在」だと言うのか。彼らの達した認識や観照からして、憐れむべき衆愚だと言うのか。

翻って彼を育ててくれた両親のことを考えてみるがよい。代々の学者の家柄というものもあるが、両親は一生田を耕した農夫であったり、都市の猥雑な賑わいの中で暮しを立てた職人や商人や事務員であったりするのが普通であろう。わが国の近代の学制で言えば、小学校をやっと出たという人も少なくはなかっただろう。そういう両親の一生をつらつら鑑みて、「頽落した非存在」などと切って捨てることができるかどうか。親より俺の方が偉いなどと思えるかどうか。人は普通、俺より親の方が偉かったと実感して来たのではあるまいか。なぜなら、親たちは学問はなくても、まっとうに働き実直に人と交わり、ひたすら自分に愛を注いでくれたことを、いかなる高僧知識といえども、身をもって知っているからである。彼らは人並の欲望や情念に盲目的に衝き動かされつつも、親としてのつとめは辛うじて果して来た。おのれも子を持つ親として考えてみるがよい。自分は親というペルソナにおいて、自分自身の親よりはるかに立派であったなどと言える人間がいるものかどうか。

根本的には、人間の生は哲学者が蔑視するような欲望や情念を切り捨てては成り立たぬものだという根底的な事実が存在する。それは善し悪しを超越した事実である。欲望や情念が死に絶え、あとに純粋無垢な善のみ残るような世界に誰が生きようと望むか。いつの時代にあっても、人びとはおのれの欲望と情念をみたすことを求め、またそれであるからこそ他者の欲望・情念と折り合いをつける道を探って来た。幼にして仲間とともにあることの楽しさと苦痛を知り、家族の中で育つことで保護されつつも骨肉の愛憎を嘗め、何らかの業《なりわ》いによって自活する技を身につけ、何かに憧れ何かに挫けながら、異性を恋うて子を成し老いてゆき死ぬ。孤独も病苦も貧も憎悪も、生き甲斐も歓喜も共生感も、こもごもに織り成される一生の模様として存在する。そして何よりも地球という天体の一時の過客として、太陽と月と星辰、山嶽と森林、海と河川、風雪と寒暑のコスモスを必ず体験する。そういう特殊な生物としての体験を、短かかれ長かれ経ずして死ぬ人間は、不幸な夭折者を除いて誰一人いない。こういう万人に等しく与えられた生を、より義《ただ》しいものより美しいものより正直なものとして送りたいと願わない人間は一人もいない。平凡であり学問もなく、人より卓越したところが何ひとつないとしても、その生は実は体験に満ちているのである。こういう一生はまるごとその価値を承認さるべきではないか。

このようなありふれた人の一生をさまざまに懐疑することはできる。できるというより、それは人間の意識の展開の必然である。人のこの世界での存在しように目覚めた者と目覚めぬ者に区分する哲学者も、生まれるべくして生まれたのである。だが、人の一生を価値ある生と無価値な生に区分し、知と愛と真実を探求する生を最高位に位置づける思想は、悔悟以前のラスコーリニコフを生む。金銭をむさぼり貧者から搾りとる老婆は生きるに価いせぬうじ虫であるとする思想を生む。いや、そこまではまだしもである。さらに、貧しくておのれの天分、人類に対して様ざまな貢献をすることができる天分を生かせないのは不条理であり、うじ虫のような老婆を殺し金を奪って、おのれの天分を生かす方が義しいとする思想を生む。しかし彼は老婆を殺すだけではなく、人を侵すことも知らぬ知恵おくれのリザヴェータを惨殺せねばならなかった。近年障害者施設を襲って多数の人命を奪った青年は、程度は低く偏っているにせよ、一種の自己満足したラスコーリニコフであることは否定できない。

もちろん人は善を望み悪を忌む。しかし人の世には絶対的な善も絶対的な悪も存在しうるけれど、われわれの日常的生、平凡凡庸な生に生起する諸事実は、善の中に悪があり悪の中に善があるような両義性と曖昧さを免れぬのである。なぜなら欲望と情念に衝き動かされて生きるという人間の基本的事実を承認し、そのような生きものとしての人間であるからこそ、天地自然の織りなす万象と交渉して生きる喜びも苦労も、必らず他者とともに生きねばならぬ違和も楽しみも、すべて味わい尽くして死ぬのだという事実をさらに承認する以上、善が悪を生み悪が善を生む循環、善のうちに悪が潜み悪のうちに善がはらまれる多層性と縦深性を、あるがままに受け取るしかない。

それぞれが所属する集団・部族・民族・国民が殺しあうのは明白な悪である。だがその悪のうちに忠誠と献身という美徳が生じた。コンラッド・ローレンツは攻撃性を持たぬ生物は、仲間に対する愛も忠誠も知らぬ、そもそも仲間という意識をもたぬと言っている。そのためにはおのれを擲つ友を持たぬ人生は空しい。メロスにはセリヌンティウスという友がいた。彼の死を救うためにメロスは三人の山賊を殺さねばならなかった。博徒の殺し合いが愚かな悪であることを認めぬ者がどこに居よう。しかし、これから撲りこみにゆく高倉健の心を「幼な馴染みの観音様はお見通し」、つまり憐れみ是認しているのである。一人の女性に恋着し、忠誠を捧げ奉仕するのを悪と見るものはいまい。しかし一人の女性をのみ愛するということは、他のすべての女性を愛さぬ、少なくともその一人の女性に対すると同じ愛で愛さぬということであり、宮沢賢治という人はそれを悪と自覚した。

人間は善のみ選択することはできない。善には悪の反面がついてまわるからである。だから絶対善の上に立とうとすれば、欲望と情念、つまり感性的なものすべてを放棄しなければならない。煩悩を絶ち観照に徹しなければならない。それが哲学者の立場である。仏陀は一個の哲学者として、人間の欲望と情念によって形成される世界を幻として棄却し、存在の絶対相を観じてその中に帰一することを、これは無学な私の思うところだが、多分説いたのだと思う。それは結構だが、そんなことは言説として説くことはできても、実際その境地に生きることは普通の人間には絶対に不可能なことであるからこそ、仏教は別に阿弥陀仏というものを発明して、一切を阿弥陀仏の計らいに任せさえすれば、愚かな汝らは愚かなるままに生きてよいのだと説くに至った。

西洋流はこれと違っていて、プラトンは哲学的知の訓練によって真実を明らかにできるし、その真実に従って生きることは教育によって可能だと考えたようだ。その場合にも欲望と情念の支配を免れようとするのはおなじで、その教育たるや、不道徳なことに汚染された一切の詩や物語、ホメロスや神話はむろんのこと、民話の類いに至るまで、成育の途上一切目に触れさせてはならず耳に入れさせてはならぬのである。つまり絵本も童話も見せてはならぬのである。何という幼年時代を人は過ごさねばならぬことになるだろう。

ディケンズは言う。「少年時代のおとぎ話に大変な愛着をもっているのは私だけではあるまい。かつて私たちを魅了してやまず、現在多くの子供の想像力をとらえているものは、今は長い人生を終え白髪頭を墓場で休めている人々が、やはり幼かった頃に、胸をときめかせたものだ。このささやかな経路を通じてどれだけの優しい感情や慈悲の心がわれわれの心の中に芽生えたか、はかりしれない。礼節、貧乏な人々やお年寄りをいたわる心、動物をかわいがる気持ち、自然への愛、乱暴や圧政を憎む感情――そのような多くの美質が子供の心の中にこの力強い助っ人によって芽生えたのである」。

最高のディケンズ論の著者でもあるG・K・チェスタトンは言う。「私の最初にして最後の哲学、私が一点の曇りもなく信じて疑わぬ哲学――私はそれを子供部屋で学んだ。それをおおかた子守りから学んだ。つまり、民主主義と伝統につかえる巫女、厳粛にして抗しがたい女官から学んだのである。当時最も深く信じたもの、そして今も私が最も深く信じているものはおとぎ話なのだ」。

ソクラテス＝プラトン的な禁令はたんに非人間的というにとどまらない。彼らが目指す愛知・真理探究にはなにか根本的におかしいものがあることを示唆している。

真実や偽わり、善や悪について抽象的・概念的な思考を構築して来たのは、むろん哲学者・宗教者を含む知識人である。彼らの営みはいったん文明が生ずれば、いいも悪いもなくそれ自体の自己組織化の法則に従って進行し高度化し、知識と思索をためこむことで各種知識人を生み出さずにはいない。だが、そのようにして高度化し肥大した思考が、それを生み出した原基的な生の活動、摂食と生殖、労働と遊戯、親愛・

執着・反目・違和等々の人間関係、さらには天と地と山河と気流と鼓動を共にする生といった諸相に彩られる原基的な生きるということを蔑視し、忘却して、逆に理念に基いてそれを整序し支配しようとするのは、根本的な倒錯・反逆と言うべきである。

そもそもプラトンが再現するソクラテスの言説のように、Aを認めるとしよう、そうすればBが導き出される、そしてBが導出される以上Cの成立は必然であるといったふうな、論理によって命題を次々に導き出し、壮麗な論理的構築をなしとげるような概念操作的思考、煉瓦をひとつひとつ積みあげてゆく思考に陥し穴があるのではなかろうか。こういう思考、商品といった最も単純な要素の分析から開始し、概念の自己導出作用によって資本主義社会の全体像を構築するような思考は、日本人が一九世紀中葉まで知らず、産み出すこともなかったような種類のものであるだけに、日本知識人はこの手の概念的論理操作に圧倒され、それこそ唯一の知の技法と盲信して来た嫌いがあるのではなかろうか。

こういう種類の思考の根本的な危さは、ひとつ偏った命題を真理として承認してしまえば、次々と自動的に偏った人工的概念が産出されて来ることである。ひとつの視点から出発して、次々と論理的に概念を導出してゆく思考ではなく、多数の視点から様々に探りを入れ、ある点まで進んで行きどまると、別の視点からまた探りを入れてみるような、しかもコモンセンスと致命的な齟齬をきたさないような遊動的な思考こそ、現代世界のようなある意味で無定形な対象にはふさわしいのではないか。

コモンセンスというのはコモン・ピープル、ごく普通の、なんら突出した才能もなく、卓越したステータスも持たぬ庶民の真偽・正邪に関する感覚を言う。むろん庶民は歴史的な由縁をもつ様々な偏見・誤信も抱いている。知識も乏しいだろうし、視野も狭いかも知れない。しかし彼らは生きている。知識人よりはるかに実質的に生きていると言ってよい。何となれば欲望と情念に導かれて生きているからで、この欲望と情念が正直に働くところに、知識人が忘れ去った世界との一体感も、仲間に対する信義も、苦境に陥った同胞への憐みも、仲間とともに生きざるをえない者の特性として保存されるのである。知識人とはひとりで生きられる人間である。実際はともかく理念としてはそうである。庶民は自分が傑出した主体だなどとは思っていない。ただ、自分のようなものでも生きていてよい個であると思っている。そしてその個は孤を求めつつ、仲間と生きるしかなく、その共同の生のうちには正義と憐みがあるべきだと思っている。あらゆる思想あらゆる哲学は、このコモン・ピープルの間で、彼らの集団生活の中で培われた非常に起源の古い原初的な正義感と憐愍を常に振り返り、そこに着地しなければならない。

そのとき人間の「活動」とは政治であるなどという考えは、知識人特有の倒錯であることが明らかになろう。政治とは国際レベルでも、一国レベルでも、あるいは町村・地域のレベルでも、最少の場合村共同体や町内会であろうと、多様な人間の利害を調整し、一定の秩序をもたらす装置であり技術である。それは必須のものではあっても、人が人として充溢と生き甲斐と、ごくささやかな許されてある安心を与えるものでは絶対にない。人として生れてこの実在（自然）と交感し、人びとに共に生きる仲間を見出すのは政治とは全く別な営みである。それは日々の自分の実在と人びととのつきあいであって、これほど政治から遠いものはない。そういうほんとうのつきあいに「政治」がはいりこんで来ることこそ悪なのである。政治とは日常の円圏に入りこまない必要悪でしかない。政治には計算がつきものであるが、つきあいに計算は要らぬのである。要らぬどころか計算が入りこめばつきあいは死ぬのである。

前八世紀のギリシアの詩人ヘシオドスは『仕事と日々』で「競合《エリス》」という女神には二通りいると語っている。ひとつは「悪しき戦や争いに力をあたえる苛酷な女神」であるが、実は「それに先立つべきいま一柱の女神」をゼウスは「大地の根のあいだに置」いたというのだ。このもうひとつのエリスは「業や力に劣るものをも仕事へと眼をひらく」もので、この女神のおかげで人びとは他人と競い合って負けじと働くのであり、その意味で「競合《エリス》」は「世の宝」なのだとヘシオドスは歌う。久保正彰はこの大地に埋められた新しいエリスの発見こそ、「ヘシオドスの新しい出発点」すなわち「生きていくための努力の是認」だと言う。つまり「人間ははじめて労働を価値あるものとしてみずからえらぶこととなる」。久保はさらにヘシオドスの語るパンドラの説話を考察し、「生をねがう人間からみれば、神々から送られてくるものにはつねに二つの面があり、悪や禍も、恵みふかい『大地《ガイア》』の力をわが力とする人間にとっては大きな倖せに転ずる可能性をもっている」と論じる。大地とは「悪から善を生みなす場」であり、「争いによって引きちぎられた人間の世界にあたらしい秩序をもたらすべき、ひろやかな展望もやはり『大地《ガイア》』との関係において発見できる」。しかもこのエリスの系譜から、新しい女神ディケーが生れる。ディケーは正義の女神ではあるが、暴力の前には無力で、ただ泣いて不正を訴えるしかない。しかし、不正によって深く傷つけられるというのは、コモン・ピープル＝大地の上で労働する人びとの特質なのである。労働とはこういうデリケートな正義の女神が働く場なのであって、単なる瞬間的な生命維持行為でもなければ、飲食の欲望をみたすためのものでもなかったのである。

〈言及文献〉

ハンナ・アレント『人間の条件』（ちくま学芸文庫、一九九四年）
プラトン『国家』上・下（岩波文庫、一九七九年）
松浦豊敏『越南ルート』（石風社、二〇一一年）
宇根豊『農本主義が未来を耕す』（現代書館、二〇一四年）
イサク・ディーネセン『バベットの晩餐会』（ちくま文庫、一九九二年）
L・ヴァン・デル・ポスト『カラハリの失われた世界』（筑摩書房、一九七〇年）
W・フォークナー『熊』（岩波文庫、二〇〇〇年）
山極寿一『家族の起源』（東京大学出版会、一九九四年）
石牟礼道子『花びら供養』（平凡社、二〇一七年）
エミール・ゾラ『ジェルミナール』上巻（岩波文庫、一九五四年）
フランス・ドゥ・ヴァール『政治をするサル』（どうぶつ社、一九八四年）

宮本常一『忘れられた日本人』(岩波文庫、一九八四年)
ヘロドトス『歴史』上(岩波文庫、一九七一年)
ジョージ・スタイナー『ハイデガー』(岩波同時代ライブラリー、一九九二年)
コンラッド・ローレンツ『攻撃』(みすず書房、一九七〇年)
マイケル・スレイター『ディケンズの遺産』(原書房、二〇〇五年)
G・K・チェスタトン『正統とは何か』(春秋社、一九九五年)
久保正彰『ギリシァ思想の素地』(岩波新書、一九七三年)

荒野に泉湧く

このたびの大地震について、何か書けという。多くの人びとが苦難と闘っている際に、いくら文筆が生業《なりわい》とはいえ、それを筆の種とするのは身がすくむ。しかし『熊日』さんには義理がある。それに、知り合いの多くの記者さんが、わが家の惨状にもかかわらず不眠不休で、必要な報道を続けるべく奮闘していらっしゃる。私も彼らの一員になったつもりで、この一文を書こう。

私は三・一一の大災害の際、いまにも日本が滅びんばかりのメディアの論調が不思議でならず、人類という生物はずっと地獄の釜の蓋の上で踊って来たのだし、幾度もの理不尽な苦難を経てなお、生き続けて来たのだと、あるところに書いた。

ひとつには大連で敗戦を迎え、喰うものはついに高梁粥《コーリヤン》になり、零下十数度までくだる冬を暖房なしに乗り切った少年の日の経験があった。全財産を失って手荷物だけで引き揚げた。補償など何もなかった。内地にいた人びともおなじことで、空襲で殺され焼け出されて、これまた補償などビタ一文なかった。人間は戦火や災害や飢饉に追われて流浪するのがむしろ常態であって、安穏な日常は仮の姿なのだと少年の私は思いこみ、以来その思いこみは抜けたことがない。

それなら、今回の大地震だってビクともしなかったろうとからかわれそうだが、ひとつ計算にはいっていなかった。年齢である。敗戦のとき私は十代で、大人にとっての苦労は、少年の私には心踊る冒険だった。ところがいまは八十五歳。ぐしゃぐしゃになった屋内の片付けに、まったく役立たぬばかりか、不自由のひとつひとつが身にこたえる。

だが世の中、私みたいな老骨ばかりではない。熊大近くに住む友人の話では、学生たちはこの地震でかえって活気づいて、笑い声をあげながら彼の家の前を往き来するそうだ。こういう若い人たちが、自分たちの文明がいかにもろい基盤の上に建っているか自覚し、今日の複雑化し重量化した文明を、どうやってもっと災害に強いばかりでなく、人間に親和的な文明に転換するか、考えてみる機会を与えられたのは、ほんとうによいことだ。禍を福に転じるとは、このことをいうのだ。

私はまた福岡から来た記者から、JRに乗り合わせた客たちがみな重いリュックを背負っているのに、席を譲り合って座ろうとせぬと聞いた。コンビニで買い物すると、店員が話しかけて来るとも聞いた。私自身気づいてみると、街ですれちがう人に、大変だったでしょうと自然に声を掛けていた。私が『逝きし世の面影』で描いたあの人なつこい日本人、人情溢れる日本人が帰って来たのだ。

自閉していた心が開かれたのではなかろうか。瓦礫の中から、かくありたい未来の人間像が、むっくり立ち上がったようにさえ見える。個として自立していながら、いつでも他者に心が開ける人間。束の間の幻影かも知れない。復興の過程ではかなく消えていく、いっときの和みかも知れない。それでも私たちが、何かきっかけをつかんだのは確かだ。

私はつねづね、自分が孤立を怖れない人間であることを望んだ。ところが地震このかた、電話・郵便・FAXなど、おどろくべき人数の方々から見舞いを戴いた。しかも、さらにおどろいたのは、熊本市内に信ずべき友が数十人もいたことだった。

自分がその人の安否を気遣うだけでなく、向うも自分の安否を心に掛けてくれる友、仮染めの知友というのではなく、この美しき地球上にほんのひととき滞在する私に、まるで『指輪物語』のような旅の仲間が、こんなに大勢いようとは。心が閉じていただけではない。眼すら閉じていたのだ。

私はもう長くは生きていない。けれども、見出した旅の仲間とともに、新しく旅立ちたい。さすれば荒野に泉が湧くであろう。

私には友がいた！

この原稿の注文を受けたとき、考えてしまった。決定的な二度目の激震のあと、まだ三日目である。家中に倒れた家具、特に書棚が積み重なり、厖大な書物が散乱し、やっと最低限の生活空間をぎりぎり作り出したばかりだ。その空間を作ってくれたのは娘夫妻で、老衰のわが身は何もできず、ひたすら二人の負担になったのみ。ただ倒壊した家具・書物の山に囲まれながら、座卓の前に坐り、読みかけていたツキュディデースの『戦史』を読み継いでいた。体力も気力も湧いて来ようがない。

こんなときに原稿が書けるのか、いや書いていいのか。娘夫妻が絶望的な状況で苦闘しているのに、何の手助けもできぬ私が。だが、そんな自分だからこそ、このたびの経験を文字にしておくのが、せめてもの務めではないのか。そう思い返してペンを取る。

災害というのは型にはまったもので、何も熊本のわれわれが初めての経験をした訳じゃなし、詳述しても退屈なだけとは知りつつ、一応あらましを書いておく。

四月十四日午後九時二十六分の第一震はM6・5、生まれてこのかた経験したことのない激震だった。キッチンの食器が大量に割れ、一階の私の居室、二階の娘夫妻の居住空間、書庫にわたって、かなりの書棚が倒れて書物が散乱した。しかし、翌日には京都に単身赴任している娘婿と、水俣にいる長男が駆けつけてくれ、余震が続く中、夜までには何とか原状を回復した。以上は大変な経験だったが、それで終れば何ということはなかったのである。震源に近い益城《ましき》町はもっと惨憺たる有様だった。わが家は震源から二里とは離れておらず、それだけに被害は小さくはなかったというだけだった。

一応片づけが終った十五日の深夜、正確にいうと十六日午前一時二十五分、M7・3の第二震が襲った。第一震など較べものにならぬ衝撃で、まだ座卓に向かっていた私は、前後左右、仏壇・書棚・CD棚が倒れかかる中、ただ座卓にしがみついていた。灯りは消え真暗闇。背後右手の最も重い書棚が倒れる際、右肩に打撲を受けた。もし私が床を延べて寝ていたら、頭部まで書棚・書物に直撃され、死ぬか重傷を負っていただろう。ツキュディデースのおかげで助かったのである。

真暗闇の中、倒れたもので包囲され、わずかに座卓前だけ残された五〇センチ平方にもみたぬ空間で、私はどれくらい身動きできなかったろう。そのとき思ったのは、とうとうこういう結末が来たということだった。娘夫妻のいる二階からは何の物音もしない。娘が階段を降りて来て声をかけるまで、どのくらい経ったのか。二階もあらゆる物が倒れ、一階に降りて来るにはまず通路を作らねばならなかったのだ。

その後のことは書かない。幸い電気は回復したが、水がとまりガスが消えた。最も困ったのはいうまでもなく断水である。それでも何とかしのいだだけのことだ。多くの知人がこの夜もまたその後の夜も、車の中や避難所で過したのに較べれば、私たちは屋内に躰を横たえる空間をやっと作れただけでも、ましだったと思わねばなるまい。

災難は今回で二度目という気がする。というのは、私は旧制中学三年のとき大連で敗戦を迎え、引き揚げるまで一年半、敗戦国民として悲惨を味わったからだ。特に二年目の冬がひどかった。常食は高粱《コーリヤン》でつねに飢えていた。零下十数度までくだるのに、石炭が切れて暖房なしに過した。家は接収され、他の日本人住宅に同居を強いられた。引き揚げ船には手荷物だけで乗った。全所有物を失ったのだ。引き揚げてみると、当にした親戚は空襲で焼け出されていて、彼らが転がりこんでいたお寺の一隅に、さらに私たちが転がりこんだ。それでも、芋まじり麦まじりの米の飯が喰えるのだから、天国だと私は思った。

安穏便利な生活などは仮象で、災害・戦争・飢饉などで追い立てられ、流浪せねばならぬのが人生の本質だと、この少年の日の経験以来私は思いこんだ。高度成長から高度消費社会へと世の中が変り、昔は思いもよらぬ「豊かな」暮しとなっても、その思いこみは消えなかった。だから、いわゆる三・一一のときも、まるで日本が滅びんばかりの論調が不思議でならなかった。史書は人間の歴史とは災害の歴史であり、理不尽な苦難と大量死を乗り越えて今日に至っていると教えているのに。

敗戦後の苦難と、今回の災害は、形態は違うものの、生活基盤を脅かされる点では同一といってよい。だから私は二度目というのである。しかし、経験の質はまったく異なっていた。私は年齢というものを勘定に入れていなかったのである。敗戦後の私は十代であった。躰をいくら酷使しても疲れを知らなかった。苦難は冒険とさえ感じられた。この時期の記憶は、私の生涯でも最も生気に満ちている。

しかし、いま私は八十五歳、今度ほど自分が役立たずであるのを感じさせられたことはない。これほどの災害に遭いながら、心はもの憂く、何もせぬのに躰は疲労し尽している。何くそと奮起するものもない。無力感を抱きつつ、もう面倒で厄介なことはいやだなあと、安穏を夢みるばかりなのだ。いや災害のせいではなく、去年にはいってから心身ともにもの憂くなっていた。大地震はそれを仕上げたのである。そして反省しきり。

書物に執着しすぎたのである。買いこみに買いこみ、十六年前娘夫妻がこの家を建ててくれた時、わざわざ設けてくれた書庫に収まりきれず、居室、リヴィングルームにも侵入、さらに二階の娘夫妻の居住空間を大幅に侵略し、近くに買った書庫用のマンションに収納しても追いつかず、遂に今回の惨事を招いた。むろん地震は私が招いたのではない。しかし、大量の本さえなければ、わが家はこれほどの惨事にはならなかった。

いまは書物を含め、すべての所有物が煩わしい。身ひとつなら、どんな転変にも処してゆける。いざとなれば野末で果ててもよい。だが、残されたあと何年かは、もう少しものを書いてすごしたい。私の場合、それには文献がいる。集めた本は私の年来の主題に即して系統をなしているので、どの部分も切り捨てられぬ。とすれば、これを保持して生きねばならぬのか。頭の痛いことだ。

だが、それは人類にとって文明は重荷だというに等しい。祖先以来築きあげたものは、担い通してゆかねばならぬ。私は老いの弱音を吐いたけれども、吐きつつ荷を負ってゆくつもりではある。文明とは善きものだ。だが、今回の災害をまつまでもなく、持ち重りのするものなのだ。

ありがたいことに、世の中は私のような老人ばかりではない。熊本大学近くに住む友人に聞いたことだが、彼の家の前を学生たちは、災害によってかえって活気づいたように、笑い声をあげ嬉々として通り過ぎるそうだ。大連で敗戦を迎えたのが私にとってよきことだったのは、若かったからだ。いまの若い人が東北大災害と熊本大地震を経験したのは、私の場合とおなじようによきことなのだ。このふたつの悲惨事は、これから社会を担ってゆく人びとにとって貴重な経験になるにちがいない。高度化・複雑化・重量化する文明を、いかにして質を落すことなくかえって高めながら、より操り易くより軽量でより人間に馴染み易いものに転換してゆくかという困難な課題に取り組まねばならぬのは彼らなのだ。

この度の惨事で、私は改めて人間の交わりということを痛感させられた。驚いたことに電話・メール・FAXで私の無事を気遣って下さった方々は数十人にのぼった。互いに連絡をとり合う在熊の友人も十数人はいた。

私は石牟礼道子さんの仕事を五十年近く手伝って来た。彼女はパーキンソン病を患い老人施設に入居していたが、その施設が機能を失い、彼女の部屋も無惨に破壊しつくされて、一昨日病院に収容された。身ひとつで一銭ももたず、着替えもなく入院した彼女に、当座必要なものを届けるのは、老衰した私のよくするところではなかった。福岡のある新聞記者が彼女のため肌着・ノート・ペン・老眼鏡を買い求めて、わざわざ車で渋滞する道路を何時間もかけて、深夜私の家まで送り届けてくれねば、また翌日、惨憺たるわが家を放り出して、施設や病院へ車を出してくれた友人がいなければ、彼女はいまだにひとり、着のみ着のままで放っておかれたはずである。何という共同の力であることだろう。

私はまたこの病院が、あの二度にわたる大衝撃にもかかわらず、人手を確保して機能しているのに感銘を受けた。医師・看護師・事務職ともども、わが家は惨事であるはずなのに、驚くべき責任感の強さだ。病院だけではない。自治体職員にせよ、交通・郵便関係者にせよおなじことだ。今日十八日、何ということならん、東京からの速達が届いた。読者のかたの慰問状だった。

人間は捨てたものではない、いま私は強くそう感じている。未来の人間のあらまほしき姿が、惨事の中から立ち現われた。三・一一のときもそうだったのだろう。これから必然となる復興の過程で、この姿が歪んだり、消え失せたりするかどうかは、私たち自身にかかっている。

はじめに書いたように、老い果てた私が体力も気力もなく、「どこまで続くぬかるみぞ」という徒労感に包まれているのは、偽わることのない真実である。実はこういう虚無に面するのも悪くはない。それに面してこそ、凡庸な言い草だが、人との交わりの真価が姿を現わす。

この度の経験で私は、単なる友というのでなく信じうる友、自分のことを気にかけてくれ、自分もその人のことを気にかけている友が、熊本だけで二十人以上もいるのに驚いた。人の交わり、友というのはむつかしいものである。よいことばかりであるはずはない。だが、どんな理屈よりも、こういう大災難時に立ち現われる互いの気遣いは現実的であり、事実に即して実証的である。こういう交わりを作って来たのは、おたがいの思想的模索の過程だった。いまはそのことを再考し、これからその交わりをどう仕上げてゆくのか思案するのみだ。

虚無と向きあう

『アルテリ』を編集なさる二人のお姉様から、今回は地震特集なので、君も自分の経験を書きなさいとのお告げである。何でも石牟礼道子さんが、「次号は地震特集ですね」とおっしゃったのだそうだ。天の声である。彼女はもともと天変地異が大好きで、その上この苦の世の中を終末させたい願望も浅からず、『おえん遊行』という小説では、不知火海上の仮空の島を炎上させてしまったくらいだ。

二人のお姉様は昨日石牟礼さんを車で震源の益城町へ連れて行ったのである。ところが車が益城町へはいったばかりで、その惨状に彼女は気分が悪くなった。彼女はパーキンソン病の症状で、日に二度は息苦しくなる「発作」を起こす。それが起こったのだ。早々に引き返すことになった。

無理もない。終戦直後、通勤列車の中で餓鬼さながらの戦災孤児を見すごしに出来ず、おぶってわが家へ連れ帰った人である。台風やら火山の爆発やら、自然の壮大なドラマには興奮するものの、無辜なるものの受難にはひと数倍のアンテナをお持ちなのだ。無辜なるものは人間だけではない。二十年ほど前であったか、澤地久枝さんの編集する雑誌から原稿を頼まれ、海辺から這い上って来て、日夜道路で車輛に轢き殺される小さな生きものについてお書きになった。澤地さん以下編集部が、一読み な泣いたとのことである。

脱線するが、この人は「受難者」を描く名手で、これも三十年ほど前、「県庁事件」の際書いたビラでは、身体不自由な患者を腰縄打って連行し云々と訴え、それを読んだ自民党の県議が、「こぎゃんふうに書かるると、コッチが悪かふうでこたゆるナア」と述懐したそうだ。「県庁事件」とは杉村という医師の県会議員が、水俣病患者にはニセ患者が多いと放言した件について、患者と支援者が抗議におもむき「暴力」を振るったとされた事件で、逮捕者の中には若き日の緒方正人さんもいた。

「脱線」に関してまた脱線する。若き日より私は決して脱線せぬ文章を書く人間だったが、近頃書くのは連想による脱線が多く、またそれを気にせぬようになってしまった。これはまったく、石牟礼道子さんの原稿を長年清書して来たことの後遺症だと思う。彼女の文章は同時多発して来る思いや心象を何とかひとつに纏めあげようとする力業なので、当然脱線の気配に終始襲われる。脱線気味で、それでも何とか元へ戻ってくるのが凄い。もっとも元へ戻すのに、清書者たる私と口論になることもある。脱線するのだから、過去と現在の区別もいり乱れ、何だか時間の渦巻きにとりこまれたようになる。

ところが、近く刊行する本のために「ひとと逢う」というタイトルの文章を書きおろしてみたら、話の進行が前後するだけではなく、ちょうど餅を焼くとふくれた部分からまたふくれが生じるような具合に、ともすればはいりこんで来る思い出に振り廻されて、時間まで渦巻き状になってしまった。始末が悪いことに、順序よく書こうという気がなくなって、まあいいやと筆任せ。まさに石牟礼道子的時間の流れようで、だから後遺症と言うのだ。

ここでやっと地震の話になる。実は今回の地震についてはもう二度書いた。ひとつは「本震」の直後、『文藝春秋』誌から注文があり、その夜一気に十枚書きあげた。十八日夜のことだから、本震からまだ三日目だった。もうひとつは『熊日』の松下純一郎さんから「書け」と御下命があって、『文春』にもう書いたと断ったものの、断わり切れず、その日のうちに注文の四枚を書いた。というのは松下さんには、「石牟礼道子資料保存会」の理事長を引き受けてもらっているので、借りがあるのである。前者は『文藝春秋』六月号に、後者は四月二十八日付の『熊日』にのった。

なんでこんなにスラスラ書けたかといえば、ひとつは歳とって頭が老化し、むずかしいことを言う能力も気もなくなったからだが、もうひとつには、体の方も老衰し切って、わが家の復旧作業は娘夫妻に任せっきり、部屋中は倒壊物で埋めつくされているので、机の前に座っているしかなく、この際文章でも書かねば申訳なかったのだ。

今回の被害は程度の差はあれどなたもご同様で、特に自分の場合を言い立てたっておもしろくもどうもないが、一応報告しておこう。わが家は家屋自体の被害はなくてすんだので、マシの方だと思うものの、わが家特有の事情があった。というのは私の蔵書のことで、この家を十六年前に建てたとき、娘夫婦が設けてくれた書庫に本が収まりきれず、家中書棚が林立し、それでも足りずに近くに書庫用のマンションを買わねばならぬ状態になっていた。むろん娘夫妻の書物もあるが、ほとんどは私の蔵書である。娘婿は京都の私大の先生なので、まだ先の話ではあるが、停年ともなれば研究室の蔵書を持ち帰らねばならぬので、マンションを買ったわけだが、そこも私の本で半ば以上占領状態になった。

まず書庫に書棚が二十一本、私の居間に四本、リヴィングに四本、二階の六畳に十二本、二階のサロンに十本、下のマンションはよく数えていないがこれも十本では利くまい。以上はみな私の蔵書のみ。他に娘夫婦のがかなりある。わが家の分は本震で八本を除き全部倒れた。倒れるのみならず、かなりが破損した。下のマンションの方も同様の状態だったらしい。本震は真夜中だった訳だが、わずかに身を横たえる空間だけやっと造って寝た。熟睡した。いつもは不眠症で床についてまず一、二時間は眠れないのに、心がうちのめされて、その疲労感のせいで眠れたのだと思う。

ここでまた脱線すると、今を去る四十六年前、厚生省の一室を仲間と占拠して丸の内署に留置されたときも（三泊四日）、かねての不眠症にもかかわらず、九時の就寝時間が来ると、裸電灯に真上から照らされているのにすぐに熟睡した。私は戦時中の小学生・中学生であったから、オカミの言うことには従う癖が身についていたのだろうか。もっとも敗戦後は一貫してオカミに楯突いていたけれど、体だけはオカミの言う通りになるらしいと自分ながらおかしかった。今度はオカミじゃなくて、地震様のなさることに体も心も従順だったらしい。

さて、翌日からが大変で、書棚の建て直し、破損した分の廃棄、散乱し山積した書物の再収納、こう書けば簡単だが、他に仏壇、ＣＤ棚なども含めて、すべてがグジャグジャ状態でどこから手をつけていいかわからない。結局娘夫婦と息子の奮闘のおかげでいまはどうやらあらましは片づいた。といっても本の再収納は、やたらに詰めこめばよいというものではないので、これからあと半年はかかりそうだ。とにかく書物というのが、いかに始末の悪いしろものか、ほとほと嘆声が出る。これで私が死んだら、娘たちにとって本は親の仇でござるということになりかねぬ。水道やガスのことは、どちらもご同様だったのだから書くまでもない。わが家の問題は本の始末だった。つまり気づいてみると、私は戦犯なのであった。

さて私はふたつのことをこの度考えた。ひとつは災害と人間の関係である。だがこのことは例の三・一一のときにも私見を述べたし、この度は上記のふたつの文章でもおなじことを繰り返した。そのように考えるに至った少年時の体験についても触れておいた。もう何度も言いたくはない。ついこのあいだタクシーに乗ったら、六十代とおぼしき運転手が「人間はマグマの上で暮らしとるんじゃから、地震は当たり前じゃ。わしゃ部屋にゃ何も置いとらんから、倒るるものもありゃせんだった。大体みんな、モノの持ち過ぎですバイ。要らんもんまで買いこむもんだから大事《おおごと》になる。人間が自然よりえらいとじゃなか。自然の方がずっとえらかと」と気焔をあげた。おっしゃる通りである。本を買いこみすぎた私は一言もなかった。

だがそう覚悟したとしても、問題はひとつも解けてはいない。人間はずっと災害・疫病によって非業の死を遂げて来たし、これからもそうであろう。それは人間の生の条件なのだから、逃れようがない。もちろん、そういう条件にいかに対処してゆくか、地震なら地震に今後どのような対策をとってゆくか、工夫は凝らしようがあろうし、凝らさねばならない。それは当然としても、地球上で生きることから来る不運・非業は避けられず、しかもその避けられぬということそのものを、是認することができない。これはどうしたらよいのだろうか。

悲しみ嘆くことしかできぬとも言える。命が助かったものはいい。助からなかった生命に対して、われわれはどのように向きあえばよいのか。わが身の幸運を感謝しかつ恥じて、悲しみ嘆くしかない。はかなさの極みであっても、そのはかなさを深く感受するしかない。むかしの人は無常というものをわれわれより日頃深く感じとっていたはずである。それゆえに生きようと努めたはずである。われわれもそうするしかないというのは、確かにひとつの真実に触れている。

だが、もう少し考えてみよう。災害による理不尽な死に納得できないというのは、人間が生きる世界には虚無の穴があいているということだ。その穴は災害による死以外にも、それがこの世界の基本的事実であることを示すかのように、各所にくろぐろとした姿を見せている。たとえば食物連鎖という基本的事実を考えても、生物は種の存続のために、絶えず一定の仲間を犠牲に供さねばならない。この局面では生と死とはおなじものの異なる相貌にすぎない。しかし、その事実に残酷を見るのは人間である。鹿や兎はその事実を残酷と感じもせずにただ生きている。人間だけがそこに虚無を見る。虚無は人間が創造したものだ。人間が存在するゆえに虚無が存在する。虚無を見る心がなければ人間も存在しない。だとすれば、自分が創り出しつつも絶対に納得しえぬ虚無と、永遠に対決するのが人間ではないか。人間には消し去ることのできぬ虚無の前で、われわれは誇りやかであろう。どのような理不尽を突きつけられても、人間への嘲笑を許すまい。死をもってしても虚無をもってしても、ひとつの人格が敗北した験《しる》しとして認めまい。魂は永遠だなどと言いたいのではない。それは敗北を認めないというだけのことだ。

自然がえらいのか、人間がえらいのか。人間は自然の運動が生んだのだから、えらいかどうかは別として、自然の方が大きいことはわかり切っている。自然の無心の働きを、人間は自分の都合でどうこう言っているだけでそういう人間の言い分自体が自然には聞えていない。そういう自然を畏敬するのは、よほど思い上った人間中心主義者、自然征服主義者でない限り当然のことだろう。だが自然は、その無心な働きを時として納得しえない人間という存在を生み出してしまったのだ。人間がそのようなものとして生み出されたことの意義は決して軽くはないのである。われわれは自然を畏敬するが、それに屈従はしない。

もうひとつ考えたことに話を移そう。人間は確かに身ひとつがよい。持ちものは最小限にするがよろしい。かの運転手氏が言うまでもなく、古来聖賢はそう説いて来たし、ガンジーはそれを実践しようとした。だが、文明とはたんなる精神のみならず装備なのである。そして文明をもたらす人間の欲望は、ある限界を設けるべきではあろうが、決して否定してはならぬ性質のものだ。それを否定するなら、都市も家屋も書物も美しい工芸も消失する。文明は持ち重りのするものだ。しかし、それに耐えて保持するに値するものだ。しかし逆にいえば、重みに耐えて保持するに値する内実を文明は備えていなければならぬ。今日の文明の装備はその条件をみたしているだろうか。

これは徹底して問われるべき問いである。巨大化し、複雑化し、人間に対してブラックボックス化し、虚飾化する文明の趨性に対して、単なるシンプル・ライフ、ミニマリズムを唱えるのではなく、人間をもっと主体的かつ共感的で自由で創造的でありうるように導く文明のありかたを考え、少しずつでも現実化してゆくしか、人間が生きのびる途はあるまい。

こういう抽象論を己れに適応すればどういう教訓が得られるか。書物が私の手に負えぬものになり、凶器にさえなったのは、むろん限度を知らぬ私の欲望のせいである。何もかも知りたいというのは傲慢である。だが私はその誇大妄想のおかげで、やっとほんの少しの知識を得た。十望んだからこそ一を知りえた。最初から一しか望まなければどうなっていたことか。だが知識とは結局は空しいものなのかも知れない。脳のキャパシティは限られているらしく、ひとつ詰めこむとひとつ出てゆく。要するに忘れるのだ。だから読んだ本であれとって置きたいのだが、老いてはその本がどこに置いてあるかも忘れる。自分の把持能力以上の本を持っていてもそれは死物だ。この際書物を大幅に処分する気がやっと起きた。

しかし、いざ処分しようとすると未練が起こる。物欲というものは始末が悪いと思ったが、どうもそれとは違うらしい。集めた本は私の精神的戦跡なのだ。まだ読めないでいるものも含めてそうなのだ。ということは、私の第二の自己のようなものだろうか。蔵書は未読のもの含め私の自画像なのか。だとすればこれは物欲じゃなく自己へのとらわれということになる。物欲に劣らずくだらない。

結局買いこんだ奴ともう一度本気で格闘するしかないらしい。八十五歳になってそんなことが出来るものだろうか。私は本を読むことによってしかものの考えられぬ人間、つまり独創性ゼロの人間だから、本がなくなれば情けないことに思考もできぬ人間になってしまう。自己愛を乗り越えるには、客観的に存在するものと格闘し、それによって規制されるしかない。集めた書物を自分の似姿と思うのではなく、自分の外にあり自分を超えた客体と見よう。少なくとも日本の開国史とロシア近代史に関する文献とは、もう一度惰気を払って取り組んでみよう。こうなれば老いとの競争になる。でも途中で斃れても悔いはない。そう思いたい。

正直言うと、地震以来体力が一段また落ちた気がする。頼りになるのはただ習慣だ。読みかつ書くという自動的な習慣だ。それだけは死ぬまで保てそうである。そうしたからと言って世の中のためになるじゃなし、とは百も承知。ただ私の尊敬する友人のコーヒー店主は、スタンドの中でコーヒーをいれつつ死ぬと言っている。私も机に向って死のう。

人情と覚悟

私がこれから書くのは、現天皇の退位問題に関する識者の提言というものではなく、あくまで市井の老書生が抱く感想なのである。この老書生はこと国家に関する問題は識者に任せておけばよいと考えているので、しゃしゃり出て提言する気は毛頭ない。

それならおとなしくひっこんでいろという声が聞えないこともないが、この雑誌の編集長が私的な感想で一向構わぬとおっしゃるので、ご好意にあまえるだけの話である。

私は三十年ほど前、天皇制は打倒せずともそのうちなくなると書いて、噛みつかれたことがある。右翼からではなく、左翼からだ。要するに天皇制はそんなやわなものでなく、日本人のこころの底に眠っている劣等な意識のあらわれなので、是非ともそれと闘争して根こそぎ引っこ抜かねばならぬと言うのだ。

私はそれを言うのが、私より十《とお》ほど歳下の男なのを大変奇異なことに思った。私は満十五歳まで戦前戦中の天皇制のもとで育ったので、天皇の名のもとに教師や上級生からビンタを張られた経験がある。彼は敗戦時まだ学校へもあがっていなかったはずだ。

若いころ私はマルクシストだったので、王のいない体制、つまり共和制が人類の到達点のひとつで、日本も当然そうなるべきだと考えていた。それ以上、天皇制あるいは天皇個人に反感や敵意を持ついわれはなかった。昭和天皇は好ましい人柄、かつ穏当な考え方の持ち主で、二・二六事件の青年将校を憎悪したのは、たとえ私が彼らにシンパシーを持っていても、天皇の立場からすれば当然だと思われた。現天皇は私からすると高貴な弟みたいなもので、ともにあの大戦の戦況に一喜一憂した仲だった。

私より五、六歳上の世代は違う。彼らは軍隊に行っている。五歳上のある知人は、テレビに皇室関係の映像が出てくると、途端にスウィッチを切るかチャンネルを変えた。この人は例の大陸打通作戦で死ぬ思いをした。私にはそんな天皇への嫌悪感はない。たかが教師から撲《なぐ》られたぐらいだからだ。

私は戦後憲法の国民統合の象徴という天皇の規定に釈然とした訳ではないが、戦後の天皇の在り方に別に危険を覚えることはなかった。私自身は必要ではないが、みなさんがあったほうがよいというなら異を唱える気はなかった。つまり、ここは異論のあるところだろうが、私は象徴天皇の存在に戦後社会の行方を左右するような決定的な意義を認めないのである。

天皇の象徴という位置づけは、国家運営に必要な儀礼に関わることだと私は理解している。そんなに大したことではない。これは英王室以下現存するごく少数の王室でも同様で、社会存続上必須ではないが、たまたま残ってしまった以上、別に力んで廃止する必要もない歴史的装飾と理解すればよい。しかし天皇がいなくなれば、社会の統合が即座に失われるかと言えば、そんなことは決してあるはずがない。これは英国以下とて同様だろう。

現天皇の退位希望は、この程度の「象徴」ですんでいるはずの天皇の職務に、とんでもなく重い意味をあの方が読みこまれたから起こったことだと思う。日本の天皇には、この国の「率土《そっと》の浜《ひん》」に至るまで、嘆き悲しむ一人の民もあらしめてはならぬという、特別な任務が読みこまれてきた伝統がある。正統というよりむしろ民間の志士に受け継がれて来た理念であるが、現天皇はまさにそういう天皇であるべく自分を律してこられた。そして、それに近い存在になられた。これは目ざましいことであり尊ぶべきである。そんな理念を実行しようとしたのはこの天皇あるのみなのだ。

この人は災害に遭った者がいればかけつけて励まし、水俣病患者を訪れて、さぞ辛かったでしょうとねぎらい、先の大戦の古戦場を訪れて戦没者を慰霊する。伴侶の皇后も思いと行動を共にしておいでだ。まさに「ひでりのとき」は、民の憂いをおのが痛苦として「オロオロ歩」かねばならぬ。これではまるで宮沢賢治がそうなりたいと言った聖者ではないか。さまざまな繁雑な公務を果しつつ、なおこのような責務をおのれに課す。この人は「象徴天皇」の意義を、良心的に最大限までふくらませ、その結果疲れ果てられたのだ。だからこそ退位のねがいが出て来た。あの柔和と慈悲の表われた相貌は、そう語っていた。

このような「天皇」のあとをうける次代の天皇は大変である。身をもって範を示されたのだから、次代はそのような天皇像を受け継がねばならない。これは常人にはできることではなく、求むべきことでもない。前大戦の経験を肝に銘じ、聖者たるべく日々おのれを修めて来た現天皇のようなお方にしかできぬことである。

現天皇が最大限にふくらませ担って来たこのような「象徴」の意味あいを、もっとプレーンな儀礼的なものに縮小することが必要ではないか。私が考えたのはまずこのことだ。英王室を見てみなさい。みんなもっと気楽にやっている。時にはスキャンダルさえ起こしている。日本皇室ももっと気楽になされればよいと思う。と言って、現天皇が作り上げた倫理的に自己を律するきびしい精神を、決して軽んずる訳ではない。ただそれが、私も共にした前大戦の悲劇を心に深く刻まれてのことであったゆえ、痛ましく思われてならぬのである。

ところで退位問題だが、天皇に限って職務からの退任を認めぬのは人権に反する。天皇も人間である以上、この人権は認められねばならない。でないと国家の存続のため人身御供を許すことになる。ローマ教皇だって終身制だと言うお方があるかも知れぬ。でもそれは、彼が神の代理人だからだ。象徴天皇にいまさらそんな宗教的な意味を読みこめというのか。それこそ戦前への逆戻りではないか。

退位を認めると、政治的陰謀が起こりかねぬと言う。今の世の中を何世紀と思っているのだ。前世紀、エドワード八世がシンプソン夫人と結婚したくて退位したときも、そんなことは起こりはしなかった。皇室・王室というものはもはや政治的重要性をもたない。二・二六事件の将校たちは天皇をとりこめば革命は成ると思っていた。もしもそれができていれば、なるほど革命は事実成ったであろう。しかし、いまの象徴天皇を掌握して、どんな政治的決定ができるというのか。

むろん、退位を認めるとなれば、法的整合性の問題が出て来る。しかし法とはプロクルステスのベッドではない。原則と現実をすりあわせる融通があればすむことである。

退位だけではない。皇位継承資格の保有者にも、皇位に就くことを拒否する権利があり、これも基本的人権に属する。アレクサンドル一世が死んだとき、次弟のコンスタンチンが帝位就任を拒み、末弟ニコライが帝位に就いたのでデカブリストの乱となった。二月革命でニコライ二世が退位したとき、すでにロマノフ朝の末路を見通した弟のミハイルは帝位を拒んだ。

仮に皇位継承者がいなくなって、象徴天皇制が終焉を迎えるというなら、それでよろしいと思う。地上に永遠なるものはなく、始まりあるもので終りのないものはない。天皇様が象徴として居て下さって、わが身を慎しみ模範を垂れて下さらねば、日本人は他人と折り合って世の中を運営することもできぬと言うのか。そんな能なし甲斐性なしだと言うのか。

そんな甲斐性なしじゃないが、あるほうがよいものは続いてほしいというのも人情。それを伝統という。しかしまた、世の変遷を受け容れ、それに対処する心構えを覚悟と呼ぶのだ。もし天皇という機構が存続しがたくなったときには、皇族は責任ある地位から解放されて、もともとの故里京都へお還りになるとよい。天皇家に去られても、日本人は奮起一番、日本が美しくあるべく努めるはずだ。日本国民ひいては政府は、高貴で由緒ある一族として、元王家一族に経済的な存続基盤を与えるべきである。そしてこの人々が古都で、ある種の家元として存続すれば、ここに貴重な文化装置が産まれたことになる。

何の家元？　現に歌会始《うたかいはじめ》の儀など行なっていらっしゃるから、和歌の家元であってもよろしいではないか。歌人たちがおそれて、家元反対なんて叫ぶ必要はなかろう。北一輝がすでに明治時代に、現天皇がいかに作歌に天才を発揮しつつあるといえども、天皇に作歌規則の制定の権なしと喝破している。

元天皇家が京都に住んで日本伝統文化の総家元として尊敬され、外国人訪問客を接待し、外国人のみならず京都市民・日本人観光客と交歓するなら、そこから新たなよろこばしい伝統が生まれるかも知れない。そういう役目を、憲法上の規定など一切持たぬ、日本で一番家柄の古い私人としておやりになればよいのである。いまの皇族、これから生まれる皇族のかたがたも、どんなに人間的に解放され、活躍の場を見出されることだろう。その中から新たなボブ・ディラン、すなわち異端児が出現してもよいのである。

〈付説〉

私が三十年前に書いて噛みつかれた論文とは、『伝統と現代』五二号（一九七八年五月刊）にのった『戦後天皇制は可能か』のことで、実は四十年前の論文であった。この論文の中で私は、伊藤・山県など明治国家の創立者たちが、表では天皇を、神とひとしい、神聖かつ慈悲溢れた存在として国民に表示しながら、裏では自分たちが創りあげた支配のための機制・道具にすぎぬことを承認していた例として、老山県有朋元師が宮中で北白川宮から敬礼を受けたとき、「ジロリと鋭い一瞥をあたえただけで」答礼もせずに通り過ぎたという挿話を引いておいた。北白川宮が中尉だったのか大尉だったのか知らぬが、山県にとって彼は、自分たちが道具として帝位につけてやった男の縁者の小僧っ子にすぎなかったのだ。

この度の退位問題において、「識者」中右翼的として知られる何人かの論者が、天皇は宮中で祈るだけでよいと苦々しげに論じるのを見て、私はゆくりなくもこの山県の事例を思い出した。彼らは水俣病患者のもとへ赴いて慰さめるなどいらざることだと考えたのである。彼らが山県のように、天皇とは支配の安定装置、つまり道具とみなしているのは明白である。これは虚説かも知れぬが、巷間伝わるところによれば内閣総理大臣安倍は、天皇が福島の被災民を見舞った際、床に膝をつき彼らの手をとって慰労した身振りを真似てみせ、いらざることと諷したという。安倍にせよ名だたる右翼の学識者にせよ、天皇はただ存在していればよいので、主体性を発揮して民のもとへ赴くなどその存立意義からの逸脱なのである。

これに反して、天皇を自分たちの苦難をわがこととして嘆いて下さる神聖な存在として受け取ったのは大衆である。これは戦前からすでにそうであった。竹山道雄や久野収は、神聖にして国民の守護者たる天皇を、明治国家の設計者たちが創った「顕教」的天皇、権力支配の道具にすぎぬ天皇を密教的天皇とし、昭和ファシズムの騒乱を顕教的天皇による密教的天皇征伐としてとらえた。何ということだ。戦後七十年たつのに、基本構図は変っていないのだ。山県ら明治国家創設者たちも、今日の安倍総理や右翼の識者たちも、天皇をただそのときどきに必要な機能を果す道具としてしか、内心考えていない。逆に、天皇を自分たちの嘆きをともにしてくれる神々しい存在とみなして共感するのは大衆である。このような共感が誘導されようによって危険な愚行になりかねぬことは、戦前の経験がすでに示している。しかし戦前においてすら、大衆の天皇に寄せる親愛・共感には実は革命的契機が含まれていた。

私自身は単純素朴なレパブリカンであって、天皇制の必要など毛ほども感じたことはない。今日の皇室存続問題についても従って関心はない。ただ大衆の天皇幻想については終始関心を寄せて来たし、その立場から言えば、今日の大衆のうちにひろまっている現天皇への共感・同情に、天皇を権力装置としてとらえることへの反感、民衆的徳目が現天皇のうちに保持されていることへの共感をみてとって、一種安堵の思いを禁じえない。福島の被災民の前に膝をつく現天皇は、人間のかくあるべき姿を示しているし、それに感動する大衆は人間的道義にもとづいてそうしているだけなのだ。天皇が天皇であることから解放され、大衆が天皇をひとりの平等な友とみなす日はきっといつか来る。

滅びぬ寺の姿

真宗寺とご縁を賜わって、もう四十年になります。近頃は足が弱って御正忌や御彼岸にもお詣りを怠るようになってしまいましたが、自分としては、あくまで、このお寺の門徒のひとりというつもりでおります。

それには先代住職の佐藤秀人先生よりご交誼を賜わったということがありますが、何よりもこのお寺のたたずまいが懐かしいからです。私は親鸞上人の『正信偈』が大そう好きでして、まだ元気なときは、本堂に座ってみなさまと唱和するのが楽しみでした。もちろん本文の意味などよくわかりません。ただ秀人先生のあの凄絶なお声について、自分も腹の底から声を出すと、自分が少し透明になってゆく気がしていただけのことです。

このお寺には世に媚びず、人に雷同せず、しかも人を大切にしてひとり道を行く精神のたたずまいが、一筋通っているように思われました。お寺の建物の造りも庭も、そこに育つ樹々も草花も、ここでしばしやすんでゆきなさいと呼びかけているように思われました。まあお寺には仏道というのがありましょうし、それからすれば私など外道もいいところです。でもこのお寺は私に、おまえは外道かも知れないが、門をくぐりたくなったらくぐっていいよとささやいてくれているようでした。

佐藤先生が亡くなられてもう三十年近く経ち、いまはお孫さんの代になっております。それにこの度の大地震で、納骨堂と庫裡を建て替えねばならぬことになりました。解体されて空地になった庫裡のあとを目にすると、ここで生じた数々のドラマチックな出来事が幻燈のように浮かび上がり、胸を衝かれます。薫人《ふさと》住職のもとでお寺はいよいよ、新しいページを開こうとしているのです。

真宗寺の新しいありかたがどうのこうのと言う気も資格も、私には全くありません。ただふたつのことは確かだと思います。このお寺にはしっかりした門徒さんの地域組織があり、それによって、御彼岸を始め伝統的な行事が丁寧に営まれております。世代の交替によって、存続が危ぶまれる面があるとのことですが、このようなお寺が少なくなっている今は、門徒さんによる行事の伝統は、何とか工夫して守り続けてほしいものです。それはとても貴重なことだからです。

しかし、もうひとつ、亡き佐藤先生が創ってこられたお寺は門徒さんだけのものではなく、門徒以外の人びとが大勢出入りするお寺であったのです。一時は青年駆け込み寺などと新聞に書かれたこともありました。今でもこのお寺はあらゆる人を受け入れています。真宗の信仰を持たぬ人間は来ちゃいけない、あるいは来る以上真宗の信者になれとは言っておりません。門をくぐって、なにか懐かしいところへ来たという思いをする人があれば、門はいつでも開かれていると言っております。また門徒のかたがたも、門徒以外の人間が出入りすることを嫌うような狭い心は持っておられません。この伝統も庫裡が新しく建て替えるのとともに、新しく甦って保たれてゆくことでしょう。

宗教は世界的に退潮し衰弱して行きつつあります。キリスト教世界でも、教会へ通う人はもはや少数派にすぎません。わが国の仏教寺院とておなじことでしょう、しかし、真宗寺の今でも変わらぬ姿を見ていると、ここには滅びないお寺のありようがあるという気がいたします。むろん、お寺は人が集えばよいというものではなく、ましてやそれが社交クラブになってよいものではありません。しかしこの世の中にあって、このお寺なら通ってみようかなという気を起こさせるというのが、一種の奇跡なのです。

そのお寺でどういう人の交わりが実現するのか、その場を照らすはずの仏教とは何なのか、それは永遠の課題でもありましょう。しかし、その永遠に課題であるもの、つまりは道をさぐり求めてゆく場としてこのお寺が続いてゆけるかどうかは、住職以下僧分だけでなく、またいわゆる門徒だけでなく、ここに集まってゆく人びとの心次第でしょう。その心とは無明にあって、存在するものの歌、つまりは詩を求める心でもあると思います。

2

山脈《やまなみ》の記憶

「連嶺の夢想よ／汝が白雪を消さずあれ」という伊東静雄の詩句が、何かお守りのようになって久しいのに、私は山登りはしない人間である。いわゆる山男では絶対にない。偏見と承知はしているが、山男は人間嫌いなのじゃないかとも疑っている。私が女なら山男とは結婚しない。

山らしい山に登ったのは二度しかない。五十代になって、南九州の市房山へ登る羽目になった。一七二二メートルしかないが、九州という島の内では最高峰級という。若い時に肺の手術をして、二千くらいしか肺活量がないから、仲間たちから遅れて、一人ゆっくり登った。

ところが、これがとんでもない山で、坂道をしばらく歩いたかと思うと、崖にぶっかってよじ登らねばならぬ。その繰り返しである。何度、もう引き返そうと思ったことか。その都度、背負ったリュックごと、道傍の草の上にぶっ倒れ、五分ほど休む。

そしてまた歩き、またよじ登る。執念としか言いようがないが、がんばりの出所《でどころ》は、戦時中に中学生として受けた、行軍その他のしごきであるらしい。

最後にもはやこれまでと思ったら、上から仲間がドヤドヤ降りて来て、私を発見した。あとで聞かされたところでは、色蒼ざめて亡霊かと思ったらしい。「先生、あとちょっとですよ」と弟子筋の男が言う。みんなで頂上まで引返してくれた。

なるほど、もう五、六十メートルで頂上だった。樹林が深いから、頂上まで行かねば見晴らしが利かぬのだ。登頂の感激は何もなかった。それより、下山が死ぬ思いだった。股関節がはずれるかと思った。もう、山には金輪際登るものか。

ところが、翌朝になって驚いた。足が軽いのである。まるで十代に帰ったようで、ピョンピョン跳ね廻れそうだ。よし、これからはふた月に一度は登山しよう。そう決意した。

そのあと一年くらいしてからだろうか。今度は阿蘇外輪の鞍岳へ登った。だけどこの山は、車道がすぐ下まで来ているので、頂上までたいした距離はなく、登山とも言えないのだった。同行した石牟礼道子さんが、「海抜」という言葉について、とんでもない珍解釈を披露なさって、頂上で休んでいたほかのグループまで巻きこんで、大笑いになった。

私の決意なんて、当てにならぬものの代名詞で、自分でも信じていない。結局、私の登山はこの二回で、もともとスポーツは嫌いなのである。からだの酷使なら、戦時中の小・中学生として散々やらされた。もう十分である。

市房山へ登ったとき、同行の女性が「また山にとり憑かれそう」とおっしゃった。この人は若いころはずいぶん登ったのに、体調を崩して久しく登っていなかったのだ。とり憑かれそうな山の魅力、というのが私にはわからない。縁なき衆生なのだろう。

丘陵なら好きだ。何よりも花木があり、草花がある。それに登るのに苦業もいらぬ。苦業は嫌いだ。大連にいたころは、南山という百メートルばかりの山に、姉たちとよく植物採集に行った。いま住む熊本市には、立田山というこれも百メートルくらいの丘があって、花どきによく歩く。

そんな登山嫌いなのに、遠望される山脈《やまなみ》がずっと懐かしいのはなぜだろう。雲の湧く夏山の頂きに立つ若いカップルの姿が、夢のように慕わしいのはなぜだろう。

私の場合、遠望する連嶺となれば阿蘇である。この遠望がなければ、熊本市暮しもずいぶん味気ないものになるだろう。高山というのは登らなくても、見ているだけでよいのだ。なぜなら、そこに在るのはこの世からの超越であるからだ。

実際山の頂上に在ってこの世を見降せば、それは超越そのものであって、その孤独は怖ろしい。冬の日本アルプスの、獣も通わぬような雪山の連なりを、テレビの画面などで観ると、自然とは所詮、人間を排除した非情な実在なのだと怖ろしくなる。

だが連嶺を遠望している段には、いやその麓まで行って近望していてさえ、超越は彼方に在って、私たち世塵にまみれた俗人に溜息をつかせるだけである。彼方に超越が望まれるのは救いなのだ。

もうひとつ、夏山のカップルというのは、誰しもある青春の記憶につながる。私の連れあいは十五年前に逝ったが、彼女とは長い婚約時代を過ごした。ある夏彼女は、私を阿蘇の仙酔峡へ連れ出した。まだケーブルなど通ってはいなかった。中腹あたりまで登って、しばらく休んで下山したのだと思う。麓の宮地駅に着いたのはもう夕方だった。

豊肥線の夜汽車に揺られて、うとうとしていると、真向かいの席に座った老婦人に声を掛けられた。老婦人と言っても、当方が二十代《はたち》だったからそう見えたので、精々五十くらいの方だったろう。私たち二人を、何かいとしいものを見るように眺めて、いろいろと問い掛けられた。どこから来たのかなどと、問われたのだったと思う。可憐なカップルに見えたのだろうか。ご自分の若き日を想い出しておられたのかも知れない。いまも、この方のいつくしみの眼差しが忘れられない。私の連れは黄色いチューリップ帽をかぶっていた。

伊東静雄は「息ぐるしい稀薄のこれの曠野に」、「わが屍骸《なきがら》」を馬に曳かれて、「永《と》遠《わ》の帰郷」を果たす日を歌っている。私にそんな帰郷の日は遂にあるまい。

私の夢地図

夢を見ないという人がいる。これが私にはわからない。私にとって夢はもうひとつの生みたいなもので、現実の生よりずっと刺激的で物語めいている。あけがた、いや夜中にもふっと目醒めたとき、見ていた夢の情景がなまなましく瞼の裏に残っていて、しばらくはその細部を楽しむ。そのなまなましさはすぐに消え去ってしまうので、逃れ去ろうとする映像や感覚を、何とか記憶に刻みつけておこうと努める。

残念なのは、いまでは昔のように見た夢の細部をしっかり思い出せなくなっていることだ。夜中に目が醒めて、ああ面白い夢を見たと思っても、朝になって起床するときにはもう思い出せない。昔観た映画がある心象としか記憶に残らず、ストーリーは忘れ果てるように、確かにストーリーのある夢を見ていたのに、残るのは漠然とした心象だけで、どうしてもストーリーが復元できないのだ。老化に伴う短期記憶の喪失ということだろうか。

むろん夢にもいろいろあるが、ごく若いころは、スターリンの手先に追われて、クルプスカヤの家へ逃げこんだこともあった。なに、クルプスカヤって誰だって。レーニン未亡人ですよ。阿呆な夢を見ていた、若かりし阿呆な私。左翼政治に関わった後遺症は五十代になっても消えず、ある借家に引越したとき、そこは袋小路のどん詰りだったので、これじゃ暗殺者が来たとき逃げられないと思った。いったい誰が暗殺に来るというのだ。滑稽の至りである。

四、五十代には、ピストルを持った男に追い廻され、逃げ切れずにとうとう撃ち殺される夢を何度もみた。そのとき必ず、あれっ、撃ち殺されたのに死んでいないぞと、夢の中で思うのも不思議であった。私を殺すように指令した男、その命を受けて私を追い廻す男も私の知人なのである。その名は記すまでもない。すべて私の妄想の所産なのだから。

夢にはいくつかのジャンルがあって、いま述べたのもそのひとつである。私は十六歳のとき大連から引き揚げて来たのだが、大連へ帰還する夢を何度見たことか。再訪した大連はもう日本人の街ではないので、中国式に変貌しているものの、古き街角や建物はやはり残っていて、そのたびに歓喜が胸に溢れる。でも、そのうち、夢の中の大連市街が少しずつ変形してゆくのもはかないことだった。今ではもう、この種の夢はみない。

最近よくみる夢は二種類あって、ひとつは支払いをする段になって、財布の金が足りないというもの、もうひとつは人から寄ってたかって非難攻撃される夢である。両方とも、なぜそんな夢をみるのか、理由はよくわかっている。自分の過去の生きざまのツケを払わされているのだ。

前者の場合、支払いとはタクシー料金、飲食代金など様ざまにわたるが、ひどい場合はバス、電車の料金が払えないこともある。財布を逆さに振っても、二、三十円足りないのだ。東京へ出かけていて、気づくと財布には千円札が数枚しかない。これじゃ熊本へ帰れないではないか。

私は二十三歳のとき、結核療養所からほおり出されて、いったいどうやって食っていけばよいのか途方に暮れた。結局は姉が、次には連れあいが養ってくれたのだが、何とか自分で家族を養うようになっても、綱渡りの連続だった。連れあいが「あなた、もうお金がありませんよ」とのたまう。と言われても、借りられる奴からは全部借りているし、不義理も重ねている。銀行に押入るしかないが、塀を乗り越えたとたんつかまるだろう。結局本を売る。

三度ほど根こそぎ蔵書を売った。東京にいたころは、吉祥寺のガード下の古本屋へ定期的に売りに行って、東京を引き揚げる時は蔵書ゼロになっていた。野間宏そっくりの顔をした店主が「いい本、持ってらっしゃいますね」とほめてくれた。熊本へ帰ってからは「デラシネ書房」の西田行男さんが、「いいんですか、こんなに全部売って」と心配してくれた。いいも悪いもないのである。

五十代になってある予備校が拾ってくれて、やっと人並みの暮しができるようになった。連れあいが「お金なら、あります」と言い出した。彼女が逝ってもう十五年になるが、最後に女房孝行ができたのである。いまも金に不自由しているわけではない。それなのに財布が空という夢を繰返しみる。これも後遺症という奴だろう。道傍にせめて五百円玉でも落ちていないかと、キョロキョロしていたさもしい若き日の私。

もうひとつの非難攻撃の方だが、相手は一人とは限らない。数人から囲まれて猛烈に批判されることの方が多い。こんな夢を見る理由もわかっている。私はこと思想や文学に関しては、どんなに激しく相手をやっつけても、友情に罅《ひび》はいらないと思っていた。別に人格を攻撃しているのではないからである。自分が正しいか相手が正しいか、そのどちらかであるだけで、問題は論理と読解に関わる客観性の領域に属する。ああ、人情知らずの若かりし私。当然、私に侮辱されたと思う人間が大勢出て来る訳で、反発や恨みをずいぶん買った。

そのむくいでそんな夢をみる。むかしこんな夢をみたら、一日ずっと気分が悪かったはずだ。ところがいまは、どうということもない。平気の平左、かえってなるほどねと面白いくらいだ。非難されて当然と思うので、気にならぬのである。夢の中でも、一言も言い返さない。黙ってけなされている。年老いて面の皮が厚くなっただけだと思わぬでもないけれど。

そんな夢ばかりみていて、何が楽しいのかと言われそうだが、むろんほかに楽しく面白い夢を沢山みている。面白いことのひとつは、夢の中でひとつの町の地図が出来上がってゆくことだ。その地図は私が現実に住んでいる熊本市の市街が基になっているのだけれど、市内のいろんな箇所が何度も夢に出て来るうちに、どんどん勝手に変形して行って、いまや第二の熊本市街図が出来上がってしまっているのである。

熊本市をご存知ない方にこんな話をしても仕方がないと思うが、私の夢に出て来るデパートは、焼失した大洋デパートであるらしく、しかも場所が三年坂をはさんで反対側になっている。しかもこれは不思議なデパートで、行くたびにエレヴェータ乗り場がわからなくなる。そこから銀座通りの方向には、現実には飲み屋が群がっている訳だが、私の夢ではそこは公園風の樹木の多い小丘で、素敵なレストランやカフェが建ち並んでいる。その中の何軒かの店はきまって夢に出て来て、もう馴染みだ。私が五十年来通う珈琲スタンド「アロー」は、どうしてだか、電車通りに面していることになっている。

大甲橋を渡って右手は、九品寺と言ってラブホテルの密集地だが、私の夢地図では、まるで江戸時代の本所のように、柳並木の堀割りが縦横に通っていて、ぼんぼりの灯が水面に映っている。ある夜の夢で、そこで和服姿のほっそりした若い美人から、「ねえ、遊ばない」と声をかけられる光栄に浴した。残念ながらそのときも、財布に金がはいっていなかった。

子飼から熊大へかけてもよく出て来る道筋で、脇を走る白川は実際より狭く深い急流である。私の家が国道五十七号線からはいりこんだ丘の上にあるのは、実際黒髪町宇留毛《うるげ》に住んでいたことの反映だろう。現実とは違って丘陵のなだらかな斜面で、わが家の近くには見たこともない美しい花を咲かせる樹々が立っているのだ。

私の熊本夢地図には、怖ろしい場所が三つある。ひとつは下通りの中ほどに、下へ降りてゆく階段道があって、降り切るとメタンガスが泡立つ沼があり、その周りに阿片窟がある。犯罪者、売春婦の巣窟なのである。もうひとつは熊本城の裏手にあって、ここには亡霊が出る。三つ目は現実の場所でいうと渡鹿《とろく》あたりで、この道を行けば怖ろしいことになるとわかっているのに、なぜかその道をたどってしまう。その道は必ず他人の家の庭先にはいりこむ。その家で怖ろしいものと出喰わすのだが、怖ろしいものの実体はよくわからない。

私はフロイト流の夢解きには一切興味がなくて、先に述べた身も蓋もない現実経験反映型の夢には、謎は一切ない訳だし、いま述べた訳のわからぬ恐怖型は、そういう恐怖を含むのが現実の人生だし、夢が第二の人生である以上、そういうものが付随するのは当然と割り切って、その先は考えない。夢の中の恐怖には強力な魅惑があって、それはそれで夢の贈り物なのだ。

しかし、夢が限りなく慕わしいのは、完璧な時が具現されることによってなのだ。私が待ち合わせの場所へ行ってみると、その人はすっと物陰から出て来た。和服を着て髪をアップしている。その人がお茶の稽古に出かける際の着物姿をちらと見かけたことはあったが、私と会うのに着物を着るような人では絶対になかった。ゆたかな髪を結い上げてほしいと思っても、そんな私の望みを叶える人でもなかった。それが私のねがい通りの姿で、はにかんだときの癖の、きつい怒ったような眼差しで立っている。

近くの湖の岸辺に建つレストランで食事した。むろん、現実には存在しないレストランである。ところが私はいまでも、その室内の様子をテーブル配置に至るまで刻明に憶えている。灰色の湖面も鮮明に記憶に留まっている。これは夢なのだろうか、それともうひとつの現実なのだろうか。確かに言えるのは、現実の生にはこのような完璧な時は存在しないということだ。

このあいだ、久し振りに大連の夢を見た。夢の中の大連市街の壮麗だったこと。空の限りなく蒼かったこと。一切の心労から解き放たれて、肩を並べていた人に思わず声をかけずにはおれなかった。「どう、しあわせでしょう」。ほんの一瞬の夢だった。

私は何になりたかったか

いまは知らないが、むかしの小学校では、大人になったら何になりたいかとよく生徒に問うたものだ。それを「志望」と称した。私は四年生のとき「志望」を問われて、航空機設計技師と答えた。当時はふつう陸軍大将とか総理大臣なんて答えるのがご愛嬌だったから、自分の「志望」が変り種なのは承知していた。母は「お前は手が不器用だから、技師なんて向かない」と言った。「あのね、航空機を設計するのに必要なのは航空工学の知識と構想力で、手が器用かどうかは関係ないよ」と、私は言いたかったが、口にしなかった。どうせ母にはわからないだろうから。

私は世界一の戦闘機を作ってやろうと考えていたのだ。折しも一九四〇年、ナチスドイツがフランスを「電撃戦」で降し、戦闘はドーヴァー海峡に移って、メッサーシュミットとスピットファイアーが死闘を演じていた。私は旋回能力にすぐれ八挺の機関銃を双翼に装備したスピットファイアーが、優位に立っていることも知っていた。日本の名機ゼロ戦の出現はこの年であるが、それはまだ軍事機密だから知らなかった。ゼロ戦とは、皇紀二六〇〇年に制式採用の戦闘機を意味する。九七式艦攻が皇紀二五九七年、つまり一九三七年制式の艦上攻撃機であるのとおなじことだ。ちなみに艦攻とは空母から発進する魚雷搭載の単発複座機で、艦爆なら爆弾を装備するのである。

当時私は海軍気違い、軍用機気違いだった。日英米の戦艦・重巡の艦名はもちろん、トン数、主砲の口径・門数も暗記していた。『海と空』という大人向けの軍事月刊誌を購読していて、入荷の葉書案内が来ると、大連市浪速町の書店「大阪屋号」まで取りに行った。すると、私より七、八歳は歳上の店員、当時で言う「小僧さん」が、「君にはこの雑誌はまだむずかしいよ」とのたまうのだった。

世界一の戦闘機というのは、私が生涯抱いたたったひとつの夢である。それ以後、そんな具体的な夢を抱いたことはない。設計するだけではなく、私はその無敵の戦闘機にのって自ら戦うつもりだった。ずっと後年、福岡から鹿児島まで旅客機に乗った。エア・ポケットに突っこんで、機体が数十メートル、ズンと下降し、隣席の同行した新聞記者が真青になった。私は屁でもなかった。仮にも戦闘機乗りになろうと、子ども心に思った奴が、エア・ポケットごときにいちいち青くなっていたのでは始まらない。

その後、いろいろと「志望」は変った。小学校の上級生ころは、諸葛亮孔明のような軍師になれたらと思った。また、グラッドストーンが獅子吼して手中の書類を破り棄てたあと、壇上に登ったディズレーリが散乱する紙片を拾って、おもむろに口を開いたという挿話を読んで雄弁家も悪くないと思った時期もあった。すべて「夢」とまではゆかぬ一時の迷いだった。

だが、中学二年になって文学というものがこの世に存在すると知った途端、万事が変った。その後私は何かになろうという気がなくなったのである。文学をやりたい、詩を書きたい、文章を書きたいというのは、真の人間として生きたいということで、何かの職業人になることではないのだ。たとえば詩人と人から呼ばれるにしても、あるいは自称するにしても、それは社会的に有意義な専門職につく、そのことによって飯を喰うということとは違うのである。それは生命活動そのもの、つまり息をするのとおなじなのだ。単に息をするのが職業と認められるはずがない。むろんそれでお金を稼げるわけがない。仮に詩集や小説を出版して飯が喰えたとしても、それは成り行き、つまり結果として幸いそうなったというにすぎないのだ。

文学をやる人間というのは、イメージとしては世捨て人に近かった。世間の外に生きていて、しかし人間がなつかしく、人界の周りあたりをうろうろして一生すごす人間、一所不住の漂泊の人というイメージだった。子ども心にもこの世はむつかしい、ひとの集団というのは厄介だと、ずっと感じ続けていたことの結果だったろうか。そして安住の地を得た。それが詩の世界、文学の世界だった。文学は私を人外境に連れ出すと同時に、人びとの集いの真中へ導くものだった。

中学（旧制）上級生になると、私はマルクシストになった。つまり革命家になったつもりでいた。でもこれは職業ではない。レーニンは職業的革命家というコンセプトを発明した。誤解しないでほしいが、これは革命で飯を喰うということではない。革命を実現するためには、工場労働者であるとか農民であるとか教師であるとか、何らかの職につきつつ運動にたずさわるというのでは不十分で、二十四時間革命運動に専念する活動家、党によって給養される革命専業者が必要だというのである。共産党という現実の政治組織でいうと、これは「常任」が必要ということで、常任とは党費によって生活を保障された党活動専従者のことである。

私は十七歳で党員になったが「常任」になる気は一切なかった。「常任」は地区委員、県委員の中から専任されるのだが、私はずっとヒラの党員として献身したかった。「常任」になるのは、いわば党の中で出世することで、そういうものは必要ではあろうが、自分はそうなってはならぬというのが、私の幼いピューリタニズムだった。党員として革命のために献身するのは、何者かになるということでは一切なくて、ただ人間として最も本質的なありかたを目指すということなのである。革命家が党内で出世してどうしようというのだ。結核療養所にいた四年半、私はまるで党活動をやるためにそこに居たようなものだった。療養所を出たら何かして生活してゆかねばならぬが、そのときは熊本駅の前で機関紙『アカハタ』を売って暮らしを立てようと思っていた。

思えば私のまわりの「同志」はみな歳上の人たちだったが、そういう三十男が「革命が実現したら、俺は花屋になる」などと語るのも、いま思えば可憐な話だった。つまり革命成功後は、「功績」によって社会の指導的役職などにつかず、社会の一隅でささやかに暮したいというのだ。一体彼らにとって「革命」とは何だったのだろう。それがいったん成功すれば、それで天国が実現するとでも思っていたのか。

私は療養所を出たときは、すでに党の現実のありかたに懐疑的になっていた。共産主義者たる信念はゆらいではいなかったが、文学運動を通して革命をめざす、つまり文学をやるという一心はもうかたまっていた。しかも、結核は完治していなかったから、職についていた姉のかかりうどとなって療養を続けた。そうなると、この先何で飯を食う計画を立てねばならない。同級生はすでに大学を出て社会人になっている。母は医学部へ進学して医者になったらと言った。ちょっとその気にもなったが、元来私は病人の相手が苦手だった。病人を看護すると、その苦痛が自分に乗り移ってきてたえがたい。医者はとても無理である。司法試験を受けようかとも思った。だが、法律書を開くと、これは絶対に自分のアタマにははいってこない世界だとわかった。

私はまず新日本文学会熊本支部を再建し、機関誌『新熊本文学』を月刊化した。雑誌を出すことは、中学四年生のとき回覧雑誌『詩と真実』を作り、日本に引揚げた翌年には新日本文学友の会を作って機関誌を出していたし、療養所でもサークル誌『わだち』を月刊化していたから、お手のものだったのである。以来、ずっと雑誌を出し続けた一生だった。『新熊本文学』のあとを列挙すると、『炎の眼』、『熊本風土記』、『暗河』、『道標』、『アルテリ』と今日まで続く。「水俣病を告発する会」の機関誌『告発』も新聞形式だが月刊だから一種の雑誌といってよい。

そういう一生だったから、私の職業といえば、まず編集者、ついでは英語塾から大学予備校にわたる教師ということになる。だが、編集者であれ教師であれ、私はそれが自分の職業と考えたことは一度もなかった。それはただ喰わんがためのアルバイトで、本当の自分は別なところに居るのだった。その本当の自分とは無職にほかならなかったのである。

私はまず人間でありたかったので、編集者であれ教師であれ、そういう者として自分を専門化、職業人化する気は一切なかった。人間であるというのは私の場合、一生本を読みものを書くということで、言うなれば書生で一貫したのが私の一生、お笑い草ながら女性に奉仕するという一事をつけ加えれば、それが私の一生のすべてだった。

つまり私は何者にもなりたくなかったのである。これはかのマックス・ウェーバーからはきつくたしなめられることに違いない。ウェーバーは近代人が専門的な職業人たることによってしか人間としての責務が果せないことを強調し、そのような専門的職業人たることを拒む心性を、幼稚で危険なロマン主義として極力斥けたのだった。

しかし山之内靖の『マックス・ヴェーバー入門』（岩波新書）によれば、ウェーバーはそのような専門家を単純に肯定したのではなく、近代人の宿命として悲劇的にとらえたのだという。ウェーバーには精神を病んだ時期があり、かのアスコナ・コロニーに滞在したこともある。アスコナは北イタリア、アルプスの麓の小村であるが、世紀末から一九二〇年代にかけて、神智学者、菜食主義者、アナーキスト、オカルト主義者など夢想家たちの集う聖地となった。

何者にもなりたくなかった私は、八十六歳の今日にいたるまで、著作をまるで馬糞《まぐそ》のように次々と生産して、肩書としては評論家・思想史家ということになっているらしい。つまり著述業という次第だが、それはそれでよろしくて文句を言う筋合いはない。世の中からそういう者として許容してもらったことを、むしろ感謝すべきだと思う。しかし、本心を言えば、それは見せかけなのである。だから私はつねに世間様に対して肩身が狭い。

まあ、物事をいい方に考えてみれば、私は一種の職人なのだろうか。数ある職業のうち何が一番自分のありように近いかといえば、指しもの師がそれであるような気がする。文筐やら抽き出しがいくつもついた小箪笥やら、できれば小さなテーブルや机や椅子や、そういうものを楽しみながら気ままに作って、ほしいという人があれば、いくらか材料費と手間賃をいただいてさしあげる。私の文章がそういう手仕事のようなものであることができていれば、何者にもなりたくなかった少年の末路としてはまずまずではなかろうか。

それにもうひとつ、というよりこれが私の最後の自分自身に対する納得のしかたなのだが、私はずっと雑誌を出し続けることで、人と人を結びつける仕事をして来たと思う。私の考えでは、人はむろん社会人・職業人として自分を生かすとともに務めを果しているわけだが、彼らとて職業人としてのありかたは自己の生のすべてではなく、生の核心には何者でもないただの人間としての自己があるはずだと思う。詩であれ小説であれ論文であれ、ことばの表現という行為は、職業人としての自己からはみ出すもうひとつの自己に関わる。その表現という行為を雑誌でそそのかしてゆくのは、人びとの間に職業とか社会的地位とかを超えた「人間である」という結びつきを作り出してゆく行為ではなかろうか。私はひとつの触媒でありたかったのだ。

未来が過去を変える

——酒井若菜さんとの往復書簡

1

お便りありがとう。江戸時代についての認識が変わり始めたのは、昨今のことではなくて、もう四、五十年にもなりましょうか。あなたは身分制度について書いておられますが、例えば「三下り半」という言葉をご承知ですか。

これは江戸時代に行われた離縁状の形式で、文字どおり三行半の文言でできているのですが、男性側からの一方的な専権離婚を示すものと理解されておりました。それがまったくの誤りであることが明らかにされたのは、高木侃《ただし》『三くだり半』(平凡社、一九八七年)によってです。

三下り半が夫からの一方的な離婚権を示すと解されたのは、文言中に「我等勝手に付」という言葉が使用されることが多かったからで、これが離婚は夫が好き勝手にしていいことだと解されたのです。

しかし、三下り半の言う「勝手」とはわがままという意味なのです。つまり離婚は自分のわがままのせいで、離縁される妻に落ち度はないと言っているのです。だからこれは離縁する妻への再婚許可状で、妻の側から夫に交付が請求されたのです。

何と鮮やかな逆転ではありませんか。これは男女関係に関わることですが、ここ数十年の研究は、江戸時代についての暗いイメージを次々と吹き飛ばしてきました。

どうしてこういうことが起こるのか。それは歴史研究にはどうしても時代の風潮というものがはいりこむからでしょう。明治以来、歴史学を支配して来たのは、近代化をめざす市民主義であり、さらにそれを継ぐマルクス主義でした。つまり日本の近代歴史学には、江戸時代を悪者にせねばならぬ動機があったのです。

では、どうして江戸時代がにわかに見直されるようになったのかと言えば、それは市民主義ないしマルクス主義史学が錦の御旗にしていた「近代」が、様々な意味で反省にさらされるようになったからでしょう。

もともと認識は正・反・合というコースをたどるもののようです。ある命題があるとすれば、いつしかそれを否定する命題が現れます。しかしまた、それに対する否定が現れるわけで、反の反となればもとの正に戻ることになりますが、その場合正は一度反を通過した高いレベルにあるという次第です。

これはずっと昔に、ヘーゲルという大思想家が説いたことですけれど、どうも歴史の認識のされかたを見ていると、つねにこういった正・反の繰り返しが行われていて、それがより高く豊かな認識に導けばよいのですけれど、単に流行の尻馬に乗っただけに終わる危険も常に存在しているようです。昨今の江戸時代評価の逆転は、当然根拠のあることですし、豊かな認識をもたらしていますが、江戸時代万歳みたいになると、困りものですね。

あなたのおたずねはこういう江戸時代認識の変化が、どの程度教科書に反映されるべきかという点についてでした。私は今日の歴史教科書がどうなっているか、まったく知らないし、教科書が歴史学の新しい動向を、どの程度のペースでとりこんでゆくべきかについても、深い考えはありません。

義務教育における歴史という課目は、むろん旧態依然であってはならないのでしょうけれど、あまり「科学的」にならず、日本人として知っておくべき事件や人物について、もっとおおらかに楽しく教えるものであって良いのかも知れませんね。

2

沢山なことをお尋ねになっているので、順を追って、少しずつお答えしたいと思います。

まずお断りしておきたいのは、江戸時代について私は全くの素人としてものを言っていることです。私が江戸時代の研究者などと言えば、ひとが笑います。必要に応じて、江戸時代のことを勉強しているにすぎません。

きっかけはやはり『逝きし世の面影』という本を書いたことでしょう。私が北京・大連で育ったことが、こういう本を書く発想の源となっているのでは、というあなたのご推測はその通りです。幕末から明治初期には欧米人による日本訪問記が、数え切れぬほど書かれているのですが、私は彼らの視線になり切って、ワアおもしろいじゃねえかと感じたのだと思います。

しかし、おもしろいだけじゃすみません。江戸時代がおもしろいのは、それが今日の日本に対して一個の異文化として現れる点です。

もちろん江戸時代から今日まで残ったものは沢山あって、それが日本文化の特色であり伝統でもあるわけですが、江戸時代と今日は社会の仕組みも人びとの心性も根本的に違っていて、だからこそ明治も終わりに近づいた頃、知日派の欧米人は一斉に古き日本は滅びたと嘆いたのです。

歴史とは過去との対話だとよく言われますが、その対話が稔《みの》りあるのは、私たちが当然だと思いこんでいる今日の社会や心性のありかたを、異相を帯びて立ち顕れる過去が、揺らがし相対化してくれるときです。つまり過去はとんでもない異文化として現れるからこそ、対話の仕甲斐があるという次第です。

そういう江戸という異文化への近づきかたとしては、読みやすい書物、例えば『殿様と鼠小僧』といった風なものが沢山出版されており、そういうものからはいるのがよろしいし、また進んで、本格的な歴史学の業績と取り組んでもよろしいでしょう。この領域では、めざましいパラダイム転換が起こっていますから、勉強の仕甲斐はあります。

しかしお奨めしたいのは、江戸期の随筆をじかに読んでみられることです。江戸時代人は厖大な量の随筆や旅行記を書き遺しています。私はそのほんの一部しか読んでいませんが、江戸時代人の生活や心性について、いつも「へえっ」という新発見をしています。あなたが私の著述にクスッと笑いたい感じを抱かれるのは、私が随筆の伝える市井の情報を基に書いているからでしょう。

江戸人というのは本当に冗談が大好きで、始終笑いの種を探しています。根岸鎮衛の『耳袋』、橘南谿の『東西遊記』、松浦静山の『甲子夜話』あたりから読まれるとよいと思いますが、鎮衛は江戸町奉行、南谿は医師、静山は平戸藩公というお堅い方々なのに、市井の噂や笑い話で溢れています。

以上三篇は平凡社の『東洋文庫』にはいっていて、すぐ手に入ります。『甲子夜話』は何十巻もありますが第一巻だけでよいのです。江戸という時代に近づく何よりの早道です。

お仕事柄、歌舞伎・浮世絵・落語に関心がおありとのこと。私はその方面には暗くお役に立てませんが、三田村鳶魚という江戸研究の大家の『全集』第二十巻には、

『歌舞伎百話』が収められていて、私のようなその方面の音痴を救ってくれます。ご一読をお奨めします。

3

橘曙覧《あけみ》に関する書物はほとんどお読みになったとのこと。それではあなたの方が先生です。私はろくに読んでもいないのですが、最近出した『日本詩歌思出草』に一首だけ曙覧の歌をひいておきました。

「わが歌をよろこび涙こぼすらむ鬼のなく声する夜の窓」というのですが、彼はこういう凄愴な声も聴いていたのですね。大変奥行きの深い人物のような気がします。

しかし、こんな素人談義をあなたと交わしたって、先生たちからしたら笑われるだけのような気がします。私は江戸時代については、一学生として研究書、文献をあさっているだけで、それも人類の経験のひとつと受け取っているのです。

歴史とは現在と過去の対話だというE・H・カーの言葉は、歴史について考える場合、必ず引き合いに出されますけれど、この過去というしろものが、われわれがどういう未来をつくるかによって、遡及的に変形されうることが厄介です。

あなたは私の一生の分岐点について語れ、初恋の話でもどうかとおっしゃっていいます。私が生まれて初めてキスを交わした女性は、二十三歳のときに死にました。私とあい齢でした。初恋の話はこれでおしまい。

ところで、自分の過去も、その後の自分がどういう途を選んだかによって、すっかり相貌を変えてしまいます。つまり、あれが自分の一生の分岐点だったと、振り返って認めるにしても、自分が現在のような自分になってしまった、そのように自分を作ってしまったからこそ、それが分岐点に見えるのでしょう。

いま振り返って、私の一生（半生じゃありません、私は遠からずこの世とお別れする年齢なので）の分岐点と言えば、中学二年生の終わりから三年生にかけての文学開眼がそれであった気がします。

小学校にあがる前から、読物はたくさん読んでおりましたが、世の中には文学というものがあると気づいたのは、やっと中学二年生の二学期でした。『レ・ミゼラブル』など、子ども向けの再話版であれ、小学生のときに読んでいたのに、それが文学だなんて思ってもいなかったのです。

とにかく世界が一変しました。親も先生も友だちも急に意味を失って、自分ひとりになりました。それまでは、年齢に応じていろいろ変わったにしても、大人になれば何になりたいという「志望」もあったのですが、それも一切なくなりました。ただ自分とは何か、人間とは何か知りたいと思いました。つまり私は、以来ただ人間でありたかったのでして、何で飯を喰うかは本質的なことではなくなったのです。

しかし、それが生涯の転機だったように思えるのは、私が結局、無職あるいは浪人としか言いようがない一生を送って来たからでしょう。結果として文筆業者として渡世して来たのだけれど、文章を書くのは呼吸するのと同じこと、つまり生きているのと同じ。だとすると私は生きることを商売にして来たのです。

中学生のころの文学発見が分岐点と意識されるのは、私が浪人生活をずっと送ったからです。歴史についても同じことが言えます。明治維新一五〇年と言うけれど、維新が何であったかは、その後の日本の歩みがきめたのです。日本の歩みはまだ続いていますから、今後の歩みによっては、維新の意味づけもまた変わってくるかも知れません。過去の像をきめるのは未来なのです。

4

プロとアマというのは、自分の技を職業とするか否か、それを楽しみとしてやるのか、それで生計を営むのか、という違いをいうのでしょう。それは自分がきめるというより、社会の方が立ててくれる違い、つまり有名・無名ということにも関わりがあるようです。

しかし私の場合、文章を書いて本にするというのは仕事、職業というふうに自覚したことはありません。たまたま職業を明らかにするよう求められて、仕方なしに著述業と答えるときは、顔が赤くなる思いです。

というのは、もともと文章を弄するのは私事であり、社会的には無用のことでありますので、本当は無職と答えねばならぬのです。そういう意味では、私は永遠のアマチュアです。本を出して何とか暮らせているのは、成り行きに過ぎません。

しかし一方、文章は芸でありますから、一生かけて少しはいいもの、少しは実のあるものを書かねばなりません。その芸であり技であるという点では、趣味でやってるんじゃないぞ、一生かけているんだぞという自負、というより自らを鞭撻する気負いがなければなりません。旦那芸、お嬢さん芸では仕方がないわけで、その意味ではプロ意識が必須です。

しかしまたまた一方、プロは自分のやっていることに疑いを持たず、自分の知識や技芸を生の原点から遊離させる危険に陥りがちなのです。なぜ自分はこんなことをやっているんだという疑念を失うとき、出来上がったくさみが生じます。

十代に一文にもならぬ文章をノートに書きつけていた初心を、たとえ文章をお金に換えられるようになっても忘れたくない。私の場合、ただそのことに尽きます。

あなたは女優さんでありますから、プロにきまっています。問題は俳優というのは何をする人なのかということです。その点で、きっとあなたにはお考えがおありでしょう。私が何か申し上げることはありませんが、ただ女優にスキャンダルはつきものので、それは一向に恥にならないというのが、東西変わらぬ決まりだと思います。

何とも俗物的な思いで恐縮ですけれど、文章を公表するのと舞台で演技するのには、似たところがあって、それはわが身を公衆の視線に晒《さら》すという点です。文章を公表する以上、何と罵られ嘲笑されようと仕方ないのです。

俳優さんの場合、言われても精々大根役者だとか、くさいとか、ミスキャストぐらいでしょうから、大した傷にもならぬかもしれませんが、公衆に顔と名を晒すというのは、それだけで神経の強さの要ることで、ましてやスターとあれば、私行までゴシップの対象となるのだから、よほど性根が要求されるわけでしょう。

あなたは美しく生きたいとおっしゃるが、女優として他人の言説の好餌とされながら、ご自分を貫き通されるなら、それがそのまま美しい一生でありましょう。

人が何を言おうと、どうでもよろしいのです。まさに天知る地知るです。天地を俯仰して恥じる心こそ大切で、世間で恥にまみれるのは何でもありません。あなたは別にスキャンダルとは無縁でしょうに、私が力み返るのも滑稽ですが、美しくありたいと思っても、破れかぶれで傷だらけの一生を送るしかなかった老人の寝言と聞いて下さい。

3

多重空間を生きる

——坂口恭平『幻年時代』

著者自身のご指名で、著者の小説としては処女作というべきこの作品を「解説」しようというのだが、その前に著者との因縁について少し触れておきたい。

この人と初めて会ったのは三年前のことだと思う。行きつけのカフェへはいったら、知り合いの『熊本日日新聞』の女性記者がいて、誰かと話しこんでいる。彼女と「やあ」と声を掛け合っていると、その「誰か」が突然立ち上って、「渡辺京二さんじゃないですか」と熱烈歓迎した。それが恭平さんだった。

私は坂口恭平なる人物が『熊日』に月一回エッセイを書いていること、その中でゼロ円生活だのゼロ円ハウスだのを提唱していることを、ぼんやり思い出した。だがそれ以上の印象はなく、その連載も熟読していたわけではなかった。そのときも何を話したか、もうおぼえていない。ただ彼が「ボクの年収は一五〇〇万円です」と壮語したことはおぼえている。ゼロ円と一五〇〇万円とではえらい違いだ。きっと彼はそのとき躁状態だったのだろう。この人の躁鬱の話は有名だから書くまでもあるまい。自分で『坂口恭平 躁鬱日記』なる本も出している。

その歳《とし》の暮、『熊日』のお正月番組のために彼と対談した。そのときはこの人物についてかなり見当がついていた。前出の熊日記者から、社内には彼の起用を、「大丈夫か、独立国家の総理大臣などと自称している奴に書かせて」と危惧する声が多いと聞いていたが、そういう危惧の出どころである『独立国家のつくりかた』も読んでいた。

独立国家云々《うんぬん》の言説は何ということはなかった。どうしてオカネなるものがなければ生きてゆけぬのか。どうして大地の一片を占有し、オレのものだなんて言えるのか。ルソー以来、いやその遥か以前から問われ続けて来たことであり、そんなふうになってしまったことの説明だって山ほども積み重ねられている。

恭平さんの凄いのは、かしこい子なら一度は抱くにせよ、思想史的には陳腐な問いを、大人になっても絶対に手離さず、オカネなしに生きる途、私有されない土地を見出す途を、まさに実践的に模索するところだと私は感じた。その稚気たるや、向こう見ずたるや、常人の域を超えている。この人は想像力の魔に憑かれているのだ。私にもかなり誇大妄想の気があるけれど、この人のそれは超弩級でとてもかなわない。

しかし、対談に当たって決定的だったのは、『幻年時代』を読んでいたことである。先に述べた最初の出会いのあと間もなく読んだのだと思うが、これを書いた人間は天才だと私は確信した。そういうことは前に一度だけあった。石牟礼道子さんから『苦海浄土』の前身『海と空のあいだに』を、私が出していた雑誌にいただいたときである。

私は天才という言葉を、常人とは質のことなる異能という意味で用いている。天才のほかに賢者も偉人もいる。とても大きな才能の持ち主もいる。飛び抜けて頭のよい人もいる。文学に限っても、大きな才能ゆたかな才能というものは、むろんざらにではないが見出すのに苦労はせぬ。しかし表現の才能の大小とはまた違って、こんなふうに表現するのか、いや表現以前に発想するのかと、驚きを感じさせる才能にはめったにお眼にかかれるものではない。

編集者としてそんな天才には一人だけ出会った。それが石牟礼道子さんだった。恭平さんと私は編集者として出会った訳ではない。しかし、『幻年時代』を読んだとき、私は紛れもなく編集者の感覚になっていた。他の才能とどこが違うのか。恭平は道子とおなじく、自分だけの言葉で語るのである。道子語があり恭平語があるのだ。ということは、実在＝現実の感受において、ひととは違う自分だけのものがあるのだ。私が天才と呼びたいのは、このようなその人だけがもつ独特の感受力、ひいては言葉の遣いかたである。

対談は私が「キミは天才ですね」と言い、恭平さんが「ホントですかね。あんたを信用していいのかな」と答える形で進行した。このとき、恭平さんは落ち着いた態度に見えたが、実は鬱状態だったのだそうだ。

さて、その『幻年時代』である。これはむろん幼年時代のモジリで、幼から一画抜けば幻になる訳だが、なぜ一画抜かねばならなかったか、その訳は「僕の幼年時代。それは幻の時間である」という作者自身の言葉で一応納得しておこう。要するに作者は九歳まで、福岡県の新宮町というところにある電電公社の団地で過したのだが、その記憶は熊本市へ移住したあとの記憶、つまり「私」が成立してゆく物語とは無関係な「一つの塊」として「独立」している。にもかかわらず、それは作者の実在＝現実との最初の「空間」的触れ合いであり、自分というものの発端のすべてがそこに在る。

幼年の記憶はふつう、たとえ悲劇の一端を含むにせよ、あまやかなものとして現れる。あまやかな、しかし切ないものも同時に含まれる幼年時代を語った名作は、トルストイから神西清に至るまで枚挙にいとまがない。『幼年時代』にも、そういう幼年特有の経験の甘美さは、随所に顔を出している。しかし、作品の基調はむしろ、そういう甘美たるべき追憶が、絶えず不協和音に侵され、安易な感情移入を拒否するいわば異化された記憶に転化し続ける運動にある。

幼年期と言っても、焦点は作者が幼稚園にあがる前後の四歳頃の経験に絞られていて、当然登場するのは家族と遊び友達であるが、注目すべきなのは、彼らが現実という同一平面上に並んで、主人公恭平といろいろな関係を取り結んでいるのではないということである。彼らが主人公と関係するとき、そこにはひとつの空間が現れる。それはそれぞれに固有な空間であって、各空間は接合していない。

具体的に言うと、彼が母親とともに在る空間は、そこに弟が登場するだけで別な空間になる。そしてそれは、家族五人が揃ったときにはまた別の空間に変貌するのである。このような空間の変貌は、遊び友達との間ではあまり生じないようだ。それは特に家族との関係で生じるように思われる。そこに家族というものに対する、少年の特別鋭敏で繊細な感受性が読み取れる。このあと『家族の哲学』という小説が書かれねばならなかったゆえんだ。

空間はこの小説の、いや坂口恭平の世界感受のキーワードである。そして空間は多元多重である。『幻年時代』は世界が主人公の前に、多元多重空間として姿を現す様を描いた小説なのである。少年にとって世界が多重空間として現れるということの中味は、一次的には自然的（地形的）・社会的に区別され意味づけられた複数の空間として現れるということで、それほど異様な感覚ではなく、むしろ成長しつつ世界の拡大を経験する少年にとって正常なことである。

しかしこの単純な一次的な次元においてすら、世界を電電公社と非電電公社に分割し、しかも公社空間をも、団地・研究所・プール・クラブハウスと次々に異質な空間に分割し、さらに非公社空間を、セキスイハウス空間と伝統的な集落空間に分割して経験する四歳児の感受は、なみなみならず特異で鋭敏である。むろん小説における叙述は三十代の壮年にある作者の成熟した異能の産物と言えるが、この四歳児はこのような空間の多重性を言語化はしないものの、確かに感受していたのだ。

しかもその多重性は前述したように、二次的には人間関係の局面でも次々と産出されるのであって、ここに作者の異能が真に表れる。この多重空間を何とか統合して生きるには、いやその空間を安全に渡り歩くには少年は暗号を読み解き駆使しなければならない。彼は母を愛している。しかしその愛は暗号化されねばならない。だから彼は「カーニがチンポをつーねった」と唄う。つまり彼は芸能の人となるのであって、歌、イラストレーション、語り、オブジェ等によって、多重空間に出没する「芸人」としての運命は、早くも四歳のときに予感されていたのだ。

この小説は人はなぜ「きまり」に縛られねばならぬのだ、そんなものは突破せよというメッセージを含んでいるが、そういうメッセージは何ということもない陳腐なものにすぎず、恭平の凄いところはそんなありきたりのメッセージではなくて、あくまで人間が感知しつつその中に存在せねばならぬ空間の多重性を示すところにある。

作者にとって父と母は問題の存在であるようで、この二人の描き方はこの小説の読みどころのひとつとなっている。むろん親というものは誰にとっても問題の存在だが、四歳児で父と母に対する自分の関係の問題性を、ほとんど分析的に感知しているのは並ではない。あと知恵もはいってはいるだろうが、四歳当時の感覚について作者は真実あったことを書いていると思う。

少年にとって、母は文化を、父は自然を意味していたようだ。これはふつう逆であるべきところで、その点にこの父という人物の不思議さがひそんでいる。読者は第一章「守衛」というタイトルで、いきなり現時点の父が登場するのにとまどう。そもそもこの小説は、物語らしく順を追って展開するというふうになっていない。話は前後するし、何やら燦《きら》めく物体のいろんな切断面を、手品よろしく一瞬示されている気がする。これは物語ではない。夢のように一見脈絡もなく示される出来事のパノラマである。そのパノラマの最初に、現時点の父の姿が描かれていることの意味は軽くない。

この小説が傑作かどうかは知らない。だが少なくとも私は、こんな種類の小説は読んだことがなかった。重要なのはこのことである。石牟礼道子の『苦海浄土』がこれまで誰も書いたことのない小説であるのと全く同様に、『幻年時代』も日本近代文学史上、誰も書かなかった種類の小説である。この小説に人を驚かす奇想などない。ただ恭平にしか書けない小説だということが重要なのである。彼は多芸の人であるが、小説は彼にとって最適のジャンルではないかと思う。作家にとって処女作はなかなか超えられぬものとして在るという。彼はこれ以前に何冊も本を書いていたが、小説としてはこれが処女作で、その後の『徘徊タクシー』も『家族の哲学』もこの処女作を超えていない。だが、遊び人であるようで実は精励の人である彼は、必ずやそのうち処女作を超える作品を書くだろう。そう信じつつも、『幻年時代』の小説としての新鮮さは、やはり二度と繰り返されぬ奇蹟だと思わずにはいられないのだ。

『現実宿り』評釈

何からまず言うべきなのだろうか。恭平ファンの何パーセントが、凄いとしか言いようのない、しかし徹底的に訳のわからぬこの「小説」を読み通せるだろうか、とまず疑念を呈しておかねばならぬのか。これは果たして「小説」なのかという疑いがただちに継起する。というのは、小説とは物語だとする通念は今日もなお死んではいないからだ。しかし、これが物語であるはずはない。物語とは筋を要約できるものでなければならない。この作品の粗筋を言える者がいたらお目にかかりたい。それほどこの作品（としか言いようはないのだが）は圧倒的に訳がわからないのである。近頃は読者のおどろかせ較べをしているような「奇想」を凝らした小説が多いが、それらはいかに奇天烈な話であっても、誰が何をしているか、何がどうしてどうなったかは、ちゃんとわかるように書いてある。でないと読者が読まない。ところがこの作品は、何がどうなったかがわからないのである。その訳のわからなさは夢魔的であり圧倒的である。

この小説（と言っておく。小説とは今日、それほど間口の広い、いい加減なジャンルである）の訳のわからなさは、断じて仕組まれて生じたものではない。つまりこれは、小説の概念を拡張したり一新したりする文学的実験として書かれたものではない。坂口恭平は本は読まないと自称しながら、ベケットやアルトーはもちろんのこと、ドゥルーズまでちゃんと読む精励の人なのだから、当然二〇世紀初頭以来の文学的実験は問題意識として頭にはいっている。だが、この小説を書いたとき、彼にはそういう意識もたくらみもまったくなかったと思う。ただ彼は湧き上る着想とイメージに支配され、シュルレアリストの至上の夢たる自動筆記の状態でこれを書いたに相違ない。いわば夢魔にうなされてうわ言を言う状態でこれを書いたと思われ、こういう書き方を促されたのは彼自身初めてのことではなかったかとさえ察せられる。

それほどこの作品は、彼がこれまで書いて来たものと質感が違う。つまり、これまで坂口恭平はゼロ円生活を提唱してみたり、独立国家の総理大臣に就任してみせたりして人目を引いて来たし、特に『幻年時代』『徘徊タクシー』『家族の哲学』の三作で、常人と異なる現実感覚を作品化して来た。だがこの『現実宿り』に至って初めて、私たちは作者がまぎれもない異能者、常人とは異る世界感受、自己存在感覚の持ち主であることを真に知らされたのだ。すなわち、恭平はこの作品で初めて自分が何者であるかを表現することができたのである。思えばこれまでの彼の言説は序の口、いわば余興であって、表現者としての彼の真価はやっとこの作品によって示された。私たちはいまこそ彼の正体を知ったのである。

まず何よりも、この小説そのものについて吟味が必要だろう。と言ってこれを筋書きのある話として読もうとすれば、それこそこちらの頭がおかしくなりかねない。だからこそ謎解きをしてみたい誘惑にかられるが、それは乗ってはならぬ誘惑である。「謎解き○○○○」と言ったタイトルの著書を見かけるようになったのはいつのことであったか。だが『現実宿り』は謎解きを拒む。なぜか。「現実」にはふつう考えられているような整合性はないとこの作品自体が言っているからである。整合性がないというのは一切は恣意ということであるから、謎解きのしようがない。しかし、謎解きは諦めるにしても、これがどういう話かということは、概略というか最低限というかつかんでおかねばなるまい。と言って、私は自分の読みに自信があるのではない。もっと精密に読み解ける人が現れるのを待ちつつ、前座を勤めるだけだ。

三つの話群が併行して進む。ひとつは砂の話である。最初のページから砂が「わたしたちは」とか「わたしは」と語り出す。「わたし」とは一粒の砂であり、「わたしたち」とは砂群であるのか。そういうことを問うのも無意味な「わたし」であり「わたしたち」である。砂漠にはもう人間の姿はなく、人間が残した図書館が砂に埋れている。砂は図書館に残された本を読み、それをもとに自分の文章を書く。砂がどうやって本を読み字を書くのかと問うのも野暮であろう。彼らは食事さえするというのだ。ああそうですかと言うしかなく、しかもここには何の比喩も何の寓意もない。

砂たちは夢の中で森へ通い、森の地図を作る。そして言う。「わたしたちはあなたと一緒に見ている風景をそのまま書こうとしている。一緒に見えたものだけを書こうとしている。あなたのおかげで、わたしたちは書いている。わたしたちはあなたがいないかぎり、書くことはない」。あなたとは誰か。それもわからないままに読者は呼びかけられているのを感じる。誰に？　砂になった恭平に？　そして不思議な慰藉を得るであろう。一緒に見えたものだけを書け。そのときわたしはあなたとともにある。しかし、どうすれば一緒に見えたものが書けるのか。

砂はさらに言う。「わたしたちはいま書いている。……人間に向けてではなく、わたしたちの状態をただ書くのだ。誰にも向けずに書く。向けない。向かない。……向けるのは眼差しだけでいい。誰にも声をかける必要はない。声は届く。どこかに届く。しかし、それはどこにも目的地を持たない声でないといけない」。おなじみの恭平節ではあるが、何という魅惑的なメッセージ。

第二の話群はまるでカフカの『審判』よろしく、一人の男が強制的に車で拉致されるところから始まる。途中でいろんな人物、いろんな情景が出てくる。私はあなたになりたい、なりたくて男になってしまったという女も出てくる。そのあたりに、「いのちの電話」として自分の携帯ナンバーを公開し、自殺したい男女を引き受けようとして来た作者の実体験の翳が落ちている。しかし、男は何のためにどこへ引き出されたのか、自分にはもちろん読者にも皆目わからず、要するに異界に直面させられ、自分が異形のものに変身させられ、人間としての自己を超えた経験を嘗めることになる。

その前後は定かではないが、男は蜘蛛になったらしい。そして鳥に食べられ、その内臓で溶け始めている。そのうち彼は鳥の目になる。「おれの頭の中には草の上で平気にしている蜘蛛のおれもいて、溶けたおれは内臓にいた。そこが鳥の内臓だということもわかっていた。草の上のおれが鳥を見ていたからな。……おれは助けてくれと、おれ自身に叫んだ。いまおれはお前に向けて言っているが、この言葉はあのときのおれに言っている」。お前とはこの男が酒場で相手にしている人物らしい。つまりこれは酒場での会話なのだ。しかし鳥の目になった男の前に現れる「現実」は圧倒的に生々しい。

この男も砂に劣らずなつかしい声を出す。「魂の話をしたいわけではない。おれは骨にすらなれなかったんだ。そんなことをおれが考えているとしたら、お前は逃げるのか？　しかし、お前はまだ逃げてない。……もしかして、おれはお前なのかもしれない。お前がおれである、とはまったく思えない。しかし、おれはお前なのかもしれない」。これもまさにおなじみの恭平節であろう。

第三の話群はもっとも現実に近く、その主人公も作者恭平を思わせる。モルンというモンゴル人が、「兄貴」と言って主人公を訪ねて来る話で、途中でモンゴルへ行ったはずなのが、また断りもなく東京に場面転換するのがあれれという感じなだけで、あとは第一群、第二群の訳のわからなさに較べてふつうの話と言っていい。もちろん、この話群にも異界への入り口は設定されている。このモルンというのも一種の導き手で「見えていることをそのまま書く。……つくったらだめだ。……つくらないこと。

風景をそのまま素直に描写すること。……意味がわかるというより、その世界をそのままからだで感じられるようになるんだろうね」と語る。この第三話群は従来の恭平作品の域にとどまっている。私たちが初めて知る恭平の想像力の凄さは、第一、第二の話群によって示されているのだ。

この三話群が交互に語られることによって、いわば世界が解体しては再結合し、変貌を重ねてゆく様相こそ、この小説の読みどころということになる。つまり、これは現代の変身譚と言ってよい。ただしオウィディウスのような優雅なそれではなく、グロテスクかつコミカルなそれであるが。だが、この小説の面白さ新しさが、人間も含めてすべての存在、物質そのものすらが分離し変化し融合し混淆し、ほとんど神話的というべき流動に投げこまれてゆく一種の運動性にあることは確かだとしても、そこで描かれる情景、キャラクター（人物とはとても言えない。砂や眼球が語る主体として現れるのだから）、状況、出来事は、あまりにも夢のように定かではなく、うたたのように捉えどころがない。つまりこの神話仕掛けは影絵のように意味が判然とせず多義的なのだ。むろん意味と一義性を解体するのがねらいだとしても、表現された世界が影絵のような茫漠なものであっては、表現はまだ勝利したとは言えない。

この小説の勝利はあまりにも賑々しい大道具・小道具よりも、言語自体、語り自体のめざましい運動性にある。つまり、この訳のわからぬ話に最後までつき合わされてしまうのは、卓越した文章の力なのである。次の一節を見ても、作者が町田康、伊藤比呂美らと並ぶ現代屈指の文章家であることが明らかだろう。

「わたしは音です。音を鳴らす。……叩いてみてください。……自分が叩きたいと思ったときに。思いましたか。じゃあいま叩いてみてください。鳥がそこらじゅうに飛んでいるでしょう。それはあなたが見ているからです。あなたは見たんです。見たんですよ、鳥の赤色を。だからあなたは赤色が気になるんです。木になった赤い実を食べる。食べているのを見ている鳥がいます。一羽いるとします。その一羽になります。……羽はどうする。羽をどこかから持ってこい。お前。お前が持ってこい。……早くしろ。わたしはいなくなる。……わたしはいまからお前たちの前で鳥だ。ここにいる。いま岩に乗る。わたしは一つ高くなったここでいまから歌をうたう。……声は聞こえるか。そこから聞こえるか。遠くまでいったな。ずいぶん遠くまで。それでもいい。こわいならこわいなりに聞けばいい。誰もいなくなってもわたしは歌う」。

こういう否応ない文章の力に牽かれて、私たちはこの訳のわからぬ小説を読み通す。

ということ、それは音楽の体験とあまり変らぬことになる。この小説が一種の音楽であるのがようやく明らかになった。果せるかな、この引用部分のすぐあとに、「朝は途切れずにいつもわたしの前にある」の一行で始まるすばらしい詩が現れる。詩とはすなわち音楽である。この作品は三つの楽器で構成された嬉遊曲に喩えられよう。砂のパーツを受けもつのはピアノ、男の変身のパーツはヴァイオリンが、モルンのパーツはヴィオラが受け持つ。ヴィオラは補助をするだけだ。ピアノとヴァイオリンがもつれ合って主旋律を奏でる。音楽はただ聴くだけで、何も考えないでよい。恭平のこの小説も実は何も考えずに、ただ言葉の駆動力についてゆけばよいのだ。読後、よい言葉たちの演技に酔ったと感じられれば、それでよい。そういう作品はそうやたらにあるものではない。すなわちこれは傑作である。

すべての芸術的創造は無意識に衝きあげ溢れ出すものと、確かに計算され尽くしたものとの幸せな結合によって生まれるだろう。この小説に作者の計算がないはずはないが、それはやはり溢れ出すものがあっての話である。そして言葉は音のように声のように溢れたと、この小説の場合言ってよいだろう。そしてその溢れようはまさに天才的である。私は最近、作者の『幻年時代』文庫版の解説を書かされ、その末尾で処女作はなかなか超えられぬものというが、「遊び人であるようで実は精励の人である彼は、必ずやそのうち処女作を超える作品を書くだろう」と述べた。何と恭平は第四作で楽々と処女作を超えてしまった。ただし、この手は二度は利かない。訳のわからぬ言葉の名演は一度だけでよい。

彼がふつうの小説らしい小説を書くとは私だって期待していない。だが、どんなに奇妙であろうと、次は、かっきりとした物語に戻ってもらいたい。彼の作品にはどこか神話性がある。『現実宿り』でも何気ない小さな挿話にそれが感じられる。例えば馬だった記憶を持ち、川沿いに住んでいる男の話がそうである。現代における神話の再創造を坂口恭平は試みてよいだろう。彼はこの小説で、われわれ人間にとって「現実」はひとつではなく多元的で、それぞれ仮の「現実」に宿っているにすぎないのだと告げている。恭平調を真似ると「わかった。わかったから託宣はもういい」と言いたい。仮の宿を渡り歩くのは吟遊詩人の宿命である。恭平さんよ、あなたは現代の吟遊詩人をもって自任しているのだろう。神話を語らぬ吟遊詩人はいない。現代で神話が語れるか否か。イカサマでなく嘘のない言葉で語れるか。私はあなたの精励をつねに信じている。

『現車』はどこが凄いか

福島次郎さんの『現車《うつつぐるま》』が五十六年ぶりに復刊された。『現車』は一九六一年、日本談義社から刊行され、その後も月刊誌『日本談義』に続篇が連載されたが、この度前者が『前篇』、後者が『後篇』として論創社より刊行の運びとなったのである。『後篇』は初の単行本化であり、これによって『現車』の完全版が世に出たことになる。

次郎さんと私の関係は論創社版『後篇』に収録された私の文章に述べてあるが、改めておさらいをしておきたい。私は一九六五年春、東京暮しを切り上げて熊本へ帰り、メシの種として『熊本風土記』という月刊誌を出すことになった（同年十一月創刊）。『現車』はその準備期間に読んだのだと思う。凄い作品だと思い、早速作者を訪ねた。当時次郎さんは八代工高の先生をしておられたので、八代まで出かけたのである。次郎さんはバーに私を案内した。がっしりした体格ながら、文字通り紅顔の美青年だった、もう三十代後半であられたのに。その夜の記憶はただひとつ。「あなたは本当に女が嫌いですか」と問うたら、「はい、好きまっせん」と答えられた。

多分私がお願いしたのだと思うが、『現車』の主人公、すなわち次郎さんの母堂はつえさんにもお会いできた。場所は熊本市塩屋町の若江病院の一室。はつえさんはその頃次郎さんと同居しておられたので、若江病院は出熊の際の足溜りだったのだろう。その時聞いた噺は『熊本風土記』創刊号と第二号に書いた。二本木の女郎さんたちの噺など、大変面白いもので、本当はもっともっと聞いておくべきだったと思う。はつえさんはその頃もう六十代の末になっておられたはずだ。今の六十代とは違う。もう老女であった。若い頃の大丸髷を結った写真をお借りして掲載したのは、今となっては私の手柄である。

次郎さんとはその後断続的におつきあいがあった。石牟礼道子さんが熊本市健軍のお寺の下に借家されていたときもお訪ね下さった。彼は趣味人で画も描いたので、ある日大幅の油絵を持ちこんだ。花の絵であった。それは今では、「石牟礼道子資料保存室」の一隅に納められていると思う。本を出すと評者に私を指名されるので、『熊日』にいくつも書評を書いている。妹さんが帯山で出されていた『現車』という喫茶店に連れて行っていただいたこともある。ガンを病まれて、亡くなる少し前に荻原町のご自宅を見舞った。『熊日』記者の小野由起子さんの案内であった。誰もいない家にひとり、シャツとパンツ姿で坐っておられた。

私は次郎さんが一個の人間として大好きであった。さっぱりした男らしい人物だったからである。画家の板井榮雄さんも大好きな人で、この二人は私の心の中でいつもペアになっていた。二人とも九州学院の出で、熊高・済々黌出のようなエリート根性がなく、デモクラティックでスマートだった。次郎さんは生れは一九三〇年と私と同年だが、早生れなので学校は一級上。板井さんはさらにその一級上だったと思う。私がこの二人と共有しているのは「戦後」である。すなわち焼け跡デモクラシーである。『現車』については復刻版所収の文章で書いているので、これが冷笑的でありつつ熱情的な肥後庶民のメンタリティのみごとな表出であること、さらには大空襲・大水害を含めて底辺よりとらえた熊本近代史そのものであること、その達者な肥後弁はまさに文化財であること、等々についてはもう再言しない。ただ、この度読み返してみて、その圧倒的な迫力には改めて脱帽の感があった。いささかも古びていない。二〇一〇年代の表現として新鮮なのだ。すなわちこれはもう古典だ。熊本が生んだ近代作家の筆頭に石牟礼道子が来ることには誰も異存がなかろう。次に来るのが福島次郎である。

彼は『現車』だけの作家ではない。その後の創作もたんに同性愛文学などという範疇に押しこめるのを許さぬ普遍性と到達度がある。にもかかわらず『熊本近代文学館』(今は改称して『くまもと文学・歴史館』)には、光岡明のコーナーはあっても福島次郎のコーナーはない。彼は実は蘆花などよりずっと質の高い作家なのである。女嫌いと言いつつ、女を見下げた文章は一行もない。

『現車』はどうして今日なお圧倒的な作品でありえているのだろうか。手短かに言おう。ここに描出されているのは一言で言って庶民の悲喜こもごもの猥雑な世界で、自然主義文学が「苦の世界」としてとらえた生活実相である。主人公民江姐さんの父親の妻妾同居的世界、妾ののど笛に喰いついてやると呪う正妻、乳ガンで腐臭に包まれている妾、民江の長女の陥る理不尽な苦難。主人公民江はバクチの胴元として大金を稼ぐ。その大金がいかに途方もないものだったか。ヤクザの手打ちの宴を料亭新茶屋で行なったときの代金が何と四千八百円。今の金で言うと、計算の仕方もあるがどっち道一千万円をくだらぬ。これを民江は一人で負担した。民江が踊って踏み割ったテーブルの代金を料亭が請求しなかったのも当然である。その民江があとには特飲街高田原の客引きまで落ちぶれた。戦前の庶民生活は貧と病いの苦の生活であり、束の間の栄華にめぐり会ったとしても不安定極りなかった。そして空襲で焼け出され、戦後の「願いましては」という御破算の混沌に投げこまれた。

『現車』はそういう庶民の一代記なのである。しかし、自然主義文学がとらえれば「苦の世界」にほかならぬが、この小説では「ひと差し舞ってみせよう」という庶民の心意気の物語となった。夢野久作『近世快人伝』に登場する博多魚市場の名物男は「私どもの一生はシュルシュルシュルシュルポポーンという打ち上げ花火みたいなもので」と言っている。「苦の世界」は儚く消えようとも各人が「ひと差し舞ってみせる」自己劇化の世界だった。この小説の筆遣は綿密丁寧、写実的なように見えるけれども、実はからくり芝居のような前近代的骨法を残している。つまりラブレーにも近いし、デフォーには更に近い。民江の死産した初児を父が化粧させ、人形のように踊らせるシーンは、さながらグラン・ギニョールである。

デタッチメントが作者の文体の特色なのかも知れない。しんどくてやりきれぬ話を積み重ねながら、視線は透明なのである。非情というのではない。情はたっぷりあり、一種の慈悲のような光さえ漂う。しかし、作者がのめりこんでいないのは確実である。第一、己れの成長期が重なっているというのに、前篇では作者自身について語られるのは実に少い。つまりこの人には自愛心がともしいのだ。後篇では作者自身についてもある程度語られるが、それでも抑制的である。なぜ自愛的でないのか。語ることに対する情熱がそういう贅沢を許さぬのである。作者は語ることの快楽に憑かれている。自分が生きて来た世界は、面白うてやがて悲しき物語の世界そのものだったのだ。こういう者たちの中で自分が生きて来たというのではない。自分が生きて来たのはこういう者たちの中だったと言いたい、語りたいのだ。ここには近代文学とは異なる重点の移動があって、それが『現車』という作品をとても魅力的にしているのだと思う。しかしその魅力は「もののあはれ」を骨髄として来た日本文芸の伝統をじかに受けたものだと私たちは気づく。『現車』は前近代的な日本文芸の伝統の中にみごとに根づいている。そのことに気づいて私は深い溜息をつかざるをえない。

〈追記〉
今回の論創社からの刊行を実現して下さったのは、弓立社をやっておられた宮下和夫さんである。宮下さんは私が書いた文章を読んで『現車』に関心を持ち、その復刊をずっと考えて来たと言われる。しかし私の記憶は違っていて、私の方が宮下さんに、こういう作品があるがどこか出してくれるところはないかとお願いしたのだと思う。いずれにせよ八〇年代の半ばすぎのこと。当時は探してみたがむずかしいというご返事で、それきりになっていたところ、突然昨年になって出してくれるところをみつけたと連絡があった。正直なところ私は驚愕した。もう三十年も経っているのに、この人はずっと忘れずにいてくれたのだ。何という息の長い信義だろう。彼が吉本隆明さんの深い信頼を得たのもむべなるかなと思った。とにもかくにも、『現車』完全版の刊行はひと重に宮下和夫という当世稀な人格の賜物なのである。

創見と探索の書

——土屋恵一郎『怪物ベンサム』

土屋さんとは、石牟礼道子氏の新作能『不知火』のプロデュースをなさったことから知りあって、もう六、七年のつきあいなのだ。それでもこの人は、私にとって依然として謎である。その謎の人の本の解説を書こうというのだから、つらい。

この人の本は、岩波現代文庫にはいっている『能——現在の芸術のために』というのを最初に読んだ。一読三嘆というか、まず私などには絶対書けない種類の文章である。精妙で奥行きが深く、そして美しい。文章以前にこの人には、舞や能面、つまり身体の動きやものの形に対する、いわば絶対音感のような感受力がある。そのことは、彩色が脱落して、地肌が剥き出しになっている能面から触発された想念や、観世寿夫とジャン・ルイ・バローの立合《たちあい》の叙述を読むだけでわかってしまい、芸術に関してはミーハーの域を脱しない私などは、ただ溜息が出る。世の中にはこのように形象について深く感受し、しかもその感受を精妙に表現できる人がいるのだ。

だがこの人は、能のような奥の深い芸能の真価を正確に感受し、しかもそれをまさに現在の芸術として甦らせるために、「橋の会」を組織したというだけの人物ではない。法哲学を専門とする第一級の学究なのである。そのことは、これから私が「解説」せねばならぬ『怪物ベンサム』(講談社学術文庫、二〇一二年)という著書一冊を読むだけで、いかなる莫迦者もさとらずにはおれぬ事実だ。

能と法哲学? なにも驚くことはないのだろう。レオナルドの例をひかずとも、世の中には多芸多才な人はいるのだ。私は一九九三年に青土社から出た『ベンサムという男』を、一昨年だったかネットで取り寄せてみた。定価の三倍という高値になっていた。この本にも唸った。とにかく切り口といい、叙述の段どりといい、全体の視野といい、ただの鼠ではない。しかし、芸術家的才能があり、文才もある学者というのもたまにはいる。『能』の著者である以上、学問的著述といっても、学者めいたあの野暮さ、重苦しさ、無味乾燥を免れているのは当然だろう。ところがこの人は、専門領域における学殖、文献・史料の徹底的な探索という、オーソドックスな学者が備えるべき要件においても第一級なのである。能・モダンダンス・歌舞伎にあれだけのめりこんでいながら、学究としての地道な蓄積とこの精力。憎い奴だと言わずにおられようか。それ以前に、不思議な男だと思わずにおられようか。

しかもこの人物、仄聞《そくぶん》するところでは、大学の行政・運営に関してもすこぶる有能であるらしい。そんなことって、あってよいのか。

さらに、会ってみると愛さずにはおれぬ快男子。私は若いころ東京で喰いつめて、左官を対象とする雑誌の編集をしたことがある。左官というのは概して下町の人間である。気持ちのいい男たちだった。土屋さんにも似た感触がある。「ぼくは下町育ちだから軽薄なんだ」と、彼はいつか言った。この軽薄とは渋滞せぬ精神をいうのである。好悪がはっきりしていて、喧嘩っ早いくせにこだわらない。土屋さんがかなり複雑な屈折を蔵した人であるのは、書くものを読めばわかる。しかし一面、漱石の『坊っちゃん』を連想させるような男であることも否定できない。

以上は土屋さんが、私にとって謎であるゆえんを述べたのである。さて『怪物ベンサム』の「解説」であるが、この本に何が書いてあるかは読めばわかることだから、いちいちおさらいはしない。著書の内容を要約したり、ときほぐしたりするような解説は、よほど難解であるか、さもなくばこみいった本の場合はいざ知らず、ふつうは要らぬことだというのが私の考えだ。

もちろん、この本は相当に高度な知識を前提にして書かれている。プリーストリーも、ジェームズ・ミルも、ホーレス・ウォルポールも、サミュエル・ジョンソンも、そんな名は初めて聞くという人にとっては、この本は難物である。著者は一切説明をつけない。もちろん、無名に近い人物には説明をつけるが、世界人名辞典に出てくるたぐいの人物は説明しない。これはこの本があるレベルの読者を想定しているからというよりも、おそらく著者のダンディズムがそうさせるのだと思う。プリーストリーとはしかじかの人物だといった説明を、ある種の美意識が拒むのである。そんなわかりきったことを書くのは恥だという意識が働くのではないか。これはペダントリの一種といってもいい。

だが考えてみれば、自分の知らぬ人名や事件が説明なしに出てきたからといって、その本が読めぬことはない。一般に読書というものは、自分の知らぬ人名や事柄がどんどん出てくるのが普通であって、それをまあいいやと読みとばしているうちに、自然に高度な本が読める知識が身についてくる。何でもかでも説明をつけてわかり易くしようとするいまのようなご時世にあっては、そんな幼稚な説明はつけないよというダンディズムは貴重なのである。ペダントリだって、適量でありさえすれば、わさび同様に利く。

著者が相当のスタイリストであるのは、いま述べた点以上に、話の持っていきかたでわかる。これがベンサム伝だと思って手にとる者は、いきなり「オート・イコン」、つまりベンサムのミイラの話を聞かされて、目がくらむ。ベンサムといえば功利主義、最大多数の最大幸福といった程度の常識しかなく、近代市民社会の健全なイデオローグのように思いこんでいた私など、これはちょっと手の合いかねる変人だわいと鼻白んでしまう。すなわち著者の手に乗せられたのである。

以下、一応ベンサムの足取りを追うようでありながら、著者は次々と意想外の切り口で、この偉大な変人の諸側面に光を当ててゆく。ふつうの切りかたはしないぞという、スタイリストの面目躍如といってよいが、その視線は粘着的で執拗を極める。軽薄でさっぱりした江戸ッ子なんて看板は、嘘の木っ葉ではないか。

例のパノプチコンがフーコー的な監視装置にとどまらぬ「愛と幽閉のアレゴリー」であるとか、青年ベンサムの愛のありかたに対して社会の掟を暴露する父が、社会的動機のシステムを暴露する思想家ベンサムを作ったとか、コモン・ローの迷路の前に法曹家として挫折した結果が、法を一覧性のあるパノラマ化する発想を生んだとか、ロシアで弟といっしょに考案した「連結式の艀《はしけ》」のうちに、均質空間が連鎖する社会組織体の発想がひそんでいるとか、華麗なレトリックを駆使して分析されるベンサムの諸側面は、いずれも兆候に対して徹底的にこだわる、鋭敏かつ執拗なまなざしが生んだ秀抜な洞察にほかならない。

いずれにせよ、ベンサムというのは徹底して変な人である。著者がこの独特なパーソナリティに魅入られたのは、「私が『高利弁護論』を読みながら、はっきりとそこに見えてくるのは、けっして経済学史上の事柄ではなかった。むしろ、ベンサム自身のとてもパーソナルなことがそこには見える」という一節からして明白である。しかし、このベンサムのパーソナリティへのこだわりは、決してリットン・ストレイチー風の人性への興味ではない。あくまでベンサムの思想の異相さの発見であったのだ。

つまり、著者が発見したベンサムは近代を切り開いた人物ではなくて、現代の予見者だったのである。ベンサムは一九世紀のロマン主義や歴史主義とはまったく関係がない。一九世紀を跳び越して、二〇世紀と、いや二一世紀とさえじかにつながっているのだ。これは大変な創見といわねばならない。

ベンサムの功利主義が「記憶の領域から自由になったパノプチックな視覚の原理によって成り立って」おり、「機能に全てが還元されたパノプチックな世界」とは等質に区分された透視可能な世界だというとき、著者はベンサムをまさに現代の予見者としてとらえている。ベンサムにおいて、「社会は伝統的な共同体や歴史から切りはなされて、快感の数値へと組み換えられた」というのも同様である。著者はさらに露骨に述べている。ベンサムの「欲望の組織化とアミューズメントの哲学。たしかにここにディズニーランドを作り出した現代のモデルがある」。しかも、パノプチコンという建築のベンサム的理想の重大な特質は、そこに表現された「壮麗さ」「崇高さ」にあり、それは二〇世紀になって、ナチスの政治演劇のなかに具現されたとさえ言っているのだ。

このあたりの目のさめるような論述はまさにこの本の中心命題であり、よくよく味読せねばならぬところであるが、私にとってこの本の魅力はまだほかにもある。それは著者のベンサム探索の手が四方八方へ延びてゆく過程での副産物である。ベンサムのパトロンであるシェルバーン卿を中心とする当時の英国政界の諸人物、それにまつわる名士たちや女性たちの話を、私はひきこまれるようにして読んだ。著者は卓越した英語力を駆使して、私などが手の届くよしもない諸文献、とくに日記、書簡のたぐいを渉猟してみせ、羨望のあまり私は死にそうになる。

ベンサムとその弟のロシア滞在談も興味津々である。ピョートル以後のロシアの社会と文化に、私は長年思い入れを抱いてきた。文献もそれなりに集めた。しかし、ベンサム兄弟のロシア滞在は初耳であった。というより、何かで読んだのに忘れたのかも知れない。もっとも兄ジェレミーの方は折角ロシアへ行ったのに、あまりその甲斐もなかったようだが、弟サミュエルの方はポチョムキン幕下にあってかなりの役割を果している。一八世紀ロシアにおいて、外国人技術者が重要な働きをしたのは周知の事実だけれど、その一例をこの本から極めて具体的に知ることができた。

さらに何ということだ、私がひいきのミラボーが出てくる。彼が本国フランスでスキャンダルをひき起こして英国へ逃げたのは承知していたが、その英国滞在の有様はこの本で教えられた。しかも、ミラボーの参謀格の人物が、ベンサムの著作の仏訳者であろうとは。一八世紀末のヨーロッパは濃密に連関しあった世界である。著者の眼はまさしくそのゆたかな連関に向けられている。

土屋さんが歴史叙述においても秀れた資質をもっているのは明らかである。ひとつヨーロッパ思想史家に転向して、研究の結果を教えてもらえたら、私は大いに助かるのだが。

いま私が述べたのは、あくまで著者のベンサム探索の副産物についてである。ベンサムの正体を見破るために周辺の事情にまで手が延びただけで、もちろん彼は話の切りあげ時を知っている。だが私は、その手の延びかたに魅せられたのである。それはとことんまで知りたい欲望である。その欲望が美しいと私は感じた。

私は土屋さんの専攻する法哲学など一向に不案内な老書生にすぎない。ただ、この本のすごいところ、おもしろいところ、というよりそう私が感じたところを書きつけただけのことだ。土屋さんには申し訳ないが、これをもって身にそぐわぬ責任を果したことにさせてもらおう。

草莽の哀れ
——村上一郎『幕末』

この解説を依頼されたとき、いくらかためらった。東京で編集者をしていた頃、村上さんとお会いする折はあった。一度は吉本隆明さんのお宅。当時村上さんは『試行』の同人だったから、これに不思議はない。二度目は確か原稿依頼。場処はどこであったか。出身地を訊ねられたので答えると、「僕は九州の人間は信用しません」と即座に引導を渡された。この人が戊辰戦争の恨みをいまだに忘れぬ東人《あずまびと》であることは承知していたから、大して鼻白みもしなかったと思う。「軽薄才子は嫌いだ」と顔に書いてあった。一九六三年頃の話である。

当時私は久保栄に関心があった。久保栄と言っても説明が要る時代になったけれども、『火山灰地』などの名作で知られた左翼劇作家である。村上さんには『久保栄論』という初期の著書があり、日本資本主義の成立過程、ひいては日本独自の社会主義革命の展望について、従来の左翼的解釈を乗り越える志向を示しておられたから、私なりに親近の思いがあったのである。

しかし村上さんは、のちには三島割腹事件にただならぬ共感を示したお方であり、この文庫本に収録されている対談を読んでもわかるように、国学的ナショナリズムの権化とでも言うべき保田與重郎と、最後までコミットした人であった。橋川文三さんは戦時中は熱烈な保田信者であった人だが、戦後は『日本浪曼派批判序説』を著わして、己れの内なる政治的ロマン主義を克服した。彼は村上の著作集の解説の中でも、村上の保田への傾倒にふれ、「要するに私は日本ロマン派＝保田與重郎とは、どういったらいいか、ともかくただ切れていたいのである」と書いている。

私はそういう村上さんの右翼に通じかねない国学的ナショナリストの姿勢、おなじく武断に通じかねない東国ますらお振りを一貫して敬遠していて、これまでその系統の著書も読んで来ていない。この『幕末』も依頼を受けたときまだ読んでいなかった。ためらいはそういう事情から生じた。この人の熱い、あるいは熱すぎる心にシンクロできる自信がなかったのである。

本書は最初『非命の維新者』というタイトルで一九六八年に角川書店から刊行され、

一九七四年に角川文庫に収録される際に『幕末』と改題された。初版刊行時、著者は四十七歳で、愛蔵の日本刀で自刃したのが七年後の一九七五年であるから、これはもう晩年の作と言ってよい。この前後村上は、本書の兄弟作というべき『明治維新の精神過程』（一九六八年）と『草莽論《そうもう》』（一九七二年）を上梓しており、三著併せて、彼の独特な明治維新論と志士＝維新者像を伺うに足る。私自身、初めて三著を併せ読んで、この人が「九州の軽薄才子」たる私の胸奥に通じる志操と詩情の持ち主であることを知り得た。この「解説」は私の村上一郎開眼であって、奇しき縁に感謝したい。

『幕末』では併せて九人の人物が論じられているが、その選択は著者の草莽志士の理想型のみとは必ずしも言えぬようである。その理想型を言えば、吉田松陰や坂本龍馬を逸することはできぬはずだが、松陰については「文庫版の刊行にあたって」で、『草莽論』で書いたので改めて触れぬとおっしゃる。真木和泉守については批判的であり、結局「第五章」でとりあげられた三人の詩人に、著者の最も熱い共感を読むべきなのだろうが、やや奇異の念を抱かせるのは大塩平八郎を冒頭に置いた点であろう。

著者の大塩への評価はすこぶる高い。大塩の理解者としての頼山陽の評価も高い（山陽については『草莽論』が詳しい）。ところが大塩にしても山陽にしても、世間の一般常識からすると、自慎自戒ということを知らぬ半狂人なのである。例えば常識人の代表たる三田村鳶魚にかかると、大塩は私憤を公憤のごとくに装った「学匪」にすぎず、山陽に至っては、乱倫の一語に尽きる女狂いにほかならない。

著者が大塩を冒頭に置いたのは、明治維新は文化・文政の交から始まるという独特の史観にもよるのだろうが、大塩の憤激の狂おしさに深く惹かれるものがあったからだと解すべきだ。文中引かれる保田與重郎の「哀れな純粋行動派」の「哀れ」とは何を意味するのか、著者はそこに何を読みこんだかが当然問題となる。著者は「大塩、東湖、松陰のもっていた社会正義の念」について語る。しかし、「社会正義」とは何と手垢がついた理念だろう。そういう理念ではない純乎たる「社会正義」が行動を提起するとき、その行動は狂の様相を呈さずにはいない。その成り行きを著者は「哀れ」と見、「純粋」と見た。世間の一般倫理など、とっくに超越されていた。

著者は藤田東湖の『回天詩史』中の「自ら任ずる」の句に注して言う。「誰に頼まれずとも、また身命が危かろうと、自らこれを任と決すれば進んで挺身するという、危機感の深さと、内発性の勁《つよ》さが人を動かし、世の姑息な人びとをしてこれを危険視させたのである」。大塩を「哀れな純粋行動派」として冒頭に置く著者の真意は、かくして明らかであろう。

『幕末』一巻を通読して心に残るのは次のような言葉である。「おのれ自らどのような人でありたいかという希求なくして歴史に向かうのは、もしたとえ社会構造史の研究家だとて、さげすむべき所業である」。「維新者は、また本質的には浪人であり廟堂に出仕して改革の青写真を引くよりは、人間が人間に成るというとき、そのような設計図は役にたたぬことを知っているのである」。「志高い頑迷は、事なかれ主義や時勢追従の徒のムードよりは、ずっとましなのであること、百何年たっても変わりはない」。「ほんとうの変革を指導し得る人だったら、（中略）政治の垢につかってその垢に染まらず、イデオローグの虚妄に陥りかけつつその虚妄を乗り越え、天も爵する能わぬ大丈夫として、自他を鍛え上げてゆくことができるのではあるまいか」。

これを単なる心情倫理と斥けることはできない。イデオロギーや青写真で歴史をつかもうとするのは虚妄だと言っているのである。「歴史はたけだけしいものであるとともに、あわれふかいものである」。その「あわれ」を生きよと言っている。歴史を進歩と反動によって計ろうとする者は、ついに己れの生を喪失するしかないと言っているのだ。著者の思想の最もすぐれた面が、これらの言葉から輝き出《い》でている。

また本書中には、水戸学の「農本主義的な社会正義観」に関する注目すべき一節が含まれている。「日本に農業人口が少なくなっても、その思想はいまだ脈々と生きているのであって、これを死なしめるのは、たとえ日本が社会主義社会を称するときが来ても、むつかしいであろう」。今日、農業人口は少なくなったどころではない。農村は壊滅状態にある。農本主義など、回顧主義の寝言としか思われまい。にもかかわらず、著者のこの言葉は重い。

結局、村上一郎（一九二〇～一九七五）とはいかなる人であったか。宇都宮育ちのこの人が、東国草莽たる自覚の強い人だったのは誰しもが指摘するところだ。しかし、東京商大に進んで高島善哉から一八世紀の英国流市民主義思想を学んだ。その英国流市民主義を、幕末維新者の「小国・弱国」の土着的ナショナリズム・モデルに読み代えたのが、この人の特異な持ち味だったのかも知れぬ。卒業後海軍主計将校となり、敗戦時は大尉だった。大戦末期に、敗勢をくつがえすべく、同志将校達と軍需生産体制の改革に奔走したのは、『戦中派の条理と不条理』（著作集第四巻所収）の語るところ。敗戦直後『ぼくの終戦テーゼ』を書き、これが後半生の指針となった。

テーゼ第一条は言う。「米国ヲ以テ終生ノ敵トシ、米国的資本主義勢力ヲ日本社会ヨリ駆逐スルコトヲ念願トス」。また第五条には「窮局ニ於テ社会主義革命ノ速《スミヤ》カナル着手ニ邁進シ之ヲ共産主義革命ニ高揚スル基礎トス」とある。この二条を安易に直結すると、アメリカ帝国主義を主敵とする毛沢東主義ともとられかねないが、この「テーゼ」が単なる若気の逸《はや》りではなく、未熟ではあっても初志を示す覚え書として、戦後十四年目に公表されている以上、「米国的資本主義ヲ日本社会ヨリ駆逐スル」と言い、「共産主義革命」にまで言及する真意はあえて推測されねばなるまい。

村上は戦後、共産党に一時籍を置いたが、すぐ離脱している。資本主義か社会主義かという争点は本来彼にはなかったのである。争点は、産業の進歩と政治体制の「民主化」によって生活の便利と快楽を実現する「アメリカ」風功利主義と、日本の農村社会の生んだ精神の清潔、生の哀れを知る情緒のゆたかさ、仁義の二字に表わされる共同的正義感、一言で言うと農本主義的伝統との間に在った。

鳥羽・伏見の戦いは薩長対幕府の私戦にすぎなかったのに、それを官軍と逆賊の戦いのように偽造した明治維新観、東北・北越の連盟と官軍を反動・進歩と色分けせずにはすまぬ維新観を、村上が打破しようと渾身の力を振り絞ったのも、「文明開化的な『進歩』や『開明』はないほうがはるかによかった」と考えるからであって、これも「仁義」を社会主義の真髄とみなす彼の特異な感覚のなせる業と言ってよかろう。

この人は己れを草莽と規定していたが、草莽とは「若き日に人を恋するように政治に心を燃やしても、（中略）およそ権力から極端に離れたところに位する」ものなのだ。かと言って、「天下国家がどうひっくり返ろうとおよそ体制と関係なく」生きる「常民」に密着しているのではなく、彼らから「拒絶」される存在である。なぜ拒絶されると村上は言うのか。それは彼が「天下・社稷《しやしよく》」を忘れぬ指導者だからだ。吉本隆明は村上の戦争論に触れ、彼の「戦争」が指揮官・参謀の「戦争」であって、兵卒にとっての「戦争」でないことを指摘している。

吉本はまた日本農本主義に対する徹底的な批判者であった。しかし、彼は一貫して村上を僚友として尊重した。それには数々の理由があろうが、ひとつには村上が、草莽には将来を見透す「明察」が必要であり、そのためには「自らの根拠を常に確かめて歩んで行かねばなら」ず、さらにそのためには「万巻の書が必要である」と書くような人だったからではあるまいか。

私自身について言えば、戊辰戦争においてもし「賊軍」が勝利したなら、薩長藩閥の専制も、英国帝国主義追随の国造りもなく、もっと内発的な国民国家が生れたのではないかという村上の示唆に、いささか心動くものを覚える。しかし、今日国民国家など、どう転んでも揚棄の対象でしかないというのが私の信念である。

だが村上という人は、このたび諸著書を拾い読みして痛感したが、実にいい文章を書いている。断定の痛烈さだけでもっているのではなく、実は複雑で繊細な陰影に富む。文章上手というのは大事なことである。しかも、文は人なりということがある。私はこういう文章を書く村上一郎という人物がすっかり好きになってしまった。この文庫本によって村上に初めて触れる人は、この人の思想や考えかただけでなく、まずその文章のよさを心から味わってほしいと思う。

問題の「はかなさ」を知る人

――橋川文三『幕末明治人物誌』

喇叭《らっぱ》を吹いている旧制中学生の写真がある。庇の深い学生帽をかぶり、五ツボタンの黒い制服を着ている。襟にはVの徽章がつけられていて、彼が最上学年の五年生であることを示している。顔は色白で、切れ上がった目と尖った顎が、雄々しくもなにか悲しげにも見える。首はがっしりと太い。背はすっと伸び、肘から直角に曲げられた右手が総《ふさ》のついた喇叭を保持しているが、印象深いのは、作法通りズボンの縫い目にそって伸ばされている左手である。頑丈かつ繊細で、指が異様に長い。これは芸術家の手である。喇叭の吹き鳴らす嚠喨《りゅうりょう》たる響きは何を告げているのか、大人びた風貌でありながら初々しく、端正かつ寂しげである。ここに写っているのは広島高等師範付属中学喇叭部員の橋川文三である。

喇叭というのはただの楽器ではない。それは戦闘における兵士の進退を指示し鼓舞するものである。橋川の中学五年というと、昭和十三年である。すでに日中戦争が始まっており、中学教育は軍国色に染めあげられていた。ここに写っているのは一個の愛国少年なのである。しかしこの少年は小学生のときから明治・大正の文学に親しみ、この頃はジイド、ランボーを読み耽る水準に達していたのだった。

橋川文三（一九二二～一九八三）は、埴谷雄高、竹内好、吉本隆明、鶴見俊輔の名と並んで、戦後思想の一潮流を代表する思想家である。むろん彼は丸山学派に属する思想史家であったから、論著の基本スタイルは学究風で、竹内、吉本、鶴見のように論壇の論客として発言することは少なかった。にもかかわらず、敗戦の受けとめかたとそこからの立ち直りを通して、真の思想的主体とはいかにあるべきか、模索し苦闘した点で、彼は思想家の名に値する数少ない戦後の思索者のひとりであったし、そのことは一見学問的自己抑制に貫かれた研究論文においてさえ、歴々と看取されるところだった。

思想家としての橋川について銘記すべきなのは、戦争中自らを美しく戦死すべきものと思い定めていたことである。にもかかわらず、徴兵検査では丙種として兵役を免除された。敗戦直前の昭和二十年三月、詩人宗左近の応召歓送会の席上、橋川が白井健三郎、いいだ・ももらと激論になった話は諸書の録するところだが、議論の中味はともかく肝心なのは、白井・宗・いいだたちが、徴兵検査で何とか不合格になるべく、絶食するとか醤油を飲むとか手立てを尽くしたのに対して、橋川が不合格によって虚脱し、生きる意欲さえ失った事実である。

橋川が戦争で美しく死にたいと思いつめたのには、愛読していた保田與重郎＝日本浪曼派の影響もあろう。しかし本人の回想によると、彼は日本軍の非行も政治家・官僚の腐敗も知っていたのである。にもかかわらず、愚直なまでに国難に殉じようとした。この己れのパトリオティックな激情は一体何であるのか、敗戦によって安易に「反省」したり変身したりするのではなく、それにこだわりそしてつき詰め、そこからより開けた普遍的認識へにじり寄ろうとするのが、彼の戦後の著述の根本動因となる。彼自身「私はあの凄まじい超国家主義時代の経験をたんなる錯誤としてではなく、また特殊日本的な迷妄としてではなく、まさしくある一般的な人間の事実としてとらえなおすことによって、かえって明朗にこれに対決する思想形成が可能であるという風に考えた」と語る通りである。

このことは橋川がなぜ文学者とならずに政治思想史の研究者になったかという謎に

関わる。彼は中学時代から文才を発揮し、一高に進んでからは校内誌・紙にエッセイや詩を発表して、天才とまで言われた。東大法学部に進学したとき、彼を知る人はみな意外の感にうたれたという。橋川自身は戦後語ったように、不条理の死をすすんで甘受すべき運命の前には、「文学ってのはまあそれだけのもの」という実感があった。だとすると後年『日本浪曼派批判序説』において批判したような、美の惑わしによって政治的過誤に陥る危うさを、すでに予感していたということだろうか。

橋川は思想史的論文から文学的エッセイに至る広汎な文業を残したが、その最も基底にある主題は、人間として正義・平等・友愛を求める素朴な情念が、なぜ政治思想としてナショナリスティックな、あるいは右翼的な潮流として現象せざるを得ないのかという、日本近代社会形成に関わるアポリアにあった。

それは即、明治維新期に渦巻いていた国民各層の欲求・情念・幻想が、天皇制資本主義国家創設の方向に誘導・集約されたプロセスの解明にほかならず、力点は明治二十年代初頭の国会開設・憲法発布までの様ざまな歴史的可能性に置かれる。「明治元年に成立した新しい権力の進路は、アプリオリに後年の明治国家を必然的帰結としたというのではなく、その間にはなおさまざまな可能性が孕まれていたということである。極言すれば明治二十二年憲法によって形成された国家は、多くの可能性の中から、たまたま一つだけのチャンスが選びとられた結果として生まれたにすぎないという意味である。明治十年の内戦の終結は、その豊かな可能性のるつぼを、ただ一つのチャンネルに注ぎこむことになったといってもよい」（『明治人とその時代』）。

本書『幕末明治人物誌』（中公文庫、二〇一七年）所収の文章中で言えば、このような橋川の視座を最もよく語っているのが『西郷隆盛の反動性と革命性』であるのは言うまでもない。一九六八年に書かれたこの論文が与えた影響は非常に大きく、私自身その影響のもとに自分なりの西郷論を書いた。橋川のこの論文がなければ、西郷は反動士族の親玉という粗大な像のままにとどまっていたかも知れないのだ。

本書中、最も早い執筆は『乃木伝説の思想』で、行きつ戻りつする橋川の独特な叙述スタイルの魅力が十二分に発揮されている。橋川が論壇に初登場したのは一九五八年（昭和三十三年）であるが、翌五九年にかけてはほとんど売れっ子というべき活躍ぶりで、六〇年に初著作『日本浪曼派批判序説』が刊行されるに及んで、文名は確立した。『乃木伝説の思想』は『思想の科学』一九五九年六月号に掲載されたのだが、私はその号でこの論文を読んだ。つまり私の脳裏には、自分の志向に極めて近い文筆家として、すでに橋川の名が刻印されていたのである。

私の記憶では、吉本隆明と橋川文三の出現はほとんど時を同じくしている。二人とも私の大事な先生となったお方だが、まず何より彼らの文体が魅力だった。それまで私は中野重治と花田清輝の文章にいかれていたが、吉本・橋川の文章には、それまでの日本の文人にはない新しさが感じられた。しかし、吉本のような文体はあまりに独特すぎて、自分には書けないと思った。ところが橋川の文体はしっくりとする。つまり真似ができそうなのである。

『乃木伝説の思想』の文体が放つ強烈な魅力は、まず対象のもつ謎めいた印象に様ざまな角度からアプローチし、容易に論断を下さないところから生じる。対象の中核にいきなり踏みこむことをせず、ぐるぐる廻って、遠ざかったり近づいたりしながら、眺めすがめつする趣きで、しかも遂に論断に及ぶや、果敢というか過激というか、わからんならそれでいいと、読む者を突き放さんばかりである。つまり極度に慎重、抑制的であるようでいて、実は激しい一刀両断の衝動が見てとれる。

右に述べたところは橋川の著述全体にわたって言えることだと思うが、特に初期の述作に顕著で（と言っても、この時彼はすでに三十代後半なのである）、年を経るごとに文体は次第に穏和になり、真の美は突出したところにはなく平凡の貌を帯びるものだといわんばかりである。

本書に収録された諸文章は、いずれも執筆年代に注意して読んでほしい。橋川は一九七〇年代の末からパーキンソン病に苦しみ、その影響は八〇年代の著述に歴然たるものがある。たとえば、一九八三年執筆の『岡倉天心の面影』では、丹羽愛二の根岸党についての叙述が四ページ以上にわたって引用されている。橋川は引用の名手であって、以前ならこんな、材料をまるごと投げ出すような不細工を自らに許す人ではなかった。

橋川は一九七九年、西郷伝執筆のため九州に取材の旅をした際、熊本市を訪れ、季刊誌『暗河』のメンバーと歓談したが(橋川は『暗河』の諸君に敬意を表しに来たと、その際語った)、一年前の初来訪のときと較べても明らかに病いに苦しんでいた。ものを食べても味がせぬとのことであった。また同行した『朝日新聞』記者赤藤了勇氏の話では、宮崎の故老を訪ねた折も、赤藤氏に「君、聞いといてよ」と言って、門前で仔犬と戯れていたという。橋川は寡黙な人であった。それだけに深く湛えられた悲哀に、私は言葉を失う思いだった。

しかしそのような衰えを示すにしても、本書に収められた晩年の論述にさえ、橋川の目配りの広さ、博大な知識、センスのよさは際立っている。材料をして自ら語らしめるというのが、あるいは晩年の志向だったのか。「書かれたことよりもはるかに沢山のことを心得ているのでなければ、その内容が貧弱なものになってしまうことはいうまでもない」と彼は書いている（『著作集』第三巻七六ページ）。心得ていることのほんの一部を、この人は書いたにすぎないのだ。

歴史は主役だけで動くものではなく、蔭には無数の脇役の働きがある。後藤象二郎は準主役であっても、いまの人には耳遠い存在だろうし、小泉三申も知る人ぞ知るにせよ、いまとなっては無名に等しかろう。松陰や龍馬のような超有名人にまじって、今日忘れられたこのような人物に光が当っていることも、本書の今日的有用性ということになろう。

橋川文三の名も今日、「知る人ぞ知る」状態に近づいているのかも知れない。しかし私は嘆くことはしない。この人の仕事の独自さと深さは一時の流行とは関係がないからである。今を時めく論客（もう論客などというものは存在せず、ひしめくのは解説屋・情報屋なのかも知れないが）がすべて、あと何十年かすれば忘却されるのは必至だ。だが、橋川の仕事は常に少数者によってであれ、記憶され愛読され続けるだろう。彼は自分の仕事を「直観のようなものに頼って、はかない問題にとっくむ」ものと述べている（『著作集』第三巻七六ページ）。己れの直観を信じ、己れの取り組む問題の「はかなさ」を知ることこそ、本物の歴史家の第一要件にほかならない。

私は橋川氏とそれなりの因縁のあった者である。端的に言えば、ただならずやさしくしていただいた者である。本来なら、橋川などと呼び捨てにすることがまずあってはならぬのである。そのことと、橋川氏の伝記的事実については宮嶋繁明氏の『橋川文三　日本浪曼派の精神』（弦書房刊）に教えられたこと、冒頭で述べた写真も同書の表紙を飾るものであることを断わっておきたい。

橋川文三さんの思い出

来年は明治一五〇年で、中公文庫に橋川文三さんと村上一郎さんの維新関係の著作を加えるとのこと、その解説をおおせつかった。村上さんのことは措くとして、橋川さんの著作をいくらか読み返し、一文を草し終えて、自分が橋川さんとの浅からざる因縁について、一度もまとめてちゃんと書いていないことに気づいた。小出しに書いていないではないが、何とも疎かなことである。

省みて、私がものを書けるようになったのは、中野重治、橋川文三、吉本隆明の三人の先達のお蔭なのだ。このうち中野は聴衆のひとりとして遠望したことはあるが、直接面晤したことはないから思い出話もない。吉本さんには一時期お宅に入り浸って迷惑をかけたけれど、昨年だったかやっと思い出をしるすことができた。残るのは橋川さんである。ここに初めて言うことだが、死を前にして私は、自分が実は中野、吉本、橋川の道統を継ぐ者であったのだとしみじみ自覚する。いまは橋川さんに学恩を謝するときである。

浅からざる因縁と言っても、それは私の方からの一方的な思いこみで、私は橋川さんとそれほど繁々と会ったわけではない。私などより橋川さんに親炙した方々は沢山おいでだと思う。ただ、そのような淡い関係であったとしても、私はその因縁を尊く忘れかねるのである。

橋川さんが論壇に初登場したのは一九五八年であり、その名はすぐに私の脳裏に刻印されたものと思うが、決定的なのは『思想の科学』一九五九年六月号にのった『乃木伝説の思想』であった。私はその問題設定と文体に魅せられ、以後この人の述作は単行本はむろんのこと、諸雑誌・新聞にのった論文に至るまで、目につく限り購入してむさぼり読んだ。

そのうち橋川さんとの思いもかけぬ交渉が生じた。橋川さんは『新日本文学』一九六〇年五月号に、『「前近代」と近代主義』というタイトルで『日本残酷物語』の読後感を書き、「バラ色の歴史の発展法則などというものはなく、もしあるとしても、その一人一人の生命を埋没してゆく容赦もない自然と歴史の暴力の前には、曳かれものの小唄や老婆の念仏よりはかない気休めのように見える」と述べていて、私は自分なりの経験を踏まえて深く揺り動かされた。

私は当時女房に寄食していて、さすがに小遣いまではせびり辛く、ガリ版切りなどしてささやかに稼いでいたが、その小遣い稼ぎのひとつに『日本読書新聞』への投稿があり、早速この橋川さんの一文への感想をものして投稿し、五月十六日号に掲載された。ところが編集部は橋川さんに拙文に対する答えを執筆させたのである。というのは拙文が「『歴史の残酷さとその中の救拯とをともに記述することは不可能である』とあなたはいう。そういってしまってそれでいいのですか、橋川さん」と結ばれていたからで、それに対して橋川さんは懇切丁寧な長文の答えを書いて下さり、私は身の縮む思い、穴があったらはいりたいきもちになった。

この件についてはその後『九州大学新聞』一九六六年一月二十五日号に、『歴史と日常』と題して詳しく書いており、それは『渡辺京二評論集成』第二巻にも収録されているので、これ以上は述べない。いま思うと、橋川さんをして回答の労をとらせたのは、当時『日本読書新聞』にいた吉田公彦さんに違いない。公彦さんは谷川雁の弟で、五高で私と同期であり、まだ面識はなかったが、私のことは雁さんから聞いていたのだろう。橋川さんの私への回答は『歴史のアポリア』と題して『歴史と体験』の末尾にも収録され、私はさらに恐縮した。この本が出たのは一九六四年で、もう私は編集者として橋川さんと接するようになっていた。

私が実際に橋川さんにお目にかかったのは一九六二年になってからである。私はその年の春に法政大学を卒業した。と言っても入学は通信教育部、通学したのは第三学年の一九五九年度一年だけ、あとは結核再発による留年などを経て、やっと卒業に漕ぎつけたので、同級生より九歳の年長であった。むろん妻子もいた。卒業しても職はなく、たぶん吉田公彦さんの伝手《つて》であったと思うが、『日本読書新聞』にアルバイトで通っていた。そのとき公彦さんから、橋川さんのところで口述筆記の仕事をしないかという話があったのである。春先のことだったと思う。

当時橋川さんは筑摩書房刊のシリーズ『日本の百年』の第四巻『アジア解放の夢』を執筆中だったが、難航の末に口述筆記を試みることになったというのだ。公彦さんの指示によって駒場のお宅に参上し、初めて橋川さんに会った。筑摩書房の担当編集者の中島岑夫さんも同席しており、清水幾太郎のお弟子の中嶋嶺雄の名が頭にあった私は、同名別人ですと当人から言われて恐縮した。駒場のお宅は二階建ての立派な洋館のように思えた。のちに来熊されたときこの「洋館」について触れると、「洋館だって！　あれはキミ、蔵を改造したものですよ」と笑われた。橋川さんはまだ新婚三年目で、奥様の純子さんはふっくらと気品のあるお方だった。

口述はわりと順調に行ったと思う。「あなたは字を知っているからやり易い」と言われ嬉しかった。ときには感想を求められることもあり、まだ怖いもの知らずの私は不遜なことも口にしたのではないかと、いま思えば身が縮む。「散歩しましょう」と二人で東大教養部（旧一高）のグラウンドを歩いたこともあった。期間は一週間か十日ぐらいだったが、よい報酬をいただいて助かったことを憶えている。

橋川さんの印象は寡黙の一語に尽きた。冗談を言ってても笑ってもらえない感じだった。橋川さんに接した者はみなそのやさしさについて語っているし、夫人もあのやさしさはどこから来たのかと首をかしげているほどだ。たしかに私もやさしくしていただいた。しかし、そのやさしさの底にはこわさがあると私は感じていた。感想を言えとおっしゃるから、生意気なことをおそれ気もなく口にする。それを黙って聞いておられるのがこわかった。

そのうち私は、『日本読書新聞』の稲垣喜代志さんの紹介で、小さな健康雑誌に就職した。『思想の科学』に『蓮田善明論』を書いたのはその頃である、当時『思想の科学』は地方の文化グループに一号まるまる編集を任せるということをやっていて、私の属する熊本の『新文化集団』が順番に当って、私も書くことになったのである。蓮田善明なんてそれまで読んだこともなく、橋川さんから彼の著書を二、三冊借り受けた。書きあげて持って行くと、蓮田というのは一般に知られていない人物だから、もっと伝記風に書くと良かったですねと言われ、気落ちした。橋川さんとしては自分の文体・視座のありありとした模倣を目の当たりにしていささか気恥かしかったのかも知れない。鶴見俊輔さんからは橋川の亜流と酷評された。

その年（一九六二年）の十二月、私は『日本読書新聞』編集部に正式入社した。稲垣さんが辞めてポストが明いたのである。ずっとあとで公彦さんから聞いたのだが、その際橋川さんが私の推薦人になって下さったとのことである。『日本読書新聞』時代には、仕事の関係でかなり駒場のお宅に参上したと思うが、強く記憶に残っているのは丸山真男について書いていただいたことだ。

ちょうど吉本さんが『一橋大学新聞』に『丸山真男論』を書いていたし、他に丸山を論じた刊本も出ていたので、『丸山真男論の現在』といったテーマで橋川さんに書いてもらったらと、編集会議で提案したら即座に承認された。丸山真男は橋川さんの師匠である。丸山に根底的な批判を突きつけている吉本の論文を取り上げるのは、橋川さんにとって苦しいのではないか。しかし、私は絶対に引き受けてもらえると確信していた。日本超国家主義に対する視角において、橋川さんはすでに単なる丸山学派でないことを示していたからである。案の定橋川さんは乗気で、二月二十五日号に『丸山真男批判の新展開――吉本隆明の論文を中心に』が掲載された。『日本読書新聞』時代、私が誇れる仕事のひとつだ。

ちなみに誇れることのもうひとつは、マルクス論を書きあげた吉本さんにインタビューしたことで、あまりよい記憶もない『日本読書新聞』時代のわずかな慰めである。さらにもうひとつ挙げるなら、伊藤整に高見順の『いやな感じ』の書評を書いてもらえたことだ。整は当時老大家であり、稿料の安い『日本読書新聞』に書評を頼めるようなクラスの人ではなかった。だが私は高見のこの小説の新刊評なら、この人は絶対に飛びつくと踏んだ。案の定、快諾を得た。伊藤さんの家は久我山で、わが家から近かった。玄関先で原稿をいただいたのだが、『小説の方法』の著者にたとえ一度でも会えたのは生涯の快事とするに足る。

『日本読書新聞』時代、橋川さんについて記憶に値するもうひとつは、透谷らの『文学界』の復刻版（帙入り）についての感想である。書評してもらうとき、評者にはその本を進呈する訳だが、この高価な復刻本で誘惑するなら橋川さんはタダでも原稿を書くと私は信じた。一九六四年二月二十四日号に掲載された橋川さんの感想は、若き日の柳田国男に焦点を当てた長文で、『歴史と体験』の巻末に収録されている。

思えば編集者としての私の橋川さんとの関わりは、決して稔り少ないものではなかった。もう少しその関係が続いてもよかったかと思う。しかし私は一九六四年のいわゆる『読書新聞事件』で辞職してから、東京のメディアで編集者を続ける気はなかった。橋川さんとの関係も自然に切れた。一九六五年春、東京を去るときも、挨拶にも行っていないような気がする。

その後私は『水俣病を告発する会』の運動に関わってしばしば上京したが、どうも一九七二年、石牟礼道子さんと一緒に、桜上水の橋川さん宅へ伺ったことがあるらしい。らしいというのは全く記憶がとんでいるからだが、このたび橋川さんの著作集をひもといている際、第三巻の月報に石牟礼さんがその時のことを書いておられるのを発見した。石牟礼さんが体調を崩して、橋川さんの紹介で、『わだつみ会』会長中村克郎医師の山梨県塩山の病院に入院されたのは、見舞いにも行ったことであり、よく記憶しているが、その直前に橋川さん宅を訪れたことは全く忘れていた。この月報の文章は私もその存在を初めて知ったので、私が作った彼女の著作年譜にも記載されていない。この時案内したのは『現代の眼』副編集長の赤藤了勇君だったらしいが、私がついて行かなかったはずがなく、桜上水という地名とともに、何だかおぼろげな記憶が浮かび上がって来る気がする。しかし当時はチッソ本社占拠行動の直後で、私は本社前テントをいかに維持するか、頭に血ののぼった状態だったから、折角の橋川さんとの再会も、心ここにあらずという有様だったのかも知れぬ。この石牟礼さんの文章は橋川さんと竹内好との交遊ぶりを、微笑ましく叙したとてもよいものである。

一九七七年になって橋川さんは熊本を訪問された。『水俣病を告発する会』『暗河』を通しての私の友人阿南満昭君が、父君とともに開いた書店、『三章文庫』の開店記念講演会に、橋川さんを講師として招いたのである。宇土半島付根の名代の料理屋で宴を張るなど、阿南父子は歓待に努めた。私もまた同行の赤藤了勇君（この時は『朝日新聞出版局』に所属が変わっていた）ともども橋川さんを史跡に案内した。まず細川氏の菩提寺泰勝寺で、三斎公・ガラシャ夫人の墓を見てもらい、熊本城内の神風連遺跡も案内、最後は田原坂まで足を延した。この田原坂行について橋川さんは『田原坂の春』という一文を書いておられる(『著作集』第三巻所収)。この時まではまだまだお元気であった。

橋川さんは一九七九年九月、西郷隆盛伝のための取材旅行の途次、熊本市に寄られた。この時も赤藤君がお伴だった。「『暗河』の諸君に敬意を表しに寄った」と言われたのが記憶に残っている。もうパーキンソン病がかなり重くなっている様子で、私は心が痛み言うべき言葉もなかった。この時のことは他の文で書いているので、再びは述べない。亡くなられたのはこの四年あとであった。私は弔電すら打たなかった。そんなことでは思いは尽せなかったのである。

橋川文三とは一体どういう人だったのだろう。気付いてみると私はこの人の精神の内奥についても、その人柄の真髄についてもろくに知らないのだった。知らないままにただ敬慕していた。この人の書くものには、決して私を突き放さない心のひろさがあった。にもかかわらず、私はつねにこの方に言い知れぬ悲哀と断念のようなものを感じて来たのだった。しかし考えようによってはこの人は幸せだったのかも知れない。「書物の世界は実に広大無辺である。いつどのようなものがつくられているか、図り知るべからざるものがある」という森銑三の言葉を引いて、「この道にいくらかでも立入ったことのある人々の実感をぴったりと表現している」と書かれたとき、この人はわずかであれ幸せであったと思う。それがわずかであり束の間であるとしても、辛酸と憂悶は人事のつねであって、ことさら言うべきことではないと覚悟しておられたと思う。

初出一覧

1

＊ジャングルと原発　「アンブロシア」四四号（二〇一七年六月刊）
＊原初的正義と国家　書下ろし　二〇一七年八月
＊労働と交わり　書下ろし　二〇一七年九月
＊荒野に泉湧く　「熊本日日新聞」二〇一六年四月二八日
＊私には友がいた！　「文芸春秋」二〇一六年六月号
＊虚無と向きあう　「アルテリ」二号（二〇一六年八月刊）
＊人情と覚悟　「文芸春秋スペシャル」二〇一七年冬号
＊滅びぬ寺の姿　「微妙音」一〇〇号（二〇一七年一月一日刊）

2

＊山脈の記憶　「日本経済新聞」二〇一六年三月一三日

＊私の夢地図　「アンブロシア」四二号（二〇一六年五月刊）
＊私は何になりたかったか　「アンブロシア」四三号（二〇一六年一二月刊）
＊未来が過去を変える　「朝日新聞」二〇一七年八月一二日／八月二六日／九月九日／九月二三日

3

＊多重空間を生きる　坂口恭平『幻年時代』（幻冬舎文庫、二〇一六年刊）解説
＊『現実宿り』評釈　「アルテリ」三号（二〇一七年二月刊）
＊『現車』はどこが凄いか　「アルテリ」四号（二〇一七年八月刊）
＊創見と探索の書　土屋恵一郎『怪物ベンサム』（講談社学術文庫、二〇一二年刊）解説
＊草莽の哀れ　村上一郎『幕末』（中公文庫、二〇一七年九月刊）解説
＊問題の「はかなさ」を知る人　橋川文三『幕末明治人物誌』（中公文庫、二〇一七年九月刊）解説
＊橋川文三さんの思い出　「アンブロシア」四五号（二〇一七年一二月刊）

あとがき

こうタイトルを書いて、実は何も書くことがないのに気づいた。初出一覧をみて下されば一目瞭然で、そのときどきの注文、依頼にただ応えたのにすぎない。そういう依頼主のなかで、詩誌『アンブロシア』の存在はとてもありがたく、年来の友人藤坂信子さんが主宰なさる場とて、アンチームな気分でほかでは書けないことが書けた気がする。

もっとも、ふたつの書きおろし「原初的正義と国家」「労働と交わり」は、私としても老躰に鞭打ち、かなりがんばってみたのである。結果が自分の頭の悪さをさらけ出すにとどまったのは致し方もないことだ。

編集担当の足立恵美さんは何と、私の引用文を全部原典に当って下さった。おどろくべき労力である。たとえばプラトン『国家論』から私の引用箇所を探すなら、二冊の岩波文庫の最初のページからずっと目を通さねばならない。参った、参った。今後はこの人には足を向けて寝られない。私の原典からの引用がいかにズサンかということも、白日の下に暴露された。

私は五十年来の同行者石牟礼道子さんを喪ったばかりだ（二月一〇日）。今度もまた自分が生き残ってしまった。この「あとがき」もやっとの思いで書いた。

二〇一八年三月四日

著者識

渡辺京二　わたなべ・きょうじ

1930年京都生まれ。大連一中、旧制第五高等学校文科を経て、
法政大学社会学部卒業。評論家。河合文化教育研究所主任研究員。
熊本市在住。著書に『北一輝』（ちくま学芸文庫、毎日出版文化賞受賞）、
『逝きし世の面影』（平凡社ライブラリー、和辻哲郎文化賞受賞）、
『黒船前夜』（洋泉社、大佛次郎賞受賞）、『死民と日常』
『もうひとつのこの世』（弦書房）、『父母の記』
『日本詩歌思出草』（平凡社）、『バテレンの世紀』（新潮社）、
『気になる人』『さらば、政治よ』（晶文社）など多数がある。

原発《げんぱつ》とジャングル
2018年5月30日　初版

著　者　渡辺京二
発行者　株式会社晶文社
東京都千代田区神田神保町1-11 〒101-0051
電　話　03-3518-4940（代表）・4942（編集）
URL　http://www.shobunsha.co.jp
印刷・製本　ベクトル印刷株式会社
©Kyoji WATANABE 2018　ISBN978-4-7949-6998-9　Printed in Japan

第一章　引けない男

【――全《すべ》てはあのお方《かた》の思《おぼ》し召《め》すままに……】

代行者《だいこうしゃ》……そう呼ばれる存在がいる。

『出たぞ！　代行者だ!!』

『貴様、一体何者だ!!』

『――私は、神の意志を代弁する者。一介の聖職者にすぎないのだがね……』

神の代弁者、神の意志表示の具現、ただ神の思し召すままに道具のように――

――宗教国家ラキルディスを暴れ回る存在。表舞台に上がることのない存在。黒い神父の服を着込み、髪は黄金をそのまま糸にしたような金髪、顔は仮面を被《かぶ》っているが右目の部分だけ欠けており、真実を射抜く蒼《あお》の瞳を持っている。

『ふっ、やれやれ。私がそんなに恐ろしいというのかね。今宵《こよい》はもう遅い、全員家に帰って布団にでも包《くる》まった方がいいのではないか』

軽快な口調で丁寧さを装っているが、人を小馬鹿にしているようで摑《つか》みどころのない存在。

暗闇に現れ、暗闇に帰る。彼が現れるのは神の意志を代弁する時のみ……

『私の名は……代行者。名前などないというのにね。それでは……また会おう。次はいつの夜になるのか。震えて眠れ……真実の神を見つけるまで』

とか言ってたら……引くに引けなくなった！！！！！！！！

いやー、どうしようか。

「団長、アルカナ会合が始まりますわ」

「おや、そうだったか。報告に感謝しよう……【魔術師】、キルス」

「そのようなお言葉、私には勿体無《もったいな》いですわ」

「ははは、そうかい。私は本当に感謝をしているのだがね」

「あ、ありがとうございます！　それを言うならば私の人生を変えてくれた団長。貴方様《あなた》にこそ、私は感謝をしています。歴史が曲解されて、別の神が信仰の対象となってしまっていた。私はそれに騙《だま》されていました。そして、死ぬ間際でした。今、人のために戦えるのは貴方様のおかげでして」

あ、うん。やべぇ、別の神とか知らんし。ノリで言ってたわ！　まーじですまん!!　でも、ここまで来たらもう知らないとか言えんのよ。

俺は簡単に言えば異世界に転生をしたのだ。

あぁ、あれだ、普通にトラックに轢《ひ》かれて死んでしまったよ。居眠り運転だったようだけど、ドライブレコーダーがあるだろうから今頃運転手は多額の賠償金を払っているだろうね。

異世界に転生をしたら貴族の息子だった。魔法があって剣があって、そうしたら男ならやることは一つだ。

中二《ちゅうに》チックな事がしたい。結局これが皆したいんでしょ？　俺もその一人なのだ！

お、オタクの人っていつもそうですよね!?　中二病大好きですよね!!

――はい、そうです。中二病大好き、中二ってカッコいいんだよね。


なんでそんなに中二病好きなんだって言われても正直カッコいいからという理由だけだ。

やっぱりさ、アニメとか見てるとどうしても中二心は勝手に育まれてしまうんだよね。

鎖を左腕にじゃらじゃらつけてブンブン振り回すキャラとか、黒に染まった謎のキャラとか、普段は劣等生なのに実は最強クラスのキャラでした!!

みたいなの好きだよね！　男なら絶対そうだろ!?

お、男の人っていつもそうですよね!!　中二病大好きなんですよね!!

――はいそうです！　痛々しい言動とか敢《あ》えてやっているのがカッコいいみたいな時期って

あるんだよ！！！　理由は好きでカッコいいからだよ！！！！　カレーライスなんで好きなの⁉　そりゃ美味《うま》いからだよ‼　それと一緒なんだ‼　好きで痛々しくて、痛々しいのがカッコいいんだ！！！！！！！！！

俺は中二病を拗《こじ》らせて、そんな自分に痛々しいことしてるなぁ、俺……みたいな感じで拗らせすぎて中二な自分に酔っている高度な痛々しい男なんだよ！！！

だから、【――全てはあのお方の思し召すままに……】

とか言いまくってたんだ。本当に大した意味はない。服とかは、ゴルザ・ラグラーという現在の父親の書斎から勝手に借りた。あの人、全然気づかないのよ。

あと、書斎に【この世界の真実】と書かれた手書きノートみたいなのがあってさ。

それを勝手に言ってただけ。代行者についても父親のノートになんか書いてあった。ノートは一部破られてたりして、読めないところもあったけど。

書いてあった内容はざっくり纏《まと》めると二つ。

一つ。この世界で信仰されている六大神と呼ばれる神々は悪い神様。反対に愚神と呼ばれている神様は良い神様。歴史は捏造《ねつぞう》されている。

二つ。愚神の意志を代行するのは代行者様らしい。代行者は神父の服に仮面を被っているとか、被っていないとか。

……ぱ、パパン！　なんという中二ノート!?

「ゼロ、魔力制御の練習をしろ。しなければ生まれた意味はない。今すぐ天に帰れ」

→怖い顔しながら言ってる。

そんな事をずっと言っていたパパンがまさか、こんな中二ノートと代行者グッズ（神父の服と仮面）を持っているとはね。

血は争えないね!!　パパン！　俺も前世からの中二病だぜ!!

早速なので着てみたのだ。なんと神父の服はカッコいい。イカしていた。仮面も右目の部分だけ欠けていてどこかミステリアスさもある。

こ、これは……鏡に映った自分を見てなんてカッコいいんだと感動をしてしまった。

うむ、今日から私は代行者。神の意志を代行してやろう。

ここは治外法権、倫理観など不要の異世界だし。好きにしてやろう！！！！

さて、神の意志を代行する謎の存在ならばそれなりの強さはいるだろう。正直俺は生まれた時からの天才だった。自分で言うのはどうかしてるかもしれないがそうとしか思えなかった。

この世界には魔力という特別なエネルギーがあり、それを使って魔法という神秘現象を起こす。

まぁ、よくあるファンタジー世界だ。ただ、魔法って結構使うのが難しいんだってさ。姉と妹が訓練しているところを見て、魔法は高等技術だと知った。

でも、俺にはできた。大体一目見たらできたし、父親の魔力の流れを数日でコピーした。俺の父親、パパンってゴリゴリの天才魔法騎士らしいけど、そんな人の魔力を一瞬でコピーできる才能だよ。

だが、俺は慢心をしなかった。天才的な才能、そこに中二故のファンタジー大好き探究心。努力が相まったら正直敵なしだよね！！！

暫《しばら》くは大暴れしてたぜ！！！！

神の代行者してたぜ！！！　神様とか会ったことないのに全てはあのお方の思し召し!!

あのお方が泣いている、世界は少しずつ救済に向かっている……とか言ってた、あー楽しい!!　中二にとってこんな素晴らしい世界は無いだろう！！！　ふ────！！！！　異世界最高ふぉぉぉ────！！！！

中二天国だぜェえええええ！！！　今はただ、日本から異世界に転生できたことに感謝を!!

──結果、15歳でそのロールプレイに飽きてしまった。

いやー、代行者プレイ飽きるわー。中二病もそろそろいいかなって思っちゃったんだよね。カレー好きだけど、毎日は怠《だる》いというか。もう、俺は大人になってしまったんだよね。これからはひっそりとスローライフで生きていこうと思っていたのだが……

——そうは問屋がおろすことはないようだ。

【アルカナ幹部】、俺が集めた部下みたいな者達だ。他にも俺の嘘《うそ》を信じた人達、総勢二百人の信徒がいるとかいないとか。

全部纏《まと》めて、【アルカディア革命団】と呼んでいる。

「愚神の名を返上し、地上に本当の光を!!」

「やってやろうぜ！　本当の平和を!!」

「見つけ出してやろう。歴史の真実を!!」

「今日も徹夜で歴史の研究をしようじゃないか!!」

「団長はさすがだよな！　歴史を紐解《ひもと》いていたなんて、まだ15歳だぞ！」

「流石《さすが》私の団長様、未来の旦那様」

「調子乗るな。団長は皆のものだよ」

「ほほほ、私には彼の器はまだまだ大きくなると見える」

……これ、今更団長辞めますとか言えなくなくなくない？

嘘でした！　すいません！　とか絶対に言えないよ。聖騎士とか位の高い人とかもわざわざ辞めて、この革命団に入ってくれているみたいだし。

うわー、これやべぇ!?　やべぇですよ!!　これ作ったやつはマジでバカだろ！！！

……俺だ！！！！！！！！

どどっど、どうしよう。もう辞めたい。中二病は卒業したし、恥ずかしくなってきているんだ。なんか余裕感のある話し方がカッコいいから、私とか、なのだがね。とか使っているけどそろそろキツいって！！！

どーしよう。マジで。革命団の団員には俺の身元も割れてるから逃げられないし。逃げたら殺されそうだし。

「ゼロ様、お茶の時間です」

「あ、サンキュー」

「また、団長を辞めたいと悩んでいるのですね」

「そうそう！　マジでやばいって」

だが、唯一俺の真実を知っている存在がいる。メイドの【レイナ】、彼女である。

「ゼロ様、団長を辞めたいと思うのは勝手ですが、これは貴方様が始めた物語でございます」

「知ってるよ！　なぁ、レイナ今副団長でしょ？　代わってくれない？」

「お断りします」

「うえぇ!?」

「他の人が納得しないのが眼《め》に見えています。あくまで愚神を信仰している人もいますが、殆《ほとん》どの方が貴方へ信仰を寄せていますし」

「……変装できる?」

「無理です。できたとしても私はしませんよ。はい、お茶です。愛情込めたので冷めないうちに飲んでください」

「美味《うま》いな。メイドとしては本当に優秀だよね」

「結婚したいですか?」

「それは別に」

「団長の真実バラしてきますね」

「やめろ。一応俺上司だろ、脅すな」

レイナの謎なところは『急に現れた』ということなのだ。ある日を境に家に通うようになり、雇ってほしいと言いだした。俺は怪しいので断ったのだが、どうにもここで働きたいらしい。

『ここで働かせてください』

『この家はちょっと……姉妹がいて、いざこざあるし』

『ここで働きたいのです』

『それなら、他の姉妹……俺、姉と妹が一人ずついるんだけど彼女達に頼んでみたらいいと思う。俺この家で立場低いし、俺から言っても意味ないよ』

『貴方様の下で働かせてください』

『え？　なんで？』

『取り敢えず、ここに置いてほしいです』

『えー、パパンに相談してからでいい？』

『勿論《もちろん》、先に部屋上がっててていいですか？』

『上がり込む気満々だね』

正直、どうでもいい人ならば断った。しかし、彼女は妙に魔力の流れがなだらかだったのが眼を引いた。あの時の俺は凄《すご》く若く、発展途上であったから参考資料としてもいい手本になると思った。

俺にもメリットがあったということなのだ。そんなこんなで彼女を雇うことにした。

私の息子は非常に優秀と言わざるを得ないだろう。『ゼロ・ラグラー』、三人の子供のうちの一人。長女の圧倒的な戦闘センス、次女の100年に一人の魔法の才覚。そういったわかりやすい才能ではないが、この子は天才だと産まれた時から感じていた。

ゼロを初めて目にしたその日、私を見抜く目が明確な意志を持っていたからだ。産まれたての赤子が明確に意志を持っているはずもない。だが、確かにゼロは持っていたのだ。

妻はあの子はのんびり屋さんと評していたが、私は真っ向から違うと反論していた。魔力のセンスは文字通り【零】とすら言えるだろう。妻が魔力が少ないのではないかと心配をしてしまう程に魔力制御の才覚がズバ抜けている。

他にも妻は成長するにつれて魔力が減ってしまったのではないかと心配をしていたが、そうではない。魔力を完全にコントロールしているのだ。

私も妻も天才と言われていた魔法騎士。だとしてもこれは天才の中の天才、埒外《らちがい》、突然変異の怪物と言っても過言ではない。

驚きはこれだけでは終わらない。ゼロは私の書斎を勝手に漁《あさ》っていた。そして、【世界の真実の書かれた書】と【代行者】の服と仮面を持っていった。

まさか、あの子も何かに勘付いてしまったのかと不安に思った。私の祖父から受け継がれている世界の真実。

【今世の人々に崇《あが》められている六大神の蛮行。愚神と言われる女神は本当は人間を守る為《ため》に戦っていた】

その事実を知った時、私は戦慄したのを覚えている。六大神は今は女神によって封印をされているが、現在も復活の機会を窺《うかが》っている。歴史を捻《ね》じ曲《ま》げ、自分達に信仰を集めることで復活し、ある目的を果たそうとしているのだとか。

そしてその封印を解こうとする者達、その力を自分の物にするべく闇で蠢《うごめ》く者達の存在。

子供の時に私もその事実を知った。

だから、私は【代行者】として、嘗《かつ》て戦っていた。本当の神の真実を世界に広め、同時に他の六大神の封印を解こうとしている者達を倒すために。

しかし、道半ばで私は挫《くじ》けてしまった。妻ができ、子供ができ、守るものが多くなりすぎたのだ。失うのが怖くなり、代行者は辞めてしまった。

ゴルザ・ラグラーの意志はあそこで死んでしまったのかもしれない。

だが、そこで終わらなかった。

『私の名は代行者……うんうん、カッコいいな』

鏡の前で代行者の格好をして、魔力を高めている息子を見て私は確信をした。この子ならば世界を変えてくれると。いずれ来る、最悪の時代、六大神、蠢く闇。

それらを全て照らす、圧倒的な存在。

「パパン、メイド雇いたいんだけど」

「お父様と呼べ。構わん好きにしろ」

「嘘、絶対反対されると思った」

「好きにしろ。話はそれだけか？」

「そうそう、それじゃ」

あの子が雇いたいと言ったメイド、不気味だがあれにもきっと意味があるのだろう。あの子は無意識のうちに世界の真実に辿《たど》り着《つ》き、今なお代行者として活動をしているのだから。

私にできるのは、何も知らないふりをし、息子を見守ることだけである。

「ねぇねぇ、貴方。ゼロって私に似てるわよね？　あんなに可愛《かわい》くて、会話も上手ですしね」

「ゼロは私に似ていると思うが」

「いやいや、貴方はないでしょ！　学園でぼっちだったし」

「そうか。お前の中ではそうなのかもしれないな」

「なになに？　その言い方！　ゼロちゃーん！」

「はぁーい！　ママン！」

「ほら、貴方にこんなこと言える？」

「大変だな、お前も」

ゼロは家族の前では敢えて道化を演じているように見える。代行者であると悟らせないようにするためのカモフラージュだと考えられる。

ふっ、やはり聡明な子だ。私にそっくりだ。


私の名前はレイナ。ゼロ様のメイドでございます……しかしそれは世を忍ぶ仮の姿。

本当の名前は。

【聖神アルカディア】

嘗て、この世界にて【六大神】と呼ばれる悪魔達と戦った女神です。まぁ、今世の人間には愚神と言われているのですが。

そんな私ですが、古代の時代では人間を庇《かば》い殺されてしまいました。愚かだったと思います。我々神は、人間の信仰によってこの世界に生まれ落ちる。神がいるから信仰が始まるのではなく、信仰があるから神がいる。

良くも悪くも人間の概念が私達を生み出したのです。生まれた我々には超常的な力が備わっており、最初は人間達と共存していました。

ですが、一部の神は人間を愚かな存在だと思ったようでした。それには私も同感でした。信仰から生まれた私達は人間の良い部分も悪い部分もどうしようもなくわかっているのですから。

しかし、人間にも良い人がいたのも事実であったのです。

ですから、人を滅ぼすと宣言した神々に対して反対をしました。結果として私は滅ぼされてしまいました。滅ぼされる前に六大神はなんとか封印をしてやりましたが。

私はなんとかギリギリ、滅ぼされても、信仰があればまた復活ができるはず……しかしそうは問屋がおろさないようで。

封印の間際に他の神は眷属《けんぞく》を残していたようで、私の信仰を削《そ》ぐような歴史を作り上げたようなのです。

愚かだと蔑まれ、歴史上の大犯罪を犯した神。愚神アルカディア。

人の信仰が消えて私の存在は失われてしまった。

きっと、もう蘇《よみがえ》ることはない。

歴史の重みによって積み上げられた信仰、それにより封印が解けさえすれば六大神は次こそ人を滅ぼす。更に力を蓄えて。

――あぁ、ごめんなさい。人間……

ふと、眼が覚めた。青い空に白い雲、どこかの王国の土地だった。なぜ、私が……

まさか、誰かが私を信仰している？　それも一人ではない。力は全盛期とは比較にならないほど弱いですが、一人程度では……復活できるはずはない。信仰人数はそんなに多くはない。

だけど、一体誰が、誰達が？

目覚めた世界で私は少しずつ調べようとしました。そして、見つけたのです。


『――私は代行者……神の意志を代弁する者。さて、今宵は誰が洗礼を受けるのかね？』

黒い神父の服、着けているアクセサリーは嘗ての私の信仰のシンボル。そして仮面を被った男。

『貴様が代行者か……愚神の代弁者を名乗る男よ』

『いやはや、手厳しいな。仮にもこれから君に布教したいと思っていたのだがね』

『阿呆《あほう》が』

『今なら、私がお祈りを手解《てほど》きするがね』

余裕綽々《しゃくしゃく》の言葉。神父らしい優しい言葉遣い。だがそこから感じる、実力に裏付けられている自尊心。

信仰の大本は恐らくは彼であるのだろうと一発で気づきました。なので彼の跡をつけます。

正直、追跡にはとても手間取りました。その男児は、魔力隠蔽があまりに凄かったからです。

神の眼を簡単に欺くなよと腹が立ちました。

どうにも見失ってしまうので、彼ではなく彼の手下、【アルカナ幹部】とやらをつけることにしました。しかし、これにも手間取りました。

幹部ですら信じられないほど隠蔽が上手《うま》い、ゼロ様ほどではなかったですけど。つまり、本当に、ほんとーに、手間取りました。

お手上げ状態でした。マジで少しは痕跡残せよ。こっちは神だぞ?

に、人間なのにレベルが高いなぁ。少し観察してわかったのは人間全員が彼らほどではないということ。ゼロ様をはじめとして、彼の周りの人間がおかしいということ。

結局、どうやって正体を突き止めたのかと言えば王都でのことがきっかけでした。

「ママン! これ買って!!!」

「あらあら、ゼロちゃん。可愛いわねぇ!!　いいわよぉ」

「パパン、これ買って！」

「好きにしろ」

「わぁーい！　パパン、ママン、大好き！」

「あらあら、可愛いわねぇ」

思わず、二度見をしてしまいました。無邪気に笑う子供、その親から信仰を感じたのです。特に仏頂面の父親の方から強く感じました。そして、その息子……妙な感じがしたのです。

魔力が全くない。しかし、私への信仰が大いに感じられる。大本があの子供のように見えたのです。

そして、結果は大当たりでした。あの家族はラグラーの家系だとか。子供は三人で、長男があのバカそうな子供だったのです。無邪気そうな人でした。

その一家の跡をつけて確信をしました。あの子供こそが代行者であったと。まぁ、そのあとは取り入るためにメイドとして雇われました。

――そして……まぁ、色々あって、つまりこの男は私の命の恩人であり、同時に愚者であったと。

適当にロールプレイ？　というごっこ遊びをしていただけでした。私のことを救いたいとかそんなことは一切思っておらず（少しは思え）、本人は【――全てはあのお方の思し召すままに……】とか言って楽しみたいだけの子供でした。

頭が痛くなりました。しかも、この子供に踊らされ、魅せられ、仲間が勝手に増えて愚神を崇める存在が増えました。

……そして、結果的に私の信仰が復活しました。

「レイナ、頭抱えてどうしたの？　風邪？」

「貴方のバカさ加減に嫌気がさしていました」

「ほう、貴様、メイドであり、俺に雇われているだけの女だとわかってないようだな」

「同時に稀代《きたい》の天才だと思っていますよ」

「ふっ、そうだろう」

「チョロいな。この子」

しかし、彼の嘘から神である私が復活したのも事実でした。それに六大神がいるのも本当ですし。眷属が六大神を信仰したり、復活させようとしたりしてるのも本当です。

まぁ、ゼロ様は、

「都市伝説みたいなのを信じて違法行為する人達、マジで何考えてるんだろう。頭大丈夫かな？

マジで危機感持った方がいいよな」

なんて言っていますが。この人、色んな意味で凄いなと思いました。自分のことを棚に上げているし、それで私が復活をしたのも本当ですし。

「レイナ、アルカナ会合一緒に出てくれよ。俺のロールプレイ、ボロが出たらいつもみたいにカバー頼むぜ。お前がいなきゃ俺はダメなんだ、愛してるぜ！」

「……あ、はい」

こ、この人、愛してるとか結構ノリで言ってくるのは本当にやめてほしいです！　た、頼られて悪い気とか全然しないですし。一応命の恩人ですし。

こ、こう見えて神様だから、恋とか、異性の恋人とかできたことないし。人に信仰されることはあっても愛されたことはないから、照れるんですけど！

「あー、アルカディア革命団辞めたいなぁ」

「私がカバーしますよ。ゼロ様」

まぁ、この人のおかげでこの身を復活できているわけですし。カバーできるとこはしてあげなくては!!

私も復活できたし、この人と話したりご飯食べたりするのは嫌いではないですからね。

第二章　アルカナ幹部

嘗《かつ》て中二病《ちゅうに》であった俺へ。本当にお前はどうかしている……
嘗ての俺は代行者《だいこうしゃ》としてあることに悩んでいた。

——登場した時の、演出が微妙だ!!

『全てはあのお方の思《おぼ》し召《め》すままに……』

とか言っている中二チックな男を演じているのに、登場する瞬間が微妙だと、なんだかパッとしない!!　代行者とかたいそうな名前で活動をしているのだから、もっとカッコいい登場演出がしたいんだ！

ただ単に、闇から出てくるのもカッコいいけど。ちょっと地味だ。

どーもー！　俺は神の意志を代弁してまーす！！　みたいな。大袈裟《おおげさ》だがこれくらいはインパクトが欲しい。

ミステリアスな雰囲気は消すとカッコよくないので、こんなハイテンションはできない。しかし、インパクトは欲しい。

……その時、脳内に電流が走る。

BGMだぁああああああああああ！！　登場BGM、アニメでもゲームでも、演劇でもこれは絶対に重要視されてきた。BGMが無いからパッとしないんや！！！

そう思った俺は登場BGMを確保する為《ため》に奔走した。そして、手に入れたのだ、BGMが鳴けるカラスを。

流石《さすが》は異世界、BGMが鳴けるカラスがいるのだ。インコの延長線なのだと思うが、インコではカッコよくない。男は黒に染まれというのが古来、中二の習わしである。まさに異世界のカラスはうってつけだ。

しかも、魔力を多く持っているので調教すれば転移魔法も使うことができる。これにより、俺の魔力を感知すると急に現れ、登場時に、暗黒微笑BGM（勝手に命名）を流すことができるのだ。

『るーるー、るーるるるるー』

大量のカラスによる、暗黒微笑BGMをオーケストラの如《ごと》く流させることにより、登場した時にカッコよさが増してしまう。更に一部に羽根を落とさせることで黒羽根の雨を降らすことができる。

――代行者が現れる時、黒き羽根の雨が降る。

ふっ、カッコよすぎだぜ。こんな贅沢《ぜいたく》な登場をする存在が今までいただろうか？　いいや、俺しかいないだろう。

更に、他にもBGMは何種類か覚えさせることが可能だった。ランダムに流したり、俺の魔力の昂《たかぶ》りによってはいつもと違うのが出るようにしたり。

ちょっと強めの敵には代行者の真価が窺《うかが》えるかのようなBGM（自分で言っててどんなBGMなのかはよくわかっていない）にする事も可能だった。

――代行者として、演出が極まってきたな。やっぱり中二チックな演出は最高だぜ!!

しかし……そんな演出も代行者として飽きてしまった後はなんの役にも立たない。カラス達も完全に調教してしまったので俺が魔力を垂れ流すと勝手に暗黒微笑BGMを歌い出すし。

だから、素の状態だと魔力を使えず、落ちこぼれを演じるしかない。最初はそれもカッコいいと思っていた。劣等生と思わせておいて実は強いパターンは誰もが好きであると思うし、通る道だ。

でも、今ってもう中二飽きてるから必要ないんだよね。謎に【コツコツコツ】とカッコよく足音が鳴る靴も持っているが正直必要ない。

「ゼロ様、会合が始まります」

「胃が痛い……喉も痛い。これはインフルエンザかもしれない!?」

「はいはい。あとでハグして慰めてあげますよ。この可愛《かわい》いメイドが。てか、インフルエンザとは?」

「なんでもない。あと、そういうのはいらない」

「真実をバラしますよ」

「だから、上司を脅すなよ」

仕方ないので、神父の服に着替えて髪型を整えつつニコニコ代行者スマイルをしながら家を出た。

本日は【アルカディア革命団】という名の都市伝説を真に受けている俺が作ったやばい集団、その幹部達と六大神についての話し合いだ。敵が神を復活させることを目的にしているらしいのだが、そもそも神様っているわけないだろ? 正直大概にしてほしいね、俺がけしかけて入団するように促しているから、口が裂けてもそんなこと言えないが。

「ほほほ、団長殿、お久しぶりでございます」

「ジーンか、久しぶりだね」

家を出た後、森の中を歩く俺に話しかけてきたのは【星】という【冠位《グランド》】を与えたジーンだった。見た目はヨボヨボのお爺《じい》さん。髭《ひげ》が生えてて、髪も白髪、眼鏡もかけ一見弱そうである。

だがしかし、剣の腕は超一流であり、以前は聖騎士という位の高い魔法騎士であったらしい。

「団長殿、孫のリーンが会いたいと言っておりましたので、また遊んでやってください」

「勿論《もちろん》だとも。私も優秀な仲間の頼みを断るほど切羽詰まっているわけでも無いのでね」

「ほほほ、リーンが喜びます」

ジーンはわざわざ、聖騎士という高い地位を捨てて俺のもとに来た人だ。うむ、真実など言えるはずもない。

今でも都市伝説みたいなのを信じて、活動をしてくれている。うむ、まじですまん！

「アルカナ会合、楽しみにしております。それでは後ほど会場にて」

「あぁ。またあとで」

ふぅー。会合はレイナに丸投げしよう。

「ゼロ様、大丈夫ですか？」

「やばいかもしれない。熱出てきたかも」

「どれどれ……」

レイナはおでことおでこを合わせた。彼女は控えめに言っても美人だ、銀髪が腰ほどまで伸びており、俺と同じかそれ以上の綺麗《きれい》な蒼《あお》い瞳を持っている。身長は180センチくらいあり、高身長ながらスタイルもめちゃくちゃよくて凹凸もハッキリしすぎている。

だからと言って、恋愛感情はない。最早《もはや》家族みたいなもんだし。

「熱はないですね」

「ごほごほ」

「はい、嘘《うそ》の咳払《せきばら》いはやめましょう」

「れ、レイえもーん！　助けてくれよー！　会合を無かったことにしてくれ！」

「もー、しょうがないなぁ、ゼロ様は……ってバカ！　そんなこと言ってないで、神父の服も着ているんですし、ここまで来たんですから出てください」

「ノリいいよね。お前」

「ふふふ、貴方《あなた》のメイドですから」

なんだかんだ、頼りになるなぁ。

「結婚したくなりますよね？」

「いや、俺黒髪黒目の大和撫子《やまとなでしこ》みたいなのが好みだから」

「……」

ちなみに次の日、レイナは急に黒髪黒目に変えてきた。こいつ、偶《たま》に変なことやり始めるよな。


私は一度死んだ身だ。

魔法騎士として、何年も働き国のために尽くしてきた。聖騎士という高い身分にもなった。結婚をし、娘が生まれ、娘を育て、そして娘も孫を産み、孫の顔を見られるだけで私は幸せだった。

私の娘は妻と同じで若くして病気で死んでしまった。娘の夫も騎士であったが戦いの最中《さなか》に亡くなった。

孤独となった孫が一人だけ残り、そして、孫を私は引き取ることにした。聡明《そうめい》で良い子だ、寂しさを見せないように必死に笑っている。

私はこの子をなんとしても守り、育てなくてはならないと思ったのだ。

——だが、その思いは打ち砕かれた。

「バトリット、これは一体どういうことなんだ」

「ジーン……なんと言ったらいいか」

「お前、一体全体どこに所属している。子供の数が不自然に減っている、騎士の死体も何に使っている？」

「よく、そこまで調べたな。感心するよ」

長年、相棒であったバトリット。互いに剣の道を極めようと約束をした男は、あろうことか違法な人身売買などに絡んでいた。攫《さら》った子供や騎士の死体を売《う》り捌《さば》いていた。最初はそんなことはありえないと思っていたが、バトリット自身の妙な魔力の上昇、騎士の行方不明。不自然な点と点を結び、奴《やつ》が何かに荷担していると私は気づいたのだ。

「なぁ、ジーン。あの時の約束を果たさないか」

「約束、だと」

「剣を極めると言っただろう。だが、我々には時間がない。成長しようにも人には限界値というものがある」

「それは当たり前だ。自然の摂理だ」

「だが、だが、それは違うのかもしれないと最近気づいたんだ。詳しくは言えないが、ずっと魔力が伸びずにいた私も魔力量が増えたんだ！　お前も俺のように更なる飛躍ができる」

「……多くの犠牲の上にか」

「そうだ。弱き者の命も私達のような強者に使われた方が世のためだ」

「そうか……バトリット。今すぐ、捕らえている人間、及び関わっている者達全ての情報を吐いてもらおう」

「残念だよ。ジーン。力を高めあった強者を一人失ってしまうとは」

互いに剣を抜いた。嘗ての同志とこんな形で本気の斬り合いをするのは心が痛かった。だが、私は私の矜持《きょうじ》を曲げられなかった。誰かを守るための剣だったのだから。

「――さ、流石はジーン。聖騎士の位を授かりし者だ」

私は勝った。嘗ての友に。剣を向ける。私の質問に答えなければ……

「ジーン。残念だよ。本当に……あれを見たまえ」

「……っ!?」

「お、お祖父様《じぃ》!!」

私の孫であるリーンが黒ローブの男に捕らえられていた。そして、思わず、隙が生じてしまい、私は腹部を刺されることになる。

「ば、バトリット……」

「残念だ、ジーン。本当に。最後にもう一度、問わせてくれ。私の友よ、私と共に来てくれないか」

「……っ」

「断ってもらっても構わないが」

断る選択肢などない。私がここで殺されればリーンも命の保証などないのだろう。

「お、お祖父様」

「り、リーン」

ズキ、と傷が痛む。血が溢《あふ》れ出《だ》し、意識が朦朧《もうろう》としていく。どう考えても私の道はここで終わりを告げるだろう。悪魔に命を捧《ささ》げるか、人として死ぬか、私にはその二択が迫っていた。

『るーるー、るるるるるるー。るるるー』

黒鳥が何やら不気味な鳴き声を発し、空を舞っていた。一羽ではない、二羽、もっと多い。黒き羽根を落としながら、まるで音楽を奏でるように鳴いている。

そう、何かを祝福するように。

コツ、コツ、コツ。足音がはっきりと聞こえた。誰かがここに近づいてきている。カラスの鳴き声、まるで漆黒の天使のように、あのお方は現れたのだ。

「随分と盛り上がっているところ恐縮なのだが、私の話を聞いてもらえるかね」

金髪、神父の服。仮面。特徴的な部分が多くあるが驚くべきはその魔力の流れであった。まるで一切澱《よど》みがない聖水のように流れが美しかった。

「貴様……何者だ」

「真なる神の意志を代弁する者。大袈裟に言ったが単なる聖職者と変わらんよ」

「そうか……貴様が【代行者】か」

「その名で呼んでくれても私は困らんぞ」

背丈はそれほどに高くない、リーンと変わらぬ年齢であると私は悟った。同時に驚いたのだ。立ち姿だけで確信するほどの強者の覇気。

「なるほどなるほど、ならば【天明界《てんめいかい》】に敵対する愚かな存在か。こんな小さい子供であるとは思わんかった。だが、子供であっても愚神を立てたのだ。死の他に道はあるまい」

「確かに私はまだ子供だ。だが、私はあのお方の意志を代行する存在。そう安く見られては困るというもの」

「随分と口だけは回るようだ。ならば、行動で見せてもらおうか!!」

バトリットが代行者に向かって剣を突き立てる。光速の剣による突き、大人であったとしても避《よ》けることは難しい。

しかし、避ける瞬間は私の瞳にさえも映らなかった。気づけば私の側《そば》に代行者が立っており、回復魔法で回復をしてくださったのだ。

「か、回復魔法。他者を回復させる系統は超高難度魔法であるはず!?」

「少し、休むといい。君の娘もすでに私のカラスが保護している」

「なッ!?」

上からカラスが娘の体を落とした。私はそれを受け止めて一歩下がる。まさしく、全ての動作は神業と評するのが正しいのだろう。

「まさか、ここまでとは……天明界に敵対する存在を甘く見ていたわけではないが想像以上と評するべきなのだろう」

「これも、あのお方の思し召し。あのお方の意志を代行する存在として当然の実力。反対に君はさほどの実力がないと見た。君達の信仰する神は安い信徒しか持っていないということかね?」

「……良いだろう。その挑発、後悔させてやろう。愚神を信仰する愚者よ。これこそ、大地神の力の一端!!」

一拍を置いて、バトリットの姿が突如として変貌する。人の姿から徐々にまるで悪魔のように変わっていった。肌は真っ白になり。目は赤く、頭部には角が生え、背からは翼が一つ生える。

「この姿になるのは……消耗が早いが!!　ここまで私を侮ったのだ!!!　対価は死あるのみ!　代行者よ!!」

「対価にしては随分と高そうだがね。さぁ、どこからでも取り立ててくれたまえ」

余裕綽々《しゃくしゃく》、両手を広げどこからかかってきても構わないと代行者は語る。バトリットは大地が割れるほど蹴り上げ代行者に迫ろうとするが、次の瞬間には宙に浮き身動きがとれないようだった。

「な、ナニッ?!!! 一体、どんな手を使い、私を宙に投げたッ!!」

「種を明かしては、奇術師も仕事ができなくなるというもの。まぁ、私は聖職者なのでね、語ることもやぶさかではない。ただ単に近づいて投げただけだ」

「っ!?」

完全にと言っても過言ではない。力の質の桁がまるで違う、どう見ても私達よりも若く小さいのに。

――突然変異の、化け物。

まるで、あの存在こそが神なのではないかと思わせる。

「さて、私はそろそろお暇《いとま》させてもらおうか。祈りの時間が迫っているのでね」

「舐《な》めるな!」

「【螺旋《らせん》・組み上げる塔・私は頂上から見下ろす者・蒼《あお》き空落とし青に染める】」

『魔力の強烈的な波』――彼の手に螺旋状の蒼いエネルギーの塊が生成されていく。それを指先に構え、空に向けた。

「【青空空玉《そうてん・ごく》】」

彼は宙にいるバトリットに向けて引き金を引く。超常的なエネルギーが空を青く染めた。その螺旋状の塊は上へ上へと昇り、昇り続け、音もなく消滅した。その青き螺旋にのみ込まれバトリットはこの世から消失する。

「さて、私はもう行こう」

「ま、待ってくれ」

「ふむ。何かね」

「き、君は何者……」

「代行者。あのお方の意志を代行する存在」

「あ、あのお方……」

「全てはあのお方の思し召し……ここに私がいることもあのお方のご意志のまま」

「……一体、この国で何が起こっているのか、君は知っているのか？」

「この国の問題ではない。世界の問題と言っておこう。私は偽りの神々と戦うため、布教に勤《いそ》しむ聖職者。言ってしまえばこれだけだ」

「……わ、私はどうすればいい。わからないのだ。何をすれば、何を信じれば良いのか。私が知らぬところで何かが動いている」

「ならば私と共に来るかね。君の孫の安全も私ならば保障できる」

「な……」

「これも、あのお方のご意志なのだろう。その気があるならば付いてくると良い」

「……」

そして、私は団長殿の下につくことにした。それと同時に知ってしまったのだ。世界の真実を……六大神について、そして聖神アルカディアについても。

「そん、なことが……捻《ね》じ曲《ま》げられた歴史。神々の暴走」

「驚くのも無理ないだろうがね。正史とは真っ向から違う歴史だ。歴史とは何者かによって語られる一部の背景にすぎない。その背景をすり替え、捏造《ねつぞう》し、語らせることは難しいことではない」

「……そ、そのようなことがあるのか。聖神アルカディアはどのような存在なのでしょうか。貴方ほどの存在が仕えるとなると、よほど素晴らしい神であると考えられるのですが」

「ふむ……（確かに散々、「あのお方」と言っておいて仕えている設定の神様がしょぼかったら格が落ちそうだな。少し設定盛っておくか）」

「……」

「あのお方は……身長60メートル、体重は3万トン。眼《め》から2兆度の火の玉を無詠唱で作り出し、笑い芸にも長《た》けていらっしゃる」

「な、なんと。そんなとんでもない存在だとは！」

「更に、アメリカという別次元に存在する大国で大統領という国のトップとして活動。その後、日本という国でも国のトップである総理大臣という役職となり、少子化問題も解決。語る言葉は月よりも美しく、同時に敢《あ》えて道化を演じ人を笑顔にすることもできる。彼女が発した一言が海を笑わせ、海を二つに分断もした」

「な、なんと!?」

「そして、その容姿はあまりに美しく、人を照らす。そのせいで太陽が暫《しばら》く人を照らす必要がないと感じたほどだ」

す、凄《すさ》まじい存在であった。この時、私は納得をした。ここまでの才知溢れる化け物が仕えているのだから、並々ならぬ神であるというのは説得力があった。

「さて、君には【冠位《グランド》】である【星】を与えよう。私と共に世界を救おうではないか」

「承知しました。団長殿」

あの時、このお方の手を取らなければ私はきっと死んでいただろう。孫もあのお方の貴族領地にてこっそりと匿《かくま》って頂いている。

そう、私は今、充実しているのだ。団長殿に拾われ、アルカディア革命団の一員として、人の命を救う活動をしているのだから。


「おや、副団長殿」

「ジーン様、お早いご到着ですね」

「私のほうが先行していると思っていましたが、副団長殿も随分と早いではありませんか」

「団長のサポートが私の役目ですから」

会合場所には既に副団長殿の姿があった。私はあまりこの方について詳しくはない。団長殿がいつも身の側に置いていることくらいだ。あの団長殿が置いているのだから、相当の実力者であり人格者なのはわかるが。

「副団長殿はなぜ、革命団に？」

「そうですね……成り行きと言いましょうか。私もあのお方を崇拝している身ですので」

「聖神アルカディア様ですね」

「えぇ、慈愛に満ちた素晴らしい神ですよね（まぁ、私のことですけど。私は慈愛に満ちてる素晴らしい神です。可愛くてメイド業も完璧です）」

副団長殿は嬉《うれ》しそうに語っている。なるほど、この方も信徒の一人、その反応も当然だろう。

「ええ、しかも身長60メートル、体重は3万トン。眼から2兆度の火の玉を無詠唱で作り出し、笑い芸にも長けていらっしゃる方で、我々とはスケールが違うお方ですしね」

「………………ん？」

「おや、ご存知《ぞんじ》ではないのですか？　団長殿が言うには更に、アメリカという別次元に存在する大国で大統領という国のトップとして活動。その後、日本という国でも国のトップである総理大臣という役職となり、少子化問題も解決。語る言葉は月よりも美しく、同時に敢えて道化を演じ人を笑顔にすることもできる。彼女が発した一言が海を笑わせ、海を二つに分断もしたとか」

「…………………はい？」

「そして、その容姿はあまりに美しく、人を照らす。そのせいで太陽が暫く人を照らす必要がないと感じたほどだとか」

「……それはあってますね。美しいのはあってます。太陽も私ほどの美女がいれば照らす必要ないですが……その、それは団長、ゼロ様が？」

「はい」

「……適当に盛ったな。あのガキ……」

「副団長殿、如何《いかが》なされた？」

「いえ、何も。ただ、ちょっと、あとで……説教をする相手ができただけです」

「おや、そうでしたか」

副団長殿は引き攣《つ》った笑みを浮かべていた。まぁ、疲れているのだろう。あの団長殿が側にいるのだ。並大抵の者ではまともに仕事についてもいけないだろう。


——アルカナ会合後。

「ゼロ様ぁぁぁあああ！！！」

「なんだなんだ、頭わしゃわしゃするな」

「うわあああああああ！！！　笑いに長けてるとか!!　海を割ったとか!!　何事ですか!!」

「どうした？　なに？　何怒ってるの？」

「体重は3万トンもありません！！！　49キロです!!（大嘘）」

「あ、そう、なに？　だから？　何の話？」

会合が終わった後、レイナは俺の頭をわしゃわしゃしながらすごーく怒っていた。どうしたんだろう？　騒ぎたい年頃なのだろうか？

「も――――――！！！！！！」

「だから、何の話だって」

「もういいです。その代わり、ハグしてください」

「え？　なんで」

「いいですから！　罰です！」

「嫌だよ。俺悪くないし。というか何の話かわからないから。自分が悪いと思わないのに謝るのって逆に良くないだろう」

「……まぁ、確かに。じゃあ単純にハグしてほしいからしてください」

「うむ、よかろう。今日も会合でサポートしてくれたしな」

ハグをするとレイナは黙ってしまった。こいつ結構甘えん坊なんだよな。でも、我が妹や姉には甘えようとしないけど。

まぁ、裏でアルカディア革命団とかやってるし、人に絡みたくてもそう簡単に絡めないのかも。

「ゼロ様。今度、魔法騎士育成学園の入学式ですね」

「うむ。魔力は使えないから落ちこぼれ確定だな」

「あぁ、魔力使うとカラスが寄ってきて歌い出しますもんね。羽根も落ちますし。あれなんとかならないんですか？」

「無理。既に調教しちゃったから戻らないよ。性癖が一度拗《こじ》れたら戻らないのと一緒だな」

「その説明は如何なものかと」

「すごくわかりやすいだろう」

「そういえば、妹様やお姉様との関係はどうなってますか？」

「リトルシスターは相変わらず冷たいかな。ビッグシスターは相変わらず優秀、でもあんまり話したりしない。今学園だしね」

「妹様と同時期に入学とは」

「まぁ、なんとかなるでしょ」

「そういえば……今日の会合で学園に天明界のスパイがいるって話題になってましたね。革命団からも何名か派遣するとか」

「え!?」

「聞いてなかったんですね。ずっとニコニコして首縦に振ってるだけで聞いてなかったんですね」

「すまん。だって、話よくわからん。皆、都市伝説を真に受けている感じだから。陰謀論に正直ついていけないというか。敵の天明界とかいうのも真に受けて違法実験したりしているし、普通にやばいというか……そもそも神様っているわけないだろ」

「……実は私が神様なんです」

「あ、うん、そうか。えっと……疲れてるよな？　ごめんな、いつも迷惑かけて。偶には休んでもいいんだぞ？　ほら、ハグもいつでもいいぞ」

「可哀想《かわいそう》な子を見るような目はやめてください」

「今度一緒に旅行こう。偶には気分リフレッシュ大事だぞ」

「だから、急に優しくしないでください。まぁ、旅行は約束ですよ！」

メイドのレイナは疲れているのだろう。今度からちょっと優しくしてあげようと思った。

第三章　リトルシスター

学園、正直面倒な箱庭である。日本の学校ならばある程度、緩めなのだが異世界の魔法を学ぶ場所であるとなると話は変わってくるのだ。

魔法騎士育成学園。通称、魔法学園。

魔法騎士というのは魔法と剣術を学んだ存在のことである。学園を卒業すると魔法騎士として、国に雇われるのが習わしなのだ。

「どどどー、どどどー」

一人で鼻唄を歌いながら俺は窓の外を見ていた。馬車に乗っているので窓から見える景色は常に移り変わっていく。本日は晴天なり。繰り返す、本日は晴天なり。

「随分と余裕そうね、お兄様」

凜《りん》とした声が前から聞こえた。前を向くと俺と同じで綺麗《きれい》な金髪と蒼《あお》い瞳の美少女が鋭い瞳を向けていた。ふむ、どうやら我が妹を怒らせてしまったようだ。

リトルシスター、またの名をイルザ・ラグラー。

ツインテールと俺に当たりが強いことが特徴的な妹である。同い年だが双子ではない。俺が

四月生まれだとしたら、妹が三月生まれみたいなイメージである。パパンとママンがすごく頑張ったのがよくわかる妹だ。

「魔力ゼロのお兄様が合格するには、剣術と座学で好成績を取る必要があるというのに。その自覚があるのかしら？」

「あー、逆に魔力ゼロだから達観してるんだ。ほら？　落ちる確率が高いから力抜けるみたいな？」

「我が名門、ラグラー家の長男の自覚が足りていないのではないかしら。お姉様なんて首席で合格されているというのに」

「マジか、ビッグシスター首席なのかい。これはリトルシスターも負けられないな」

「ええ、当然のように首席を取ってみせるわ。貴方《あなた》も少し頑張ってみたらどうかしら？」

「なんか、悪役令嬢みたいなこと言うよな。昨日も泣きながらトイレ付いてきてとか言ってたくせに」

「そ、それは!!　違うわ！　偶々《たまたま》!!」

「学園は寮生活らしいけど、大丈夫か？　男女別だからトイレ付いていけないだろ」

「……お、お姉様と同じ部屋なら」

「学年ごとに寮違うだろ」

「なら、お兄様がアタシの部屋にこっそり来れば良いでしょ！」

「できなくないが。嫌だな」

「……な、なんとかしてよ！　お兄ちゃんでしょ！」

「うーん。まぁ、どうしてもの時はな」

「……そ、そうね。もしもの時は、アタシも寝る前に水飲むのやめれば良いし」

「落ちたら、終わりだな。俺もお前のパンツも」

「か、カンニングで、なんとか点数上げるのはどうかしら。アタシの隣にお兄様が座る感じで」

「お前、我が家の恥だろ」

「お兄様が合格できるか、危ないから心配してるんじゃない！　いいこと！　絶対合格しなさい！」

妹にトイレが原因で合格を迫られるとは思わなかった。代行者《だいこうしゃ》や団長としての役割にこんな役割もプラスとなると更に厄介だ。

妹のイルザは俺を呑気《のんき》と言うが、こう見えて結構焦っているんだ。

理由は一つ、代行者、団長として組織の上に立つ俺がここで落ちると人望を失ってしまうということ。散々、神の代行者とアピールしておいてただの学園入試落ちはマジで笑えない。

くっ、しかも魔力を使用すればカラスが急に現れて暗黒微笑ＢＧＭを歌いだすから、それもできない。故にかなりの縛りプレイにて合格を余儀なくされているのだ。

入学したら入学したで、天明界《てんめいかい》だとかいう、都市伝説を真に受けている変な組織のスパイがいるから探し出す必要もあるし。革命団のメンバーも学園にいるから気が休まる場所がない。

こ、これは地獄だ（自業自得）。

――ガゴン!!

「な、なによ!?」

突然の大きな音が馬車から響くと、それと同時に馬車が止まった。なんだなんだ、思わずビックリして外を見ると、周りには盗賊集団がいた。ほう、ファンタジー世界定番の盗賊か。

貴族の馬車だから狙いをつけていたのか。

「イルザ・ラグラー。出てこい」

「あ、アタシ……」

「呼ばれてるみたいだな。知り合いか」

「そんな訳ないでしょ！」

妹を狙う理由はよくわからないが、かなり大掛かりに狙ってきているのがわかった。敵の数は……十、二十、いや三十。マジか、かなりいるぞ。こいつ、なんかやったのか？

「お前、なんかやったのか？　こんな大掛かりで狙われるとは」

「し、知らないわよ」

「……そうか」

さーてと、どうするかね。俺がボコってもいいが我が家では落ちこぼれ設定にしてるし。急に力を見せたらそれはそれで面倒そうだし。家督継ぐとかも面倒だから力隠してる訳だし。

そもそも魔力使ったら暗黒微笑ＢＧＭだし。

「イルザ・ラグラーだけは確保し、兄は殺せ」

あぁ、俺殺されるのか。どーしよ、殺されるのはごめんだ。俺はいずれは団長を引退し、代行者を辞めて、異世界スローライフをしたいのである。それに一度トラックに轢《ひ》かれて死んでいるこの身。

折角の二度目の命を捨てるのも忍びない。

仕方ない。ここは……

「あ！　フリーザ様!!」

「え!?　なに!?　てか、だ、誰よ!?」

俺は外のどうでもいい大きな木を指差した。思わず、妹は窓から身を乗り出してキョロキョロ辺りを見渡している。その瞬間に俺は瞬間移動をし、消える。

次の瞬間、空より黒き羽根が落ちてくる。

アタシの兄はよくわからない人だ。人生を達観しているのかいつもボーッとしている。

誰よりも落ちこぼれであるのにもかかわらずだ。魔力を持っていないのだ。

貴族とは魔力を持っていることが最低条件とすら言われている。父も母も魔力があり、優秀な魔法騎士であるのだ。

お姉様もアタシもその魔力を十二分に引き継いでいる。いずれは両親を超えると噂《うわさ》され、お姉様に至っては既に超えているのではないかとすら言われている。

そんな優秀な一家で魔力がないお兄様。そのくせに妙に太々《ふてぶて》しい。トイレに夜行きたくなったら付いてきてくれるくらいで特に卓越している点はない。だが、それなのに妙に惹《ひ》かれる。

——その一点、彼の瞳を見ていると遥《はる》か高みから見下ろされているような感覚に陥る。

今日もそうだ、アタシが入試でかなり緊張をしているのに対してお兄様は何食わぬ顔で空を見上げている。どこまでも飛べる翼を持っているくせに箱庭に収まっている鳥に見えた。

——ガゴン!!

気づくと周りには盗賊と思《おぼ》しき者達が沢山いた。こんな時なのにお兄様は落ち着いている。

盗賊にしては魔力の昂《たかぶ》りが大きい。只者《ただもの》ではないのだろう……しかも、明らかに強者の雰囲気がある。男の数の比率が大きいが女も数人いる、全員が飛び抜けて強いのがわかる。

「あ！　フリーザ様!!」

「え!?　なに!?　てか、だ、誰よ!?」

この兄、訳わからない事を言って、また……

『るーるー。るるるるるーるーるー。ででんでーんでーん、ででんでんでんででーん』

不意に意識を切り替えられた。冷や水を浴びせられたように精神が怯《ひる》んでしまった。カラスが空に複数舞っており、奇声を発しながら黒い羽根を落としていたからだ。

「まさか……代行者か！」

盗賊の一人が何かを呟《つぶや》いた……【代行者】？　それは一体……

——正に、人生の価値観を壊される瞬間にアタシは立ち会った。

異常なほどの魔力量、立ち上るその魔力の出力、何より荒々しいのに洗練されているかのような矛盾を孕《はら》んだ魔力濃度。

落ちてくる黒い羽根、それはまるで漆黒の天使の降臨を暗示しているかのようだ。神父の服、仮面、金色の髪。

何よりも魔力量。神々しいまでの存在。

「おや、私のことを知っているとはね」

「クソ、奴《やつ》には襲撃がバレていたのか!!」

【選ばれし者】を先に感知していたのは我々ではなかったようだが……ここで奴を殺し手土産とさせてもらおうか」

「おやおや、随分と荒々しい者達だ。私は布教に来ただけに過ぎない一介の聖職者。荒事は苦手なのだがね」

荒事が苦手なはずがない。なんだ、あの魔力の圧倒的な存在感は……あれはやばい、逃げた方がいい。勝てるはずがない。勝てるはずがないのだ!!

なんで、あの盗賊達にはそれがわからないのか理解に苦しむ。

「……全員で一斉にかかれ!!!」

敵が一斉に魔力を高め、遠方より魔法が放たれる。しかし、結果などわかりきっているだろうに。

「クソ！　化け物が！」

「神の意志を代弁する者を、化け物呼ばわりとは……失礼とは思わないのかね」

「ならば、これはどうだ。【神器ガイアオブランス】、大地神の武具を再現した最強の槍《やり》だ!!」

盗賊……ではないのだろう。流石《さすが》にあんな武器を所有している盗賊など存在するわけがない。

【神器】とか言っていたわ……大層な名前がつくほどの価値はありそうね。

間違いなく、人を殺す為《ため》に存在している武具。あそこまで凶悪な殺傷力がある武器は初めて見た。

あの武器には禍々《まがまが》しい凶悪な魔力が込められている。きっとアタシなら負けていたし殺されていた。お姉様ですら勝てるかわからないわ。

でも、あの目の前の男が負けるイメージが、寸分も湧いてこない。

「【神域の大地よ・全てを込める心中の一】」

槍の魔力が迸《ほとばし》り、槍先が赤く光る。なんていう魔力量……まるで嵐だ、あの槍を中心に大気が震えている。魔力が槍先に集約していく。

周りの盗賊達の魔力も吸い上げていく。

「如何《いか》に代行者であっても、この槍を防ぐことなどできるはずがない!!　あの愚神を傷つけた神器!!　ただの人間にこれが受け止められるか!!」

槍を持つ男が凶悪に微笑《ほほえ》む。しかし、途中でその笑みが消える。槍の中心に魔力が集まるにつれて、持っている男自身がその中心に飲み込まれてしまったのだ。更に他の襲撃者達も全てその槍に飲み込まれた。

ただの一本の槍として取り残された武具が、徐々に形を帯び人のような形になっていく。

「……うむ、なるほど。良い目覚めだ、人間」

「ほう、まるで堕天使のような姿だな」

あの神父は興味深そうに槍から人になった存在を見ている。人の形をしているが片翼があり肌は異常に白い化け物。魔力が信じられないほどに高まっていく。

──あれは【悪魔】ね。

人に害をなす魔物とは違う存在。魔法騎士が戦う存在としてよく話題に上るのが悪魔だ。アタシも悪魔を倒したことはあるけど、言語を話す悪魔なんて……

「堕天使ではない。ただの眷属《けんぞく》である。人間、中々の魔力を持っているな。献上せよ」

「それはお断りさせて貰《もら》おう。あのお方の布教活動ができなくなるのでね」

「あのお方だと？」

「──全てはあのお方の思《おぼ》し召《め》し。この瞬間でさえも、私からすれば既知の出来事に過ぎん。故に何も驚くことはない」

神父はゆっくりと両手を広げ、空を見上げる。

「さぁ、来るが良い。何分、急ぎの身なのでね」

「そうか、ならばその魔力を貰おう。そして、後ろの小娘……なるほど、そういうことか。その娘も殺す」

「殺してもらっては困るのだが……」

神父がゆっくりとアタシの方を見た。仮面で顔はよくわからないが片目だけは見える。アタシと同じ蒼い瞳だ。

神父はゆっくりと手を胸へと当て、頭を下げる。

「ラグラー家の次女よ。此度《こたび》は僭越《せんえつ》ながら騎士の役目を果たさせて頂こう」

「え、あ、その……よ、よろ。よよよ。宜《よろ》しくお願いします……で、ですわ」

「ぶふっ……こほん、勿論《もちろん》だとも。クク、なんであんなにオドオドしてんだよ、アイツ」

や、やばい、アタシって結構強いから異性から守るとか言われたことなくてつい、コミュ障を発動してしまった！

やばい、超恥ずかしい。で、でも、なんか守ってくれるの嬉《うれ》しい……やばい、ドキドキしてきちゃった。学園に入ったら好きな人とかできるかなとか、いい出会いあるかなとか期待してる面もちょっとあったし……だ、代行者……様か……

「人間とはわからぬ。なぜ不利な戦いに挑む。他者を守りながらではなく、お前個人だけ生き残るように立ち回れば良いものを」

「その考えには真っ向から対立させて頂こう。私は神の意志を代行する存在。同時に聖職者でもあってね。聖なる道を歩き続けた結果として私は今、立っているのだ」

「ふむ、わからぬ、人間よ」

「わからぬこともあるのだということだ。堕天使よ」

次の瞬間、互いに激突する。悪魔の爪が神父の肌を切り裂こうとするが、逆に悪魔の爪が切り刻まれていた。

「っ⁉　手刀で我が爪を斬っただと⁉⁉」

「よく切れる爪切りだろう。サービスで他の爪を丸くする事もやぶさかではないがね」

「舐《な》めるな‼　人間如《ごと》きが！！！」

ギギンッ！　右手を魔力でコーティングしているだけ、恐らく強化魔法すら使っていないにもかかわらず、ただの手刀が名剣よりも鋭く研ぎ澄まされていた。

一撃一撃が、必殺であり必中。あの神父の戦闘技術が凄《すさ》まじい。


――神懸かっている。


あの手刀、独特だ。どこの戦闘技術を元にした技なのか見当もつかない。しかし、強力だ。悪魔の肉を削《そ》ぎ、同時に精神も削っていく。

「こ、こんなはずはない‼　神の眷属である、この、我が‼　このような人間に負けるなど！！！」

「優劣はこれほどにハッキリしている。まだ、続けるかね？」

「き、貴様あああああああああああああ！！！」

極端な加速と、減速。残像が見える、本体がどこにいるのかすらアタシにはわからない。

故に決着の瞬間を見逃していた。

「【千手刀《ちぎり》】」

神父の声が響いたかと思うと、悪魔の後ろから手刀を胸に突き刺す神父の姿が最後の光景だった。悪魔は声を上げることもできず、最期を迎え灰となり空に散っていく。

「ラグラー家の次女よ。本日は晴天、このような不幸な出来事に負けず、学園の入試にて力を存分に振るうといい」

「あ、あ、はい。あ、ありがとう、ございます……で、ですわ」

う、うわーーん!! こんな時のためにちゃんとお母様からレディの嗜《たしな》みを教わっておくべきだったわ!! 面倒だから全部スルーしたり、サボったりしていなければ、うう……も、もっと可愛《かわい》く返答ができたかもしれないのに!!

「ふっ……慣れないことをするべきではない。本当の君はもっと堂々としているのではないかね」

「え、あ、そ、その、そう、ね……そう、だけど」

「ふふふ、これはいけない。美しいレディを困らせることがあれば私もあのお方に合わす顔がないというもの。そろそろお暇《いとま》させて頂こう」

「え、あ、もう、行っちゃうの？」

あ、あれ？　なんで引き止めてるんだアタシ!?

「無論だとも。君も入試があるのではないかね。馬と御者ならば既に治してある」

嘘《うそ》、回復魔法は超高難度魔法!?　しかも無詠唱でいつの間に……

「では、私はこれで」

急に霧が出てきた。辺りが一瞬で真っ白になり、視界も真っ白に染まっていく。アタシはどうしても聞きたいことがあった。

「あ、あの、お名前だけでも!!」

「名乗るほどでもないが……【代行者】、ただの聖職者であり神父と答えさせて頂こう」

霧に包まれる最中《さなか》、遠くまで響くような声と共にその人はいなくなってしまった。不思議なことに霧はすぐに消えた。馬車の御者が目覚め、再びお兄様と一緒に学園へと向かうことになった。

また、会えるだろうか。代行者様に……

「おーい、リトルシスター、大丈夫？」

「ねぇ」

「なに？」

「あの、男性ってどういう女性が好みなの？」

「え？　さぁ、知らないけど。急にどうした？　ずっと彼氏とか必要ないって言ってたのに」

「……いいでしょ！　別に！　それでどういう人が好みなの！　男の人は！」

「そういう高圧的な人は好まれないと思うけど」

「……そうですわね、お兄様」

「うわ、気持ち悪」

「おおい！　何言ってくれてるのよ！！！」

このお兄様に聞いたのが間違いだったのだろう。はぁ、代行者様か……仮面の下は見えないけど、きっとカッコいいわよね。ミステリアスなところもカッコいい。

何より強くて紳士的なところがいいわね。

そんなことを考えていると学園に到着した。馬車からアタシとお兄様は降りた。なんだか色々ありすぎて疲れが溜《た》まっている。

「じゃ、入試頑張れよ」

「お兄様もせいぜい頑張りなさい」

「あいよー」

やはり達観しているのか、学園に着いてもマイペースなお兄様。あの人、顔はカッコいいし背も高いし、モテそうなのに色々勿体無《もったいな》い人ね。

なんだかんだ、アタシの心配してくれる人だし……

——ふと、兄の姿が代行者様と重なって見えた。あれ？　嘘よね？

あれ？　でも、この胸の高鳴りは……一体!?　にゅ、入試で緊張をしているだけ、よね？

あれ、でも、これって……

——まさか!?

「あの、お兄様……」

「あ、馬車が鳥の糞《ふん》でべちゃべちゃになってる……アイツらうんこする場所は選べよな。調教足りなかったか」

「……」

うん、疲れてるのね。それと入試で緊張をしてるだけだわ。さて、入試頑張りましょう。

お兄様が代行者様なわけがないわ。

第四章　入試

さて、魔法騎士育成学園、通称、魔法学園。

「こちらが、入試の資料です」

学園の入り口では入試説明の資料を配付された。ふむ、魔法、座学、剣術、面接、どうやら四つの工程が必要らしいな。

配付された紙について目を通していると……あれ？　最後にもう一枚なにかあるぞ？

『団長へ』

うわ、アルカディア革命団、通称『厄介中二都市伝説軍団』（命名は俺）からだ!!

この字は【魔術師】のキルスからだな。うーむ、正直見なかったふりをしたいが団長である手前どうしても見ないわけにはいかない。

どれどれ……

『お久しぶりです。団長。この手紙を見ているということは、これから入試を受けられるということで間違いないかと思います。現在わたくしも入試を受けに来ており、学園に潜入をするつもりです。団長ほどの頭脳の持ち主ならばわざわざ、書く必要はないかと思いますが』

うむ、字が丸っこくて女の子の字だ。キルスって、女の子って感じなんだよな。歳《とし》も15歳で同級生だし、ピンク色の髪をポニーテールにしている可愛《かわい》らしい女の子だ。

気品があって、眼《め》は穏やかな緑色。宝石のように綺麗《きれい》って革命団内でも有名である。

控えめに言っても美女ってやつだろう。ちょっと真面目すぎたり、俺を崇拝しすぎて一緒にいるのが息苦しいのが玉に瑕《きず》な子だ。

『天明界《てんめいかい》の者が学園に潜入をしようとしているという情報は以前会合にてお話をしたかと思います。あの時の団長は誰よりもわたくしの話を聞いてくださいましたね』

すまん、全然聞いてなかった。ただニコニコして、レイナに丸投げしてたんだ。

『奴《やつ》らの狙いは学園内に存在する、魔法文献、そして、魔道具であると情報を摑《つか》んでいます。しかし、それがどこにあるのかは未《いま》だ調査中です。団長が今回の件について特に指示をださなかったこと、団長の崇高なるお考えには至りませんが、わたくしも全力で行動させて頂きます。それでは、また』

ふむ、天明界、都市伝説を信じているやばい組織だな。神をこの世界に顕現させる！！！とか息巻いて違法実験とかしている。神様とかいるわけないのにね。

まぁ、我が組織の面々もそれを信じているからおあいこかもしれないが。

『追伸、それと、一度お話を致しませんか？　二人きりで任務について熱く語り合いたいです。

夜中がいいですね、お酒とかも用意します！　お時間いつありますか？　あとレイナ副団長は呼ばないでください』

……こういうのって断っていいんだよな。あとレイナがハブられてるのはちょっと笑うわ。

うーむ、団長として断るのもどうなんだろうか。ただそもそも俺は団長を辞めたいんだよな。

でも、こういうのは一応だが上の立場である俺が断るとショックなのかもしれない。適当に全てはあのお方の思《おぼ》し召《め》し……とか最初に言ったのは俺なわけで、それに騙《だま》されているのだからこれくらいは付き合ってあげよう。

正直、騙してる部分があるのは忍びない。だがすまない、実は全部、神の代行者《だいこうしゃ》ムーブをノリでやっていたとは今更言えないのだ。

「さてと、取《と》り敢《あ》えず入試頑張りますかね」

キルスについては後でなんとかしておこう。

宗教国家ラキルディス。

六大神の一人、大地神ラキルディスを祀《まつ》っている国。その国では王族が平民を支配し、貴族達に土地を与え管理をさせている。所謂《いわゆる》、封建制度と言われる社会である。

宗教国家と言われているが、よくあるファンタジー国家のようなものである。


――その昔、六大神を最も強く信仰していた一族の末裔《まつえい》が今の王族であり、それ故に宗教国家と呼ばれているのである。


国のトップが宗教と強く繋《つな》がっているのは問題がありそうだが、昔ほど強い信仰は存在していない。平民も全員が神様に対して強く信仰を持っているかと言われるとそうでもないのが、この国の特徴である。

貴族達の特徴として、魔法技術を持つことが挙げられる。魔法とは魔力という身体に宿るエネルギーを媒介として、超常的な現象を引き起こすことを指す。

魔力と言われるエネルギーは貴族がより多く持っている。魔力が多い平民もいるがその場合は貴族に嫁ぐことが多く、それにより魔力が多い者は貴族に集中している。

そして、魔力を多く持つ者は魔法騎士育成学園に通うことが習わしとなっているのだ。魔法騎士として認可されれば、多くのメリットがある。国から雇われる事による賃金の確保、力を他者に誇示できる優位性の獲得、平民であれば貴族からの誘い、大きな功績を立てれば爵位を授かり、地位を向上させることも可能だ。

——そんな国の裏には【執行部隊】と言われる魔法騎士達が存在している。

秘密裏に設立された超実力者魔法騎士集団。国の裏側で動き、汚職調査、他国の動向調査、他国への抑制、内乱調査、国に仇《あだ》なす存在の抹殺。

国を安定させて、スムーズに運営するには汚れ役が必要不可欠なのだ。何より実力者を隠しておくことで武力を警戒した他国に不本意な圧力や攻撃を無闇にさせない事も目的なのだろう。

しかし、そのような存在がいるとだけはささやかれているが実際に見たことがある者は殆《ほとん》ど存在しない。

「さて、ナデコ……貴方《あなた》に任務を申し渡します」

「なぜ、それは貴方が執行部隊のメンバーだからでしょう」

「……なぜ」

「……眠い」

「眠くない」

ナデコと言われた少女は眠たげに返事をした。黒髪をショートボブのような形にしており、小さい顔立ちによく似合っている。眼も黒で二重で鼻立ちもスッとしている美しい少女。

「……隊長、ワタシ、だいぶ、働いてる。悪魔、倒してるし」

「そうですね。ナデコ、貴方は非常によくやってくれています。さて、それはそれとして任務です。【天明界】という団体は知っていますか？」

「……知らない」

「でしょうね。私もつい最近まで知りませんでした。【天明界】……創始者、構成員、規模。謎な部分が多いです。ただ一つだけ、六大神の力を手中に収めようとする危険思想を持っていること。それだけはわかっています」

「……初耳」

「えぇ、私ですらつい最近まで知り得なかったのです。相当根が深いのかもしれません……名前と思想だけのただのカルト集団、ただのおふざけ集団で済めばいいのかもしれませんが。さて、ナデコ、その天明界のメンバーが学園に潜伏している可能性が高くなりました」

「……見つけて、処分」

「いいえ、捕縛を命じます。怪しい者を何名か挙げ、その上で確信があれば即座に捕まえてください」

「……了解」

「くれぐれもバレないように。執行部隊は他国の目もあり、秘密裏の行動を余儀なくされています」

「……わかた」

隊長と呼ばれた女性は赤い髪に赤い瞳を持っていた。彼女が命じるとナデコはゆっくりとその場を後にした。

そして、彼女は学園の入試へと向かうことになる。

「くれぐれも……バレないように……、怪しい奴捕縛」

さーてと、試験がついに始まった。まずは魔法試験。魔法は一番大事とすら言われている。貴族としての嗜《たしな》みに収まらない。魔力が多いだけで平民が貴族に嫁ぐことも、婿《むこ》になることもあるのだ。

その魔法が使えるとなれば……それだけでスクールカーストでは上位となれる。実に魔法学園はシンプルだ。

「では、キルスさん。魔法を」

おや、キルス、キルスじゃないか。どうやら本名で参加しているようだ。まぁ、普段は【魔術師】とかコードネームみたいなので呼んでるし、問題はないのか。

さて、彼女の魔法の腕前なのだが……

「【火球の通る道《ロード・ファイア》】」

どがあああああああん！！！　うわお、相変わらず素晴らしい魔力制御だ。この焦げる臭いも嫌いではない。前世の子供時代におばあちゃんの家の線香の匂いが好きだったのと理屈は同じだ。

「す、すごい!?　あの平民、一体何者なんだ!?」

「短文詠唱だったぞ!!」

「あんなの見たことないぜ」

「しかも可愛い」

「火球ができるまでの工程が一瞬だった」

「しかも可愛い」

「魔法発動までの時間、短文詠唱。魔力制御がとんでもないな」

「しかも可愛い」

だいぶ、可愛いという感想の方が多い。だが、それも納得だ、明らかなる美人であるのは間違いないのだから。それを差し置いても彼女の魔法には誰もが注目しているだろう。

この世界には悪魔と呼ばれる化け物がいて、それを狩るのが魔法騎士だ。

貴族であれば領地と平民を守るのに特に魔法が必要なのだ。税を貰《もら》えたりするのも悪魔から平民を守るからであるし。家督を継ぐ条件は魔法の能力が10割である。

大きな功績を挙げれば爵位が上がり、領地も増える。

だからこそ、どの貴族も魔力が多い存在は平民であっても重用し、仲間にしたり、場合によっては家族として迎え入れたりする。

キルスは顔もいいし、いきなり目立っているな。

「……怪しい。あの人」

むむ？　どうやら違った感想を持っている生徒もいるみたいだ。黒髪黒目の、どこか冷めていてクールな子だ。俺は元日本人なので黒髪黒目の大和撫子《やまとなでしこ》みたいな顔立ちの子がタイプであるが……ちょっと、あの子は好みから外れているような気がする。

ジッと、キルスを見ている。あれか、チヤホヤされているのが気に食わないみたいなものかもしれない。嫉妬《しっと》深い人は結構多いからな。

魔力があるだけで、人より優遇されたりするからな。魔力や魔法成績で人生が変わるのはこの世界では当たり前、上位の者に嫉妬はつきものだろう。

「……なに？」

「いや、なんでもない」

触らぬ神になんとかだ。こういう女性同士の戦いにはスルーをしておこう。

「では、次、ナデコ」

「……あい」

おやおや、どうやらあの子が試験を受けるらしい。内容は簡単で的に火球を当てるシンプルな試験だ。

【火球の通る道《ロード・ファイア》】……どかーん」

どうやら、あの子もそれなりにできるようだ。周りが驚いている。

「な、なんだ!?」

「すげぇ威力」

「普通じゃないな」

「短文詠唱だったぞ」

「あと、可愛い」

キルスほどではないが、魔力制御が滑らかだった。これは相当な鍛錬を積んでいるのが推測できる。だからなんだと言われたらそれまでだが。

「次、イルザ・ラグラー」

「はーい」

おお、我が妹でありリトルシスターの出番ではないか。リトルシスターはキルスには負けるし、多分、ナデコという黒髪の子にも魔法では負けるだろう。

「さーてと、見てなさいよ。【火球の通る道《ロード・ファイア》】」

魔力制御は54点かな(身内には結構厳しめに点数つける)。イルザの火球に周りも驚いている。

こいつらずっと驚いてばかりだな。

「次、ゼロ・ラグラー」

「試験官」

「え？　はい」

「アタシの兄だけど、魔力ゼロだからやるだけ無駄よ。そうでしょ、お兄様」

「うむ、ここは0点で通させてほしい」

「なんで、アンタそんな太々《ふてぶて》しいのよ」

俺は敢《あ》えて堂々と腕を組んで二郎《じろう》系ラーメン店主のように厳しい顔つきで試験官に話しかけた。

「え、えっと、0点だと大分不利になりますけど」

「不利になるも何もゼロなのでね。ゼロ・ラグラーだけに」

「おもんな。お兄様、マジでおもんないわね」

「え、えっと、わかりました。では、次の受験生に回します」

妹が口添えをしたおかげで俺は大きな恥をかかなくて済んだな。これはお礼を言わなくては。

「お前のおかげで恥かかなくて済んだよ」

「大分、恥かいてたわよ。見なさい、周りの生徒めっちゃバカにしてるわよ」

「でも、的当てるところまで行って何もできない方が惨めさが大きかった。それに気を遣ったんだろ?」

「……か、勘違いしないでよね‼　アタシは自分の兄が落ちこぼれだと、アタシ自身の株が落ちるから嫌だと思っただけなんだから‼」

「あ、そうなのか。礼言って損したわ」

「おおい！　気遣ったに決まってるでしょ！　察しなさいよ！」

「どっちだよ」

相変わらず、我が妹は情緒が安定していない。

「しかし、互いに無事に魔法試験は突破したな」

「アンタは突破どころか、転んでるでしょ」

「次は座学か……兄としてお前の座学は心配だな」

「妹としてアンタの入試結果が本気で心配なんだけど。あのね、お兄様、この学園を卒業できたら魔法騎士よ。そうなったら、家督を継げない人も、追放されずに家に帰ってきたりして、領地を守ることもあり得るわ。アタシが当主になったらお兄様の居場所は保障するから頑張りなさい」

「がってん承知の助」

「本当にわかってるのかしら、このお兄様」

さーて、座学は１００点だろう。なぜなら座学は誰にも見えないようにカンニングをすればいいのだから簡単だ。魔力を使えば勝手に暗黒微笑ＢＧＭが流れるが、使わなくても、カンニングくらいは簡単だ。

試験官が見ていない瞬間を見計らって、隣とか斜め前の人のを見たり、カンニングペーパーを口に隠し持ってもいる。

その結果、我が妹のテストを見せてもらった。ついでにキルスのも見せてもらったし。カンニングペーパーも見たし、これで高得点間違いなしだ。

「ふー、お疲れ様、お兄様」

「うむ」

「どうやら、その顔は自信あるようね」

「ふっ、間違いなく高得点だ」

「安心したわ」

「ふむ、次は剣術か」

「お兄様、ここである程度成績出しておかないときついわよ」

「大丈夫、なんとかなるって」

確かに魔法を重視するこの学園で0点は最早《もはや》、ほぼ入試落ち確実とすら言っていいだろう。

だが、ここで諦めるわけにはいかない。

代行者が入試落ちは笑えないからな。まぁ、最悪落ちても、レイナに丸投げして適当な理屈をつけて説明してもらうことも考えてはいるけど。

少し、剣術は手を尽くすか。

「では、剣術試験です。二人一組を作ってください。相手は誰でも構いませんよ」

ふむ、現在は闘技場にいるのだが全部で大体五百人くらいか。この中から誰と組むべきか。

妹はやめておこう。あいつが戦いにくいだろうし、キルスは気まずいからスルーしておくとして……

お、なんだか高身長、イケメン、魔力制御もそこそこの男子生徒がいるな。この試験は魔力使用は禁止だし、純粋な剣術勝負。

あの男を一目見て、戦ってみたい……そう、俺の心が叫んでいた。

「サムラン様、わたくしと組みませんか？」

「なんでよ、わたしよ！」

「ちょっと、抜け駆けしないでよ!!」

女を囲っているとはけしからん!!　昭和頑固親父《おやじ》のように俺が奴を成敗してくれるわ!!　あ
あいう優男を気取っている奴は性根が腐っていると相場は決まっている!!

俺はモテたいとか、少しくらいしか思っていない。基本的に俺の周りにいる女は変なメイド
か、代行者フィルターを通して評価が異常なことになっているかの二択なのだ。

故に純粋にモテている男が心底嫌いだ。

「お兄様、あの男と戦うのかしら」

「ほほほ、地獄に叩《たた》き落《お》としてくれる」

「そんなに!?　どんだけ目の敵にしてるのよ!?」

「ああいうのは欲の亡者に決まってる、ここは俺が奴を倒し、周りにいる女子の目を俺に向け
させるのが得策だ」

「アタシの隣に欲の亡者がいるわね」

「まぁ、単純にああいうなんでも持ってそうで、純粋にモテてるのが気に食わなくてさ」

「最悪ね。ただ、そう簡単にうまくいくかしら？　サムランといえば有名魔法騎士一族、レー

バール家の長男でしょう。あのサムランの父親も相当腕の立つ騎士でお父様も剣術では及ばなかったらしいわ。まぁ、総合力ではお父様が勝ってたみたいだけどね、魔法技術とかすごいし」

「ふーん」

「まさかとは思うけど……剣術では勝てなかったお父様の仇《かたき》を打つために……」

「え？　あ、うん。そうそう」

「そうね。そんなことなさそうで安心したわ。ほら、さっさと戦ってきなさい」

そんな訳で俺はサムラン君に話しかけた。

「やぁ、サムラン君。俺とやらないか？」

「君は……なるほどゼロ・ラグラー君だね。いいだろう」

さーてと、周りの女子の目がすごいけど勝ってやるさ。普通に入試成績悪いし。何よりこんな欲の亡者がモテてるのが気に食わん！


わたくしは【魔術師】のキルス。団長より【冠位《グランド》】を与えられた幹部の一員。

嘗《かっ》てのわたくしはシスターの見習いであった。とある小さな村、その孤児院で暮らす子供の一人として、幼い頃から神に祈りを捧《ささ》げていた。ただの無能な子供であった。

幼いわたくしは大地神に祈りを捧げていた。世界の為《ため》だとか、理由はあった。その村ではそれが当たり前だった。それに疑問をわたくしは持っていなかった。そこに初めて疑問を持てたのは、同年代の孤児達が行方不明になったからだ。

偶《たま》に孤児院には子供を引き取りたいと訪ねてくる大人がいた。それは喜ばしいことだと普通なら考える。

家族として引き取りたいと言えるのは余裕のある大人。貴族であったりする。

だから、喜んで純粋に素晴らしいと思っていた。

だけど、外に出た孤児からの連絡が一つもない。一向にない。何度も手紙を送っているにもかかわらずだ。

違和感が強まっていった。この孤児院は一体なんなのか、よく考えたら外には一度も出たことがない。

違和感、それが大きくなったとある日、わたくしにある知らせが届いた。貴族がわたくしを養子として引き取りたいのだという。子供に恵まれない貴族の夫婦がわたくしの下へ来た。

断ることはできなかった。

そして、孤児院の外に出て向かった先で見たのは……大きなガラス箱の中に収められた友達の群れ。

「貴方は何度も手紙をこの子達に送っていたようね」

「残念ながら、手紙は読まれることはない。でも寂しがることもない、なぜならこれからはずっと」

ガラスの中で液体に浸っていた友は、かろうじて生きてはいるが、もう死んでいるように見えた。だから、わたくしの声にも反応はしないし、助けてくれることもない、助けることもできない。

——わたくしも、死ぬ。

ただ、死なないだけの生きた人形のようにされる。友への嘆きや悲しみ、相手への怒り、憎しみ、それがいくらあっても現状を打破することは不可能だった。

これが私に定められた運命だった。

『るーるー、るるるるるー。でででで一ん』

黒き羽根が落ちた時、定められし運命が変わった。そして、わたくしはあのお方と出会うことができた。

「私の名は代行者。真実が知りたければ付いてくるといい。尤《もっと》も、ここより先は歴史の裏側、価値観が壊されることを覚悟した方がいいがね」

代行者の、団長の、ゼロ様のお手をとってわたくしの人生が大きく変わることになる。まず手始めにガラス箱に入っていた友を全て団長はお救いになった。

超高難度な回復魔法を団長は使用可能なのだ。数秒で全ての友を治していた。みな元気になり、次の日にはスイーツを一緒に食べたくらいだ。団長も一緒に食べたのだが、食べ方があまりに綺麗で見惚《みと》れてしまった。流石《さすが》は貴族の息子。

そして、スイーツを一緒に食べながら世界の真実についても教えられてしまった。未だかつて誰も到達したことのない世界の真理である。

驚くべきはその事実を団長が既に子供にもかかわらず把握していたことだ。わたくしが団長と出会ったのは8歳の時、その時にすでに歴史を紐解《ひもと》き行動をしていた。頭脳明晰《めいせき》という言葉では説明ができない神懸かっている頭脳、稀代《きたい》の大天才、知力と純粋な力を併せ持つお方。

そのような方に敬意を持たないのは逆におかしいというもの……

そう、わたくしはゼロ様に心酔している。聖神アルカディアには正直興味などない。あのお方が崇《あが》めているからわたくしも一応、崇めているに過ぎない。

ゼロ様がただ尊敬でき、素晴らしいお方だから仕方なく信仰しているだけなのである。わたくしは六大神などという下賤《げせん》な輩《やから》は排除したいだけなのだ。

しかし、目的がわかってもそうは上手《うま》くいかない。単純に天明界の規模があまりに大きいということだ。規模が大きいのにそれを隠蔽しているとなるとかなり面倒な組織と言えるだろう。

まぁ、団長がいれば時間の問題だろうけど。

団長は本当に頭が切れる。普段貴族のゼロ・ラグラー様として行動をする時は落ちこぼれの、無邪気そうな子供を装っている。イルザ・ラグラーは馬鹿にしているが、あれはバカではなく、愚者のふりをしている天才だ。

神々については国民、世界の誰もが騙されている。気づいていたのはたった一人、団長だけだ。天才すぎて誰もあのお方に追いつけない。その意志を全て悟ることができればわたくしもあのお方に近づけるのに。

わたくしは世界平和を望んでいる。それと同時に望んでいることがあるとすれば団長の隣にいたいということだ。アルカディア革命団には団長の隣を望む女性が多い。

だが、そう簡単にいかない。その理由は副団長だ、あいついつもべったり、隣にいやがって……

「あいつ、剣術結構できてるなぁ！」

「魔力はゼロだから大したことないだろ」

「でも、剣術は見どころあるだろ」

今、まさに団長が剣を振るっている。ゼロ様として振るう剣には普段のキレがない。手を抜いているのが丸わかりだ。しかし、美しい。型がきっちりと流れるように定まっている。

ゼロ・ラグラー様は世を忍ぶ仮の姿。だが、あの方の行動には全て意味がある。わざわざあの相手を選び剣術試験で戦っていることは何か意味がある。それにナデコと呼ばれている少女も意味深に戦いを眺めていた。

「くっ、魔力ゼロの落ちこぼれの癖に……」

サムランが焦っている。それもそのはず、勝敗を決しようとすると団長が必ず攻撃を凌《しの》ぐからである。

「更に速度を上げるかッ」

ジリ貧になりつつある攻防を変えるため、サムランが更に剣速を高める。だが、それすらも同じように必ず凌ぐ団長。

「ここまでついてこられるか⁉　ゼロ・ラグラー」

サムランは、焦りながらも剣を振り続ける。団長とは雲泥の差があるが、それなりには強いようだ。団長が目をつけただけはある。

サムラン。ナデコ。この二人、調査しておくべきだろう。

試験が終わり次第、調査に入る。ふふ、頑張ったら団長褒めてくれるかな？

第五章　闇バイト

早いもので学園に入学してから二ヶ月が経過した。俺はギリギリ入学できたのだ。

この学園では生徒全員の左肩部分にエンブレムが発行される。優秀な生徒から、金、銀、銅、青、黒の順になっている。はい、間違いなく黒でした。まぁ、なんとか入学できただけで良かった。

パパンとママンに小言言われないで済んだし、団長としての立場もギリギリ保てそうだ。

『敢《あ》えて、下の順位を取り、下から天明界《てんめいかい》を探すおつもりなのですね！　わたくしは上位成績ですので、上から探しますわ！』

キルスが、その狙い看破してました！　みたいな顔をしていたが実際はギリギリのギリギリ、入試ギリギリぶっちぎりの最下位の凄《すご》いやつであるのは内緒だ。カンニングと元々の頭脳でテスト高得点だったのと、剣術の腕が平均より高いのが功を成した。

因《ちな》みにだがリトルシスターは首席らしい。兄妹《きょうだい》で上と下を独占するとはオセロみたいで特別感があるというものだ。

——そんなふざけたことを言うと殴られそうなので俺は黙っている。

まぁー、それはそれとして……学園に入学をして二ヶ月、俺はとあることで悩んでいた。それは金欠である。

実家からの仕送りだが、基本俺は使わない。その理由は貯金をしているからだ。なぜ貯金をしているのか、それは簡単だ。

団長を辞めた時に異世界スローライフを送るためなのである。資産をちゃんと形成しておくのは日本人の価値観に由来しているのかもしれない。

そのため、ずっとお小遣いとかは貯金しているのである。アルカディア革命団では団長としてお金を貰《もら》う……というのは流石《さすが》に控えている。万が一、秘密がバレた時に殺されるでは済まないだろうし、倫理的にやばい気がするからだ。

だから、金は俺の今の立場で俺自身が稼ぐ!!

さて、そんな俺は今、お金のビッグチャンスを摑《つか》んでいる。

【日給！　5万ゴールド!!　誰でもできる安全な仕事です！】

ふふふ、この紙が王都で貼られているのを見つけてしまった。現在学生なので学生寮で生活しているのだが、学生寮があるのは王都である。職探しと暇つぶしを兼ねて、何か面白いバイトないかなと探していたところにこの貼り紙、我ながら運命を感じてしまっている。

さてと、早速だがこのバイトに向かうとするか。善は急げと言うしな。

学生服を着て歩いていると何人か他の生徒ともすれ違った。

「あれ、魔力ゼロの子でしょ」

「ふふ、劣等生ね」

「ダメよ、あの子の悪口言ったら妹さんとお姉さんに物凄く詰められるんだから。お姉さんなんて現在学園の生徒会長よ」

ふむ、どうやら劣等生が大分板についてきたようだ。さてさて、そんな些細《ささい》なことはおいておいて、バイト先に向かおう。

王都は広い、迷わないように注意を払いながらバイト先に到着した。ここだな、日給5万の場所は。

「あのー」

「あ？」

「ここで働きたいのですが」

「魔法騎士育成学園の生徒だな」

「はい」

「ククク、御愁傷様……いや違う。よく来たな、魔法学園の生徒はお前で二人目だ」

なんと、二人しかいないのか。うわー。魔法学園の生徒達情弱すぎない？　こんな良いバイト他にないよ？

バイト先は王都にある、怪しい裏道。そこに建てられている古屋……から更に地下にあるのか。秘密階段みたいに地下に向かう階段がある。こんな場所だとは知らなかったな。

出迎えてくれたのは男の人で、ちょっと強面《こわもて》だが笑った時の顔が少しキュートで良い人そうだ。

地下に進むと大きな地下室だった。

「ククク、まぁ入れよ」

「お邪魔しまーす！　それでバイトの内容なんですけど」

「あぁ、宝石があるからそれに魔力を込めれば良いだけだ」

「……え？」

「なんだ？」

「あの、俺魔力なくて」

「あ？　魔法騎士育成学園なのにか？」

「はい」

「……っち」

しまった、これだとバイト代貰えないのか。魔力無しで流石にバイト代は。

「まぁいい。取り敢えず宝石に手を当てるだけでいい」

「え？　バイト代それで貰ってもいいんですか？」

「ククク、あぁ、構わねぇぜ？」

なんて良い人なんだ。顎髭《あごひげ》が1ミリも似合ってないとか思っちゃってごめんなさい‼　めっちゃダンディでカッコいいです‼

この部屋にはなんか石像みたいなのが建てられていて、雇う側の人間っぽい人が数人いた。全員白衣を着ている。ほぉ、血みたいなのが白衣に付着しているが……まぁ、異世界だし気にすることもないか。

そして、同じく制服を着ている生徒が……あ、この子キルスに嫉妬《しっと》してるナデコって子じゃん。

「……あれ？　君……剣術そこそこの人だっけ？」

「同じクラスのゼロ・ラグラーだよ。どうもナデコさん」

「貴方《あなた》もここで働きたいの？」

「はい」

「……悪いことは言わない、今すぐ逃げて」

こいつ……自分だけ良いバイトを独占する気だな？　キルスに嫉妬をしていた時から思って

いたがかなり欲深い人間のようだ。

「それとここで見たことは……忘れて」

おいおい。やっぱり独占する気じゃあないかぁぁぁあああああ!!　そ、そんなことは絶対にさせない。ここのバイトを他の生徒には秘匿《ひとく》し、自分だけその恩恵に与《あずか》ろうとする欲の亡者め！！！

絶対に許さん！　俺は欲の亡者が大嫌いなんだ！！！

「いや、俺も残るよ。お前一人だけ、良い格好はさせたくないしな」

「……そう、良い人だね。でもね、君の行動は正しくない、きっと、ここがどういう場所なのか、分かった上で来たと思うんだけど……」

「え？　あ、うん」

正しくないとか言ってくれてるな。効率よく金が欲しくて何が悪いんだよ！　この世界は積立NISAもないから自分で積み上げていくしかないんだ。

「ここで俺は逃げない。悪いが、お前一人に独り占めはさせない」

「……そっか。なら、せめてここのことはワタシ達だけの秘密にして」

「……確かにここの場所を外に流すのは得策ではないな」

こんな穴場バイト、他の生徒に知られてしまうと面倒だ。俺の金が稼げなくなる。現在俺の貯金は200万ゴールド、必死に貯《た》めてきた。ここから更に増やしていきたい。

具体的には100億ゴールドくらいは行きたい。無理かもしれないが……だが、それで終わらせるわけにはいかないのだ。

お金の独占を、ここの二人だけでする。俺達以外には普通のバイトをして、ちまちま稼いでもらい、俺達が独占する。

ふむ、提案としては悪くないな。

「分かった。ここのことは俺達だけの秘密だ」

「うん、ありがと……えっと、ゼロ、だっけ？」

「あぁ、名前覚えてくれてありがとう。お前とはなんだか長い付き合いになりそうな気がする。お前の名前は欲の亡者ちゃんであってるよな」

「ナデコ」

「そっか」

「さっきまで……覚えてたのになぜ、間違う？」

「噛《か》んだ」

「なら、しょうがない」

二人でこそこそ話していると、入り口にいた男性が椅子を蹴飛ばした。

「おい、何こそこそしてやがる！　さっさと宝石に手を当てろ‼　このクソガキどもが‼」

「……本性、出してきた」

「あぁ」

まぁ、5万もあげるのに働く方がチンタラしてたらそれは怒るよ。等価交換、ただでさえ高額なんだからこれくらいはね。

「じゃ、俺から」

宝石は紅《あか》く光っていた。大きさは俺の部屋に置いてある目覚まし時計くらいだった。手を当てる、魔力は持っていないという設定だから、暗黒微笑BGMを発動させるわけにもいかない。

うーむ、何も反応はない。

「まぁ、こんなもんだな。次、そっちの女がやれ」

これだけで5万ゴールド。今夜はちょっと美味《おい》しいものでも食べてから帰ろうか。普段は貯金をしているが偶《たま》には奮発して良いのを食べないと続かない。ダイエットと同じである。

さて、ナデコはどうなるだろうか。ナデコが宝石に手を当てると、宝石が紅く輝き出し、眩《まばゆ》い光に包まれた。

「どうやら【選ばれし者】、みたいだな」

「ククク、まさかここで見つけられるとはな」

ゾロゾロと立ち上がり、男達は剣を抜いた。後ろからは他にも人が出てくる。女四人、男四人がさらに増えた。

「……逃げて、ゼロ。ワタシ、道作るから」

ドッキリとかじゃないよな？　アメリカの番組みたいな一般人を巻き込んでみたいなもんでもなさそうだ。

あの剣は本物だし、魔力を高ぶらせているのも本当だ。

これはあれだ、闇バイトってやつだったのか。気前がいいのかと思っていたが……闇バイトかぁああ！！！！

敵の数は全部で十三人、ふーむ、この子じゃ厳しいかもしれないな。実力があるのかは正直わからない。実戦に強いタイプなのかもしれないけど、相手も数が多いしね。

魔力を使ったら暗黒微笑ＢＧＭ。かと言って全員ぼこぼこにしてもそれはそれで違和感ある。この子に任せたら死ぬかもしれん。ここは……

『るーるー。るるるるるー、ああああああああああ』

気づけば狭い室内にカラスが顕現していた。全員が頭上を見上げる。天井には蝙蝠《こうもり》のように

カラスが張り付いていた。その数、七羽。

まるで何かを呼ぶかのように、謎の鳴き声を発している。

「私もその宝石に手を当ててもいいのかね？」

「「「ッ！　！　！」」」

「……っ!?」

壁に誰かが寄りかかっている。場の空気感がその一言にて変わってしまった。全員がその場

所に意識を強く向ける。

神父服の男。彼等《ら》はその人物を知っている。

「代行者《だいこうしゃ》か、貴様！」

男がそう呟《つぶや》いた、彼等はその存在を知っている。反対にナデコはその存在について何も知ら

なかった。

（誰……知らない。でも、わかる、あの尋常じゃない魔力量、濃度、出力。隊長よりも格

上ッ!!）

纏《まと》っている魔力が人の域を超えていた。

「まさか、代行者がこの場所を摑んでいたとは……！」

「……私を知っているか、ならば話は早い。神は常に天から私を見てくださっている。これもあのお方の思し召《おぼめ》し」

(代行者……聞いたことない。こんな実力者が存在していた、なんて……不意打ち、をしたとしても、勝てる気がしない。あの魔力じゃこっちの一撃は最低限以下のダメージ。でも、あっちは全てにおいて、一挙手一投足が致命傷に、なる)

ナデコは動けない。

(う、ごけない。うごけば、死ぬ)

とん。

軽い音が鳴った。それだけでその場にいた三人が地に伏せられた。

「は、速《はえ》ぇッ」

「神器所有者か!?」

「だとしても、こりゃ速すぎるだろ!!」

「あぁ、すまんね。ただ、軽く気絶させただけだ、安心したまえ」

割れた仮面から微《かす》かに覗《のぞ》く蒼《あお》い瞳が彼等を射抜く。残った戦闘員達の中で一人の男だけが笑っていた。

「確かに速いなぁ。だが、それだけだ。俺の間合いならば問題ない」

「ほう、間合いに自信がおありかね？」

「あぁそうとも。元聖騎士、【紅閃光《くれないせんこう》】と呼ばれた俺は相手を見る必要がない。感じればその瞬間に無意識で切れる」

赤い瞳と褐色肌、そして、白い髪を持っている若い男性が前に出る。それと同時に仲間全員の首を飛ばした。

「これで互いに邪魔が入ることもない。貴様も俺と戦うのに他が入るのは面倒だろう」

「ふむ、私としては何も問題ないのだがね」

「その余裕をずっと貼り付けておくがいい代行者。その余裕を無くす前にお前の首は飛ぶだろう」

鉄剣を持っている男は両手で鞘《さや》を持ち軽く後ろに引いた。それと同時に彼の周りに魔力による領域のような場所が発生する。半径2メートル、彼を中心とした円形の魔力領域。

「ほう、無詠唱。しかも、固有魔法《オリジナル》とは、努力が窺《うかが》える」

「あぁ、この【無識《むしき》】の会得に19年。そこからそれを研ぎ澄ませるのに5年かけた。これにより私は天明界において、次期、天神人《てんじん》となる」

「なるほど、思っている以上に歳月をかけているか。それに対して敬意を表すとしよう」

代行者は大胆にも何もせず一歩踏み出す。それを見て、ナデコが制止するように声をかけた。

「待って……」

「何かね」

「その、領域は不味《まず》い。普通、入ったら、死ぬ……間違いなく」

「面白いネタバレだ。ならば私はその地雷伏線を踏まぬようにしよう」

そう言いながらも彼は思い切り一歩を踏み出した。敵も目をぎらりと開きながら魔力を高める。そして、代行者の足が魔力の領域に入った瞬間、閃光の如《ごと》く剣が動いた。

(勝ったッ!! 代行者を狩ったとならば、俺の立ち位置は更に向上を――)

剣を振り切ることはできなかった。なぜならば、代行者が親指と人差し指で剣を挟み、それを受け止めていたからだ。

「あ、ありえん!? 馬鹿な!? どんな手品だ!!」

「……あ、ありえない、神業……」

まさしく神懸かっている存在。こんな小さい王都の隅で人を超越した技能が再現されていた。

「大した24年間だ。私でなければ防ぐのは難しかっただろうに」

「こ、の、ふ、ふざけるなぁ!!」

剣を手放し、男はもう一本の剣を抜いた。それにて斬り掛かる寸前、自身が魔力領域の内部にいることに気づいた。

自身はそれを展開していない、なぜならば全身全霊、全力、全快の最高状態での一撃を防がれていたから再展開する余裕などなかった。

それならば誰がそれを作り上げているのか。

――代行者の周りに魔力による円形の領域が構築されている。

「良い魔法だ。貰っておくとしよう」

「こ、この一瞬で、う、写し取ったのか⁉」

(ど、どんな魔力センスを持ってれば、一瞬で他者の魔法を模倣なんてことができるんだ⁉

詠唱を俺は言っていない、しかも、その精度は、俺以上――)

――手刀。

代行者の一撃により、男は気絶する。神速の一撃で意識は完全にノックアウト状態となる。

(強い……きっと、これまでもこれからも……これ以上の強者に対面する、ことはない……)

ナデコは戦慄していた。力の桁が、次元が、格が全てにおいて一足飛びに違う。一段や二段ではない。数十段近く、大きな差が存在している。

「私の役割はここまでだ……この後の処理は任せるとしよう。騎士を呼ぶなり好きにしたまえ」

その言葉を最後に霧が立ち込めてきた。室内であるため、一瞬で煙は充満し彼の姿は見えなくなる。これにて、闇バイト事件は終わりを告げる。

ナデコは本日のことを隊長に報告していた。それを聞かされた隊長と名乗る女性は頭を押さえていた。赤い髪に似合う紅眼が曇るほどその報告は彼女を悩ませる知らせであった。

「なるほど……わかりました。ナデコよくやってくれました」

「……うん」

「しかし、代行者ですか……存在は本当だったのですね」

「知っているの？」

「はい。代行者、その存在が本当だとするのであれば……存在が確認されたのは、今回で歴史上二度目です」

「二度目？」

「一度目は、かなり前、約20年前。当時から絶大なる強さを誇っていたそうです。何と戦っていたのか、死体の山を築き、魔法騎士を殺し、平民や貴族を殺しまわっていました。一時期は国家テロリストとして裏では懸賞金をかけられていました。しかし、奴《やつ》は一切の証拠を残さず、消えてしまいました」

「……」

「公に懸賞金のことが出なかったのは意味がないと判断されたからです。代行者は絶大なる力を当時から持っていましたので、裏の人間でないと対処できませんからね。それにその存在を実際に見たという魔法騎士も殆《ほとん》どいませんでした。捕まえるのは不可能、そう判断され、更には途中で代行者は唐突に活動を中止しました」

「……中止」

「はい。その理由は知りません。死んだのか、飽きたのか。だとしても、下手に代行者を刺激するのも良くないと判断され絶対に表に情報を出さず、指名手配もしませんでした」

「……隊長は会ったことあるの？」

「まさか、20年前です。私は今年で24歳、当時はまだ子供でしたから」

「……強、かったよ」

「でしょうね。当時の精鋭達が誰も捕まえられず、情報を握れなかったのですから」

ナデコは先程確認した、代行者の強さを思い出す。圧巻、一人だけ別次元の強さを有しているかのような凄さを感じていた。

「今回代行者が倒した、そして貴方が捕縛をした天明界のメンバーですが、全員に呪いの魔法が付与されており、任務に失敗した場合は勝手に死ぬようにされている痕跡がありました。情報などもそう簡単に引き出せないでしょう。しかし、一名だけ【紅閃光】の元聖騎士ダグゼのみは死亡していない。ただ、記憶が混濁している様子だそうです」

「……なんで？」

「これは推測になってしまいますが、天明界内で位が高い者は任務失敗した際のデスペナルティが多少免除されているのかもしれません。しかし、情報が取られないように記憶を混濁させる魔法は付与しておく……のかもしれません。どちらにしろ、目ぼしい情報は一切ないということです」

隊長の話す言葉にナデコは新たな疑問を持った。

「……それが、わかってたから代行者は、何もせず消えた？」

「その可能性が高いでしょう。全く、久しぶりに現れたと思ったら益々《ますます》謎が深まるばかり……代行者が持っている情報、私達が持っている情報の量も違いすぎる。天明界の拠点の情報を私がどれだけ苦労して手に入れたか」

隊長は頭を抱えていた。代行者は急に現れ、天明界のメンバーを倒すとあっさりと消えてしまった。そのことに対して、彼女はある予測に思い至ってしまった。

「……特に調べもせずにあっさり消えたとナデコは言っていましたね」

「うん」

「天明界の拠点をそんなにもあっさり、しかも調べずに立ち去るということは、あの程度の拠点にある情報なら欲しいと思っていない……のかもしれません。天明界について私達が知ったのはつい最近、そして、ようやく拠点を調べることができても、それより先、目ぼしいものは何もなし」

「……代行者、は天明界と、戦ってる？」

「それもわかりません。あくまで可能性があるというだけ、ただ、私達が掴んでいた天明界の拠点の一つを代行者も知っていた。確かにナデコの言う通りの可能性もあります。しかし、ただ単に気まぐれに天明界を潰したのか、長期的に戦っているのか、そもそも敵同士なのか、内部分裂なのか、代行者自体の目的もわかっていません。安易な判断は避けるべきでしょう」

「……」

「しかし、いずれにしても国家直属部隊の私達より有力な情報を持っているのは確実でしょう」

「だとしたら、情報源は国？」

「他国の大貴族、もしくは王族もあり得ます」

「……確かにそんな情報一般人が持っているはずない」

そこまで話していて、隊長はあることを思い出した。拠点にいたとある男子生徒のことだ。

「そういえば、ゼロ・ラグラーという生徒がいたんでしたね」

「うん」

「彼もまさか、天明界を追っていた……？」

「ううん、単純に困っている人を見過ごせない性格らしい」

「はい？」

「正義感が強いんだって……だから、怪しい場所があるってわかって、どうしても調べずにはいられなかったんだって。すごいよね」

「……それは嘘《うそ》とかではないんですか？」

「違うと思う。天明界、って、少しだけ言ったらそんなの知らないって。でも、怪しい仕事に同級生とか世界で一番可愛《かわい》い妹と姉が騙《だま》されたりするのは良くないと思って調べたんだって」

「ふむ……偶々そこに居合わせたと？」

「うん」

「……」

「まさか、代行者と疑ってる？」

「……ええ、まぁ」

「それはないよ。ゼロは魔力が本当にゼロ。対して代行者はあり得ないほどの出力を持ってた。まるっきり別人」

「魔力を隠蔽していた可能性はありませんか？」

「それもないと思う。ワタシの瞳、特別だから魔力の流れとか貯蔵量もある程度見られる。でも、ゼロは本当になかったよ」

「……確かに貴方が言うのであれば間違いないのでしょう」

「うん、いつも学校じゃ馬鹿にされたり、姉妹と比較されたりしてるんだって。でも心は腐らず、正しく生きたいって眼《め》をキラキラさせて言ってた」

「ふむ……万が一、その男が代行者の仲間である可能性……いや、それを言い出したらキリがないですね。貴方の眼もあります。それに本当に代行者の仲間なら、尻尾を摑ませないためにすぐに消息を断たせるでしょう」

「うん、ワタシもそうする。万が一でも痕跡を残したくないし、代行者はこれまで一度も証拠を残してないわけだし」

「ええ、少し考えすぎてしまいました。それにあの一族、彼の姉と会ったことがありますが素晴らしい人格者でした。それに弟もすごく可愛くて頑張り屋さんと褒めていましたし。考えすぎでした」

「……うん、ゼロは素晴らしい人格者だと思う。あの時、逃げずに、戦ってくれる、つもりだった」

「なるほど……では、引き続き学園内にいると思われる天明界のスパイを探してください。今回のことで天明界が本当に存在していることはハッキリとしたのです、それだけでも良しとすべきでしょう」

「うん。代行者は？」

「そっちは情報が無さすぎます。無闇に探しても労力がかかるだけでしょう。暫《しばら》くは保留としてます」

「……うん」


いやー、まさか闇バイトだったとはねぇ。天明界、中二病《ちゅうに》集団で、都市伝説などをガチ考察して違法実験までしているヤバい組織がまさか、あんな闇バイトをしているとは思いもしなかった。

でもまぁ、闇バイトだと全然気づかなかったよ。前世でもあったんだよね、怪しいバイトに引っかかること。

ただのイベント参加だけで三万円!!

みたいなのに行ったら、カルト集団の教祖に信者になるまで帰さないとか言われて、信者達五百人にも帰さないって言われたから大暴れして警察に通報したの思い出したわぁ。あれに比べたら今回の天明界のバイトは、マシだったね。規模感が小さいというかさ。あ、そうだ。あとナデコって女の子、あの子も天明界に騙されたのはちょっと同情したよ。可哀想《かわいそう》に。俺と同じで目先の利益に釣られたんだろうなぁ。

そして、騒動の後、騎士団の人に色々話して、終わる頃には夜だった。その後は一緒に歩きながら帰ったけど……それにも疲れた。

『天明界って、知ってる？』

『え？　なにそれ、知らないかな？』

ここで知ってると言うと絶対にややこしくなると俺は悟った。天明界は都市伝説中二病集団、代行者としても団長としても関わっているんだからお腹《なか》いっぱいだっての!!

ゼロ・ラグラーとしては絶対に関わりたくない！！！　俺の将来は貯金して異世界スローライフなの!!

知らないふりをしよう。そして、闇バイトに引っかかったと言うと俺のイメージが下がり、妹に小言を言われるので、

『正義感が俺を突き動かしたんだ。あんな見え見えの怪しい仕事に同級生や世界一可愛い妹と

姉が騙される前に俺が調べるべきだとも思った。俺は弱くて、魔力もない落ちこぼれだから馬鹿にされることも、姉妹と比較されることもあるけど、人として、生き様では後悔したくない。心は腐らずに正しく生きたいんだ』

少年漫画の主人公が言っていそうなことを言って、俺のイメージを上げておいた。これなら妹も小言を言わないだろう。

さーてと、今日のことは災難だったけど切り替えて明日からまたバイト探しますかね。考え事をしていると部屋に着いた。

学生寮の個室の部屋を開ける。

「ただいまー」

「お帰りなさいませ。ゼロ様」

「レイナ、なぜいる?」

「さぁ、なぜでしょう? 貴方に会いたくなったからです」

「お前二日に一回は俺の部屋に来てるだろ。てか、昨日も来てたし」

「実家は暇なんですよ。ゼロ様のお母様とお父様に気を遣うのもちょっと疲れます」

「お前は少し、気を遣った方がいいと思うけどな」

「むむ、結構遣ってますよ。お母様にはゼロ様が可愛いと言いまくり、お父様は顔が怖いのでおやつはつまみ食いしないですし」

「ふーん。それで？　いつ帰るの」

「もー、愛する可愛いメイドにそんなことを言ったらダメですよ」

「本当に暇なんだな。お前、羨ましいよ」

「今日は添い寝したら、朝方一緒に登校して帰る予定です」

「呑気《のんき》だなぁ」

「こう見えても一応副団長もやってますよ」

「確かにそれはありがとう」

レイナは結構、俺の部屋に来るんだよなぁ。俺は今日は話す気力がないのでベッドに横になった。するとレイナも隣に来た。

「ふふふ、今夜は寝かせませんよ」

「はい、おやすみー」

「ちょっと！」

「はいはい、可愛い可愛い」

「もう！」

レイナが騒いでいると部屋をノックする音が聞こえた。誰だ、こんな夜中に……ドアを開けるとそこには……

革命団、アルカナ幹部。【星】ジーン、【魔術師】キルスが立っていた。

「少し、お話をさせて頂けますか。団長殿」

「わたくしもお願いしたいです」

「勿論《もちろん》だとも、さぁ、入りたまえ」

くっ、今日は疲れているのにまだ代行者ムーブをする必要があるのか!!　レイナもいつの間にか、顔をキリッとさせている。

「副団長殿もおいでとは、私達と同じ用件ですかな」

「えぇ、ジーン様、お察しの通りです」

「相変わらず、副団長殿は耳が早い。流石は団長殿が認めるだけはございます」

「やりますわね。副団長様」

ジーンとキルスはレイナにそう言うが正直何の話なのかわからない。っていうか多分レイナも今回はわかっていないだろ。

「キルス様、毎回思うのですがなぜ私をそんな目で見るのですか?」

「いいえ、わたくしこそが副団長に相応《ふさわ》しいと思っているからです」

「ほう、貴方がゼロ様の隣に相応しいと」

「ええ、前から納得がいっていなかったのですわ」

「ふふふ、しかし私を任命したのは団長、つまりはゼロ様。そこに異議を唱えるのは不敬になります」

「……っち。団長、わたくしの方が貴方様の隣には相応しいと思いますわ！」

「ゼロ様、言ってあげてください。私の方が相応しいと」

なんだ、この戦い。正直どっちでもいいというか、そもそも両方とも夜遅いから出てってほしいというか。

「ほほほ、お二人とも元気なのはよろしいですが、ここは団長殿のお部屋。そして、団長殿が指名をしたということは何か意味があるということ。キルス殿、適材適所、団長殿が貴方に【魔術師】の【冠位《グランド》】を与え、敢えて野に放ち行動させることには深い意味がおありなのでしょう」

「……まぁ、確かにそうですわね」

「ほほほ、若く元気なのは素晴らしいですが。今回はその件はおいておきましょう。私たちが団長殿の下へ来たのは、天明界の件であったはず」

「ええ、そうですわね」

「あ、そうでしたそうでした！　うっかりしてました！（あ、天明界の件なんですね。単純に寂しくてゼロ様エネルギーが不足していたからハグとか添い寝を求めて来たことがバレなくてよかったです）」

あ、天明界の件で二人は来ていたのか。レイナの顔つきからしてあいつは全然知らなかったの確定だな。

「さて、団長殿、此度《こたび》の采配お見事でございました」

「わたくしも全く同じ感想ですわ」

「――ふっ、私としても今回は運が良かったと思っているんだがね（なーんの話だこれ⁉）」

「団長殿はいつもそう言って謙遜なさる。これで私よりも何回りも若いとなると末恐ろしさすら感じます。全く、お仕えする方が団長殿で良かったと心底思います」

「わたくしも今回の流れ、完璧で驚きましたわ。まさか、最初からここまでの道を計算されていたとは」

「ええ、まさか、私もゼロ様があんな手を使い、こんな手を使い、あーなって、こーなって、こんな結果にしちゃうなんて、びっくりしちゃいました」

レイナだけＩＱ３かな？　お前何も知らんだろ。

「ふ、その件について、私が何を考えていたのか。話してみてもらえるかね？　キルス、これは言語化の訓練でもある。ただ理解をするよりも一、いや二段階は理解を深めないとわかりやすい説明はできないというもの」

「はい。まず最初は敢えて魔力を封印して入学試験に臨み、それで合格なさったことです。劣等生という立場を逆に利用し、素早く【執行部隊】の疑いの眼から自身を除外させておりました」

執行部隊って、なに？

「今回もその延長線の話となっているんですわね。閃光のような速さで情報を摑んだ団長は天明界の拠点に忍び込んで事態の解決を図った。そして、その場で敢えて魔法学園の一生徒であるゼロ・ラグラーとして目撃されることで、一度わざと自身に疑いの眼を向けさせる……しかし、ゼロ・ラグラーが魔力がないというのは入学試験の時点でわかりきっていること。それは試験の場にいた者のみならず、生徒達に知れ渡っている。劣等生であることは疑いようのない事実。本来ある無限の魔力を察知させない団長の魔力隠蔽は他者の比ではない。まるで静と動。だからこそこの動きは成り立ちます」

「ふむ、少々わかりづらいがおおよそは間違っていないと言えるだろう」

何言ってんだ、こいつ……正直全然何言ってるのかわからない！　レイナフォローしろ!!

「……（無言の訴え）」

「……（スルーしておきましょう）」

「……（スルーするな！）」

「……（だ、だって今回の話。マジで私わからないんですよ!!）」

ふむと、唸《うな》っていると【星】のジーンが笑いながら、話を更に付け足していった。

「私から付け加えるとすれば、敢えて一度疑われ、そこから代行者の対象から外れることで完璧に安全地帯に移行したということです。一回疑い、そして疑いを晴らす。緊張と緩和を一通り味わえば、再び疑うこともないでしょう。一度疑った相手をもう一度疑うなんてしません。候補者はそれこそ他にもいるのですからね。もとより、劣等生の立場があり、魔力はゼロ。対照的に代行者は無限と言える魔力。事情を知っている私達でなければわかるはずもないでしょう。確率がほぼゼロ、そんな生徒は早々に対象から外すのが合理的、その心理をついた的確な行動をゼロ様はしていたのです」

ふむ、なるほどな。なんとなーく話の概要が摑めてきたような気がする。レイナも少しわかったようで頷《うなず》いていた。

「流石はゼロ様、というところでしょう」

あ、レイナが話し出した。

「今回の一件で代行者の容疑者候補から外れたのは正解でした。学園内に天明界のスパイがいるなら動きやすいことこの上ない。我々以外にも天明界を探している存在がいるようですし、劣等生という立場はかなり利用できそうですね」

「なるほど、流石は私の部下。よくわかっている。ここまでバレてしまっては私の計画も型落ちか」

「いえ、何をおっしゃいますか！　わたくし達は後から難癖をつけているのと同義」

「実際、私は団長殿が行動を終えるまで何を意図していたのか、見当もつきませんでした。さらには、トップの方が自らリスクを負い行動をなさる心意気、感服いたしました」

「ジーンよ、上に立つ者は権利もあるが同時に責任もあるということ。それを示したい私の目《もく》論《ろ》見《み》にも気づくとは、これは驚かざるを得ない」

「ただの、老人の浅知恵にございます」

「ふっ、そうか。ならば今後とも頼らせてもらうことにしよう」

まぁ、よくわからないけど。丸く収まって平和に終わりました！　ちゃんちゃん！　みたいな空気感だけ出しておこう。

自分は全然理解してないけど物事が勝手に進むこの状態はあまり好きじゃないから、さっさと終わらせて三人には帰ってもらおう。

さーてと、今日は早く寝て、明日からバイト探しだ!!　睡眠ちゃんと取りたいから、レイナとキルスは添い寝するのやめてほしい。

第六章　サークル

先日の闇バイト事件から、数日が経過した。あの後は特に何かが起こるということもなかった。定期的にレイナが部屋に来るくらいだ。

さて、本日は魔法騎士としての座学の授業を受けている。席は日本の大学みたいに自由席、後ろの席になる程、床が高くなっていくシステムである。

窓際の一番後ろ、トンカツなら一番美味《おい》しい部分が俺の定位置である。

「大地神ラキルディスは大地を広げ、この世界に豊穣《ほうじょう》をもたらした神と言われています。我が国の王族はそのラキルディスから力を授けられた一族だと言われており、その為《ため》、――」

宗教国家ラキルディス。宗教国家と言われているが治めているのは王族であり、国王だ。それでも宗教国家と言われるのは、大地神を祀《まつ》っていてその力を授かっているからだとか。

まぁ絶対、都市伝説、陰謀論的なノリだろうけどね。流石《さすが》に神様はいないだろうし。正直、この世界に来てから一回も見たことがないし、前世でも怪しい宗教的な人とは喧嘩《けんか》とかしたことあるが誰も見たことはないと言っていた。

どの世界にも神様は存在しないのである。

しかし、この世界で六大神はかなり信仰されているらしい。授業でやっているし、王都でも祭りとかしているしね。

――ただ、レイナ曰《いわ》く、信仰心は年々薄まっているように見えるとか。

『神々への信仰が薄まっているように感じます……やはり、社会制度が発展し、人間が自分達で世界を保っているからでしょうか』

そりゃ神様なんていないからね。薄れるのも当然だ。何年も祀っていても影すら出てこないんだからね。そりゃいないって思う人が増えてくるのも無理がない。

――ただ、レイナ曰く、人は昔よりも格段に増えているから信仰が薄くても総量は変わらないとか、だから神様は強いとか。

『社会制度が安定し、人の数が増えて一定を保っています。薄《う》っすらと過去のお伽話《とぎばなし》のように、誰しもが神を知っていて、無意識ながら信仰が多少あるからこそ、力の総量は変わっていないのでしょうね』

すごく真面目な顔して言ってたけど、ちょっと頭大丈夫かなって思っていた。

なんか、疲れてるんだろうなと素直に思ったのでハグしながら頭撫《な》でて話をちゃんと聞いてあげた。

「さて、今日の授業はここまでだ。解散」

教師がそう言うと生徒達は一気に気が抜けたような表情をしている。俺のクラスは大体五十人くらいで、全部で10クラス存在している。かなり数が多く、学年は三つあるので大きい高校のイメージだ。

もちろんだが、俺は人が沢山いる学園でもほぼ一人で行動しているのである。基本的にだが、この学園は魔力主義な部分が強い。魔法が連射できるし、才があれば特別な魔法が使える。それで悪魔を倒したりすれば伸《の》し上《あ》がれるからだ。

そんな中、落ちこぼれで魔力ゼロの男と付き合いたい人がいるだろうか。ほぼいないのである。

ほぼいない、と言ったのは僅かに交流のあると言えるかもしれない生徒がいるからだ。

「あ、レイン。お疲れ」

「……ふん、相変わらず気の抜けた男だ」

俺が絡んでいる、唯一の男子生徒。それはレインという優秀な生徒である。

この学園の生徒全員の左肩部分にはエンブレムが付いており、優秀な生徒順に、金、銀、銅、青、黒になっている。

レインの左肩には金色のエンブレムが輝いていた。うむ、すごく優秀でカッコいい。だが、彼もぼっちなのだ。女子生徒人気は高いらしいが、それでも彼はぼっちだ。

結構柄が悪そうだからかもしれない。

「……お前、少しは焦れ。エンブレムが黒、落第もありうるぞ。落第は二回までしか認められない」

「まぁ、大丈夫だと思うけど」

彼はぼっちであり、必ず同じ席に座る。俺はいつも後ろの端っこだが、彼はそれよりも少し前に座るのだ。黄昏《たそがれ》ている彼の姿に目を奪われる女子生徒が多いらしい。

少しだけ迷惑があるとすれば、そんな輝かしい男の近くに俺みたいなのがいると話す肉塊みたいに思われるかもしれないということだ。優秀生徒と落ちこぼれ生徒、その対比があまりに惨《むご》すぎるだろう。

まぁ、いいけどね。

レインという黒髪黒目に、眼鏡でイケメンで優秀な男がモテるのは当然なのだ。それに癇《かん》癪《しゃく》を起こす必要もない。

——本音を言えば腹立つが、同じぼっちだから若干許している。それに誰とも付き合っていないみたいなので、実質俺とレインは対等だ。

だから、ギリ話しているのだ。偶《たま》にだけどね。

さて、昼飯でも食べに行くか。教室を出て、食堂でご飯を貰《もら》い席を確保する。二人席だが、前方には誰も座らな……

「あら、お兄様じゃない。相変わらずの孤独で安心したわ」

「リトルシスター。どうした？」

「席座らせてもらうわね」

「なんだ、お前ぼっちか」

「アンタに言われたくないんだけど。友達いるけど、あんまり話さないのよ」

「安心した、同じ血が通っているな。俺も話す友達はあんまりいない」

「嫌な共通点ね」

イルザが前方に座ってきた。相変わらず、顔は可愛《かわい》いのに言動は１ミリも可愛いとは思えない。

「お兄様は、友達作った方がいいんじゃないの？」

「友達ね。いても困らないが凄《すご》く欲しいとかはないな。結構休日は忙しいし」

「なにしてるの？」

「バイト探しと、食べ歩き、温泉巡り、最近野菜育ててるし」

「充実⁉　お兄様のくせに！」

「ふっ、まだまだ孤独の趣味は俺には敵《かな》わないな。休日の昼間に、孤独のグルメごっこみたいに入ったことのない店に入るのは楽しい」

「意味わからないわ。でもちょっと羨ましいわね。アタシの友達、全員変わってるし」

「あぁ、金エンブレムだと忙しそうだな」

「そうよ。知ってると思うけど、第三王女様よ、それとナデコって子。全員金エンブレムだけど息苦しいというか」

「お前対人会話苦手だもんな」

「そうよ、何よ、悪い？」

「まさか。苦手なのに頑張って話してるのはカッコいいと思ってるよ」

「え⁉　あ、うん、あ、ありがと。ほ、褒めてくるとは予想外だったわ……」

相手が第三王女様だと、確かに面倒だろうな。それに欲の亡者のナデコちゃんとなると凄く大変そうだ。面子《メンツ》が濃いから、イルザからしたらかなり苦手だろう。ビッグシスターや俺に甘えたがりな子だしな。

「……こほん、それで休日はどこで食べ歩きしてるの？」

「まぁ、隣町とか、他の国とか、レーンブルク宗教国家とか」

「……レーンブルクって、めちゃ遠いわよね？」

「あぁ、馬乗ってる。最近乗馬始めたから」

「多才⁉　お兄様なのに多才⁉」

「白銀に蒼《あお》い瞳の馬が妙に懐いてくれたんだ」

「へ、へぇ。他に始めたことってある？」

「猫飼い始めたな。銀毛に蒼い瞳の猫が気づいたら部屋に住みついててさ」

「……え？　あの、他にもあるの？」

「あ、あとデカい鳥と一緒に空飛んだり」

「⁉」

「銀色に蒼い瞳の鳥が懐いてくれたんだ」

「どんだけ⁉　動物に好かれてるの⁉　ほ、他には⁉」

「うーん、あとは特にないか。結構市場調査とかが多かったり、バイトとかお金集めが主流だしな」

「……お兄様、お金欲しいの？　てか、市場調査とは？」

「いずれ、何か売りたいから何が売れそうなのか考えてるんだ。俺魔力ないから魔法騎士で稼ぐよりも別の方法で稼げないかなと。野菜育て始めたのもそれが理由」

「あ、そう。充実してるのね、羨ましいわ……あれね、休日に可愛い妹と一緒に馬に乗って他の国に行けばもっと充実するわね」

あぁ、お出かけしたいのね。どうしようか、正直言えば凄くスルーしたいけどなぁ。したら文句言ってきそう。

「レイナが付いてくるけど、それでいいならいいぞ」

「……レイナ、あのメイドね」

「お前苦手だよな。レイナ」

「……雰囲気が嫌いなのよ。あと、お兄様と一緒にいつもコソコソしてるのが嫌、定期的に部屋に来てるでしょ」

「よく知ってるな」

「やっぱり……あいつなら来ると思った」

「変だがいい奴《やつ》だろ」

「良い奴なのは知ってる。けど、雰囲気が……な、なんか、人間っぽくないというか。あの蒼い瞳が、ちょっとこう、怖いというか」

「全然普通だろ」

「そう思ってるのお兄様だけよ。お父様もお母様も、お姉様だってちょっと警戒してたし」

「普通だと思うけどなぁ」

「なんか、今まで変だなって思ったことないの？」

「……あ」

「なにかあるのね」

「俺のおやつのクッキー勝手に食べたんだよ。あれ、高くて楽しみにしてたのに」

「……そういうのじゃなくて」

「……あ、これはクッキーに比べたら大したことないけど、この間レーンブルクに行ったら、気づいたら隣で飯食べてたな」

「いやいやいやいやいや!! クッキーより怖いって!」

「でも、気配の断ち方がイマイチだよ。近くにいるのわかってても、あんまり驚かなかったし」

「……お兄様もやばいのね。知ってたけど」

リトルシスターはレイナが苦手らしい。独特だが悪い奴じゃないのはわかりそうなものだけどね。ただ、人の好みはそれぞれだしな、全員に好かれる人が存在するわけない。

「にゃー」

気づいたら俺の方に猫が寄ってきていた。銀毛に蒼い瞳の猫だ。俺が部屋で飼っている猫と同じである。

「それ、飼ってる猫?」

「そうそう。名前は、銀色の毛に蒼い瞳はレイナに似てるから、レイにゃにしてる」

「ふーん……その猫、魔力かなり持ってない？」

「あー、確かに。そうだけど気にならなかったな」

「ふーん、ちょっと触って良い？」

「いいよ」

リトルシスターはレイにゃの頭を撫でている。彼女は俺と違って動物からは好かれないので嬉《うれ》しそうだ。

「うん、アタシ今まで動物に好かれたことないんだけど、なんか初めてちゃんと頭撫でられたわ！」

「そうだな」

「なんか、この猫、あのレイナに似てて、魔力めっちゃ多くて不自然だけど……まぁ、猫だし、可愛いなら何も問題ないわね！」

「うん。そうだな」

「今日、部屋行っていい？　その猫と遊びたいし」

そんなこんなで、授業が終わった後、リトルシスターが男子寮にある俺の部屋に来た。彼女は俺の部屋を見て驚いていた。

「なんか、アタシの部屋と違くない？　こ、こんなベッドってふかふかなの？　枕も凄く良いのだし、この良い匂いがするのは何？」

「知り合いから貰ったよく眠れるようになる植物の花だな」

「こ、この時計、すごく高そうだけど」

「知り合いの老人剣士に入学祝いに貰った」

「え？　あの、この、人形は何？」

「あぁ、これは【ポムン】っていう人形だな。数十年前に流行《はや》った人形らしい。今では生産もされないけど、かなり珍しい骨董品《こっとうひん》らしい。知り合いから入学祝いで貰った」

「ねぇ、この部屋って知り合いが色々弄《いじ》ってくれたの？」

「そうだな」

「な、なにがぼっちよ！　お兄様ずるいわ！　あ、アタシよりいい部屋じゃない！」

そうは言われても革命団の人が全員、入学祝い持ってくるから使わないわけにもいかないのだ。

『だ、団長、わ、わたくしからの植物飾ってくれて嬉しいですわ！！！』

『うむ、当然だ。部下からの贈り物を無下にする上司がどこにいる』

『だ、団長！』

キルスとか泣いて喜んでたし、あれ使わなかったら絶対泣いてたな。どっちにしろ泣くけど、使わなくて泣かれるのは心が痛い。

「むむ、お兄様……ちょっと、待ってて！」

そう言うとリトルシスターは大急ぎで部屋を出ていった。その後、パジャマ姿で戻ってきた。

「何しに来た」

「寝たいから来たのよ。アタシ、この布団で寝てみたかったし」

「えぇ……」

「ほら、隣で添い寝しなさいよ！　お兄ちゃんでしょ！」

「あ、はいはい」

「えへへ、久しぶりだぁ」

「え？」

「あ、な、なんでもないわ。危ない、素が出たわ」

甘えん坊、それに加えて最近慣れない学校生活で寂しかったのだろう。めっちゃ強めのハグをしながら寝ている。

良い布団だからだろうか。彼女はすぐに寝てしまった。

「ゼロ様」

「レイナか」

「はい」

「イルザ様、寝ていらっしゃいますね」

「そうだな」

「さて、あまり大きな声では話せませんが、少し気になる話がありまして」

「聞こう」

レイナが窓から入ってきた。話があるらしいのでそのまま聞くことに俺はした。どうせ革命団絡みだろうが。

「第三王女様、イルザ様とよく絡んでいらっしゃいますよね」

「らしいな」

「その王女様は六大神について、よく調べているようです」

「神様ね。まぁ、宗教国家だしね、王族なら気になることもあるんじゃない？」

「ええ、ただ、イルザ様、そして生徒会長のアルザ様にもかなり定期的に六大神について聞いてるのだとか」

「ふーん」

「怪しくないかと、潜入中のキルス様がおっしゃっています」

「あれじゃない？　オタクが好きなジャンルだと語ってしまうやつじゃないか？　王女様も立

場あるし、あんまり友達多くないだろうから、話せる人に何度も同じ話してるだけでは？」

「……それかもですね」

「だろ？　じゃ、俺眠いからおやすみ」

「はい、私も添い寝しますね」

「またかよ」


次の日、俺はいつものように授業を受けていた。魔法の授業なので特に何もせずに適当にノートに団長引退後の計画を書いていた。

ふむ、野菜を売るか。でも、既に大きな商会があってそこが沢山売ってるし。俺が今更参入しても難しそうだな、それに加えて、一人じゃ育てられる野菜も限られてくるかもしれないし。

「えー、魔法には階級があり……特級、一級、二級、三級に分かれています。特級が一番難しいのです。難しい魔法の系統としては回復魔法が有名ですね。回復系統は一級からしか存在しません」

うーん、回復魔法は極めているからスルーとしよう。何を売ればいいのか色々と考えていると、授業が終わりを告げてしまった。

「今度小テストがあるので、術式と詠唱覚えておきなさい」

授業が終わりを告げたので、端っこの席を立ち上がり食堂に向かおうとしていた。

「……回復魔法……術式の構築」

レインはぼそぼそ、難しくノートに色々書いているようだ。回復魔法はセンスがいるらしいので彼はかなり悩んでいるようだ。

俺は興味ないのでスルーをして、食堂へ向かっていく。

「あの、ゼロ・ラグナー君だよね？」

「うん？」

「あの、僕、ナナ・ラキルデュースって言うんだけど。少しお話とかさせてもらってもいいかなぁ？」

名前を呼ばれて振り返ると、桃色の髪の毛でショートボブみたいな髪型の女性がいた。瞳も綺麗《きれい》な桃色で、少しあざとそうに上目遣い、そして声も甲高い人であった。そして僕っ娘《こ》、属性が多いなこの王女様。

この人、リトルシスターといつも一緒にいる人。つまりは第三王女様だ。この国の一番偉い一族の人なので、無下にすることは凄く難しい。

「あ、はい。どうぞ」

「ありがとう！　あのね、二人きりで話したいから図書館行こう！」

「あ、はい」

二人きりとか、そんな事をポンポン言えるとはあざといなこの王女様。幼い頃から貴族社会とかをてっぺんから見ているとこんな処世術が身につくのかもしれないけど。

図書館に着くと、本が沢山並ぶスペース、その端も端の、人気がない場所で彼女は足を止めた。

この人は王族。そして、リトルシスターの友達でもあるので下手なことは言わないようにしないといけない。

「あのね、ゼロ君。ここまで付いてきてくれてありがとう！」

「あ、はい」

「それでね、少し聞きたいことがあってね」

「あ、はい」

「ゼロ君は、六大神について知ってるかな？」

「あ、はい」

「あの、僕の話聞いてくれてる？」

「あ、はい」

「えっと、聞いてるんだよね？」

「あ、はい」

うむ、下手なことは言わないようにしすぎて逆に話を聞いていないような感じになっている。気をつけないと。

「聞いてます。それでナナ様、続きを」

「あ、うん。それでね。六大神について知ってるかな？」

これが昨日、レイナが言っていた六大神について聞き回っているということなのだろうか。あざといし可愛いから、もっと別に話聞いてくれる人いそうだと思うんだが。

ただ、やはり王族だから話せる人って少ないのか？　だとしたら、なぜ俺を呼んだのだろうか。

「六大神。この世界を創造したとか、人々を守っているとか、言われてる神様ですよね」

「うん、六大神についてなんだけど。それについてゼロ君はどう思っているかな？」

「……特に、何も。神様としか。そもそも会ったことないですし」

「あはは。確かにそういう感想になっちゃうよね……じゃあ、愚神アルカディアは知ってるかな？」

「……まぁ」

それは俺が【あのお方】と言ってる神様です。勝手に祀って、勝手にそれを基に革命団つくって、勝手にそれを使って中二《ちゅうに》ロールプレイをしていましたので知ってます。

「愚神アルカディア、嘗《かつ》て世界と人間を滅ぼそうとしていた神様だよね。童話とかでは悪役になっているイメージが強いね」

「そう、ですね」

「それでなんだけどね。そのね。あの、もし、変な事を聞くなって思ったらこの事を忘れてほしいんだけどね」

すごい保険をかけるな。

「あの、愚神アルカディアが実は……良い神様って言ったらどう思うかな？」

「……」

おいおいおいおいおいおいおいおいおいおい。これ、なんか嫌な話の流れじゃないだろうか？

この話の流れって、俺が……代行者《だいこうしゃ》ロールプレイを今より本気でしていた時代に【革命団にしていた話の流れ】じゃないだろうか！！！？？

『——全てはあのお方の思《おぼ》し召《め》すままに……』

『——あ、あのお方とは？』

『聖神アルカディア。歴史の闇に葬られ、名を汚された神のことだ。歴史上は愚神と言われているが、本当に人に牙を向いた愚神は六大神……』

うわわわ⁉　こ、これはすっごい嫌な汗が全身から噴き出してきた‼

ふむ、是が非でもスルーをするしかない。何が悔しくてゼロ・ラグラーが布教されなくてはならないのだろうか！

「あ、あの、俺、そもそも神様をあんまり信じてないというか」

「え？　そうなんだ。まぁ、最近宗教的な側面をあんまり重視しない人も多いから不思議な話じゃないよね！　それで、僕が言いたいのは架空の話で、歴史上悪いと言われている神様が実は良い神様で歴史が隠蔽されていたとしたらどう思うかなって意味なんだよね」

「あ、そ、そうですか」

「うん。大地神からその力を授けられている王族として、こんな事を大っぴらには言えなくてさ。それでね、聞きたいの。ゼロ君、六大神が悪い神である可能性はあると思うかな？」

「あ、えと、俺、よ、よくわからないっていうか」

これは超絶スルーさせてもらおう。王族の方だろうが、見え透いた地雷を踏みに行きたくない。そもそもこの国は大地神を信仰していて、それなのにその国の王女様が信仰をしていないというのを知ってるだけで面倒ごとな気がしているし。

「そっか。ごめんね？　ゼロ君」

「いえ、お役に立てずすいません」

「ううん。呼んだのこっちだし、凄く役に立ったよ」

「それならよかったです。それでは失礼します」

「……うん」

に、逃げるんだよぉ！

「あ、最後にもう一個だけ」

「は、はい？」

「このノートに見覚えはないかな？」

そう言って彼女が取り出したノートには見覚えが強くあった。何故《なぜ》ならばそのノートは、

【――パパンが持っていた世界の真実（笑）、が書かれていたノートにそっくりだったから】

うわぁぁあああ!?　こ、こいつ、まさか、そのノートの所有者だったのか!?　ぱ、パパンがあげたとか!?

パパンノートには真神《セブンクラウン》を知る七人の賢者と作者名のように表紙に書かれている。彼女のノートにも同じように書かれていた。

不味《まず》い、動揺するなぁ。深呼吸しろ。

「……あ、いえ。し、ししし、知らないです」

「……見覚えあるんだ、これに」

「ないです」

「ふーん、僕、嘘《うそ》を見破ることできるんだよね」

「え⁉」

「嘘。見破れないよ。でも、その反応でわかっちゃった。これ、見たことあるんだね？」

「……ないでしゅ」

「……ゼロ君、結構わかりやすいね。この後、時間あるかな？」

「ないです」

「じゃあ、放課後は？」

「バイトです」

「なら夜は」

「一ヶ月くらい予定埋まってまして。来月また声をかけてほしいです」

「僕がデート誘われた時に言うセリフみたいな断り方するね。ねぇ？　本当は時間あるよね？ほら、僕、王族だぞ☆？」

眼《め》をキラキラさせながら国家権力を盾に取ってくる女。こんなのが上に立っているからこの国は発展が遅れているんだろうなと思いました。

しかし、ただの貴族であり、学園では落ちこぼれの俺に拒否権などあるはずがない。俺は放課後、王女様に呼ばれていた。

「あいつ、黒エンブレムの」

「魔力ゼロの子でしょ」

「生徒会長の弟か、それとあの首席の兄……なんか、覇気がないよな」

「眼が死んでるし、なんで王女様と一緒なんだ」

嫌な注目のされ方だよな……あ、リトルシスター！　助けろ、俺はお前のお兄ちゃんだぞ‼

「……（ぷい）」

しかし、リトルシスターはそっぽを向いた。おい、お前血縁者が困っているのに見て見ぬ振りをするとはいい度胸しているじゃないか。

「あのね、ゼロ君。この話は絶対に他言無用にしたいから、個室でしょ！　ゼロ君と僕の部屋どっちがいいかな？」

「……そもそもどっちかの部屋に行くことの強制二択なのがおかしいと言うか」

「あはは……王族」

「イエスマム。俺の部屋にてお話を伺います」

「うん！　ありがとうね！」

こ、この女。国家権力をフル活用して俺を動かしやがって！！！　でも下手に抵抗してパパンとかママンに迷惑がかかってしまうのも忍びないし!!

そう思って、彼女を俺の部屋に呼んだ。すると、部屋にはレイにゃがベッドの上で丸まって寝ていた。

「猫飼ってるんだ」

「可愛いので」

「にゃー」

あ、起きた。レイにゃは俺がベッドの上に座ると膝の上に乗ってくる。それを見て、第三王女ナナは手を伸ばそうとしている。

「撫でて良いかな？」

「どうぞ」

「あ、可愛い。この猫、毛並み綺麗だし……瞳も綺麗、すごく高貴な風格だね」

「あ、そうですね」

第三王女のナナ様は俺の隣に座ると、先程の暗黒中二病ノートを取り出した。そして、とあるページを開く。

「これはね、僕のお父様、つまり国王の書斎にあったの」

「……へぇ」

「愚神アルカディア、六大神、そして、世界の真実。この世界の歴史、そのものをひっくり返すような内容なんだよね。読んだことある君ならわかるよね」

「……読んだことないです」

「そっか。なら今これ読んでほしいな」

「か、活字苦手で」

「王族」

「あ、はい。読みます」

渋々そのノートに眼を通すと、一部が破けており読めない部分もあったがおおよそ俺のパパンのノートと内容は変わらない感じだった。

「なるほど。わかりました」

「うん。これの内容どう思うかな」

「……正直、要領を得ないかなと。ただの虚言かなって」

「うん。僕も最初そう思ったの。でも、大地神を信仰している国の王様。それがこんな六大神を悪く言うようなノートを書いている、そして、それを残しているんだよ」

「……なるほど」

「これ……ただの戯言《たわごと》で流していいとは思えない」

いいえ、ただの戯言で流していいと思います。

「このノートには、嘗ての魔法学園、その七人の生徒によって書かれたとあるんだ。そして、そのうちの一人が僕のお父様、そして、その他五人。そして、最後の一人が……ゴルザ・ラグラー。君のお父様に当たる人なんだ。このノートの著者である彼等《ら》は自身達のことを真神《セブンクラウン》を知る七人の賢者と呼んでいた」

「……」

ここで俺は全てを察した。我が父は中二病だったんだ。だが、ぼっちではなかった。同じく中二病の奴《やつ》らと一緒にてんやわんややりながら、設定を深めて中二サークルを学園で作って行動をしていたのだろう。

「お父様にこれについて聞いても、何も話せないの一点張りなんだ」

そりゃ、過去の中二ノート、学生時代の黒歴史を娘に聞かれても答えられないだろう。この女、王女なのに察し悪いな。

お父様、国王様がすごく可哀想《かわいそう》。

パパンと一緒に行動をしていた国王様も最初は楽しかっただろうがそのうちに中二は卒業をしたのだろう。それは俺やパパンと一緒だ。カレーは美味しいが毎日は食べたくないし。毎日食べていたらそのうちに飽きてしまうのだ。

「僕は、この世界の真実が知りたい」

「どうぞご自由に」

「君にも協力をしてほしいんだ。このノートを知るのは今のところ、僕と君だけだし」

「……特に真実とかないと思いますが」

「あるよ。僕の勘はよく当たるんだ。君と話してて人生が変わりそうな気がギュンギュンしてきてる」

「こんなの、ただの都市伝説的なやつですって。陰謀論とか信じてマジになったらちょっとやばいですよ」

「もし、一緒に行動をしてくれたらご褒美あげる」

「いらない」

「お金とかは？　君結構欲しいんでしょ？　イルザちゃんから聞いた」

「あの妹……ただ、お断りしますよ。賃金と労働がバランス取れてるかはわからないし。逆に損かもしれない」

「王族の命令だぞ☆？」

「国家権力の濫用だ!!」

「権力とはこうやって使うんだよ」

こいつ、絶対に俺が了承するまで逃がさないつもりだ。

こんなわがままで察しが悪い子供が娘とは国王様も大変だろうなぁ。

それに凄く恥ずかしいはずだ。昔の中二病ノートを勝手に漁《あさ》られて、これが世界の真実なんだと陰謀論を娘が信じているなんて。恥ずかしさだけじゃない、どこか、いたたまれなさも感じてしまう。

――僅かだが、この娘の目を覚まさせてあげて、何より中二病に足を突っ込んでいるこの子を矯正させてあげたいと思った。要するに国王様が可哀想だと思ったのだ。

以前一度だけ、お姿を見たことあるが国王様は頭が禿《は》げていた。きっと娘がこんな感じだからストレスなんだろうな。可哀想に。俺のパパンはふさふさだ。

それはパパンに俺が中二ノートを読んだのがバレていない、俺が見てても見てないふりをしているからこそ成り立つのだ。

俺は中二ノートをなぜ国王様が残していたのか見当がついている。それはいくら黒歴史だと言っても仲間との大事な思い出だからだ。

――夜風に吹かれながら、

（昔は俺もバカやってたな……）

みたいな感じで良い思い出として心にしまっておきたかったはずなんだ。伝説とか裏の歴史とかそういうのに惹《ひ》かれてしまう時期は誰にでもあるんだ。

それは恥ずかしいことだけど、それが思い出だから下手に消せないのだ。パパンがあのノートを残していたのもそういう理由だろう。

仲間との恥ずかしい思い出。それをガチで隠された歴史なんだと悟ったふりをして、陰謀論を掲げ、都市伝説を真に受けているこの王女様。それを見た国王様は随分頭を悩ませているんだろう。

可哀想に。歴史は繰り返すのか。

まぁ、それはそれとして、このままだと埒《らち》が明かない。どうせ俺は魔力ゼロだし、役に立たないだろうし。この子もそのうち中二ごっこは飽きるだろう。

神様とかいるはずないのだ。この世界で会ったことある人！　と聞いて出てきたためしがない。

彼女も俺のように目を覚ますのだろう。適当に協力をしているふりだけはしておけば摩擦も少ないだろう。それにこの子、了承するまで終わらなそうだ。

「わかりました。ただ、俺も色々忙しいのでずっと協力は無理ですよ」

「うん、何かあったらでいいんだ！　頼りにしてるよ！」

「……あ、はい。じゃあ帰ってくださいよ」

「あれ？　僕のこと嫌い？」

「好きになる要素がないです」

「顔可愛いけど」

「顔は可愛いけど、性格がちょっと」

異世界の美女は変わっている奴しかいないという感覚が俺にはあった。これだから異世界は……あ、でも日本でも中学の時に超美人生徒会長から告白されて、家に付いていったら、俺の写真が死ぬほど盗撮されてて、スタンガンで気絶させられて監禁されたことあったたな。

その時は、手首の関節外して拘束解いて脱出したけど。

「せ、性格は……ちょっと気にしてるから言わないで」

気にしてるのか。気にしていてこれなのか。と言いたくなったが妹と仲良くしてくれているから、スルーしておくか。

そして、俺はこれから愚神の謎（絶対中二病ノート）を追うことになる。

小話　メイドから見たあのお方

　私の主人であり、上司であり、命の恩人でもあるゼロ・ラグラー様なのですが、相変わらず変わっている方でした。

「最近知り合った王女様は面倒でさ」

「はぁ」

「なんでも、訳わからない中二ノートを見ててさ。世界の真実だとか言ってさ、六大神が悪いとか言い出して」

「いつも貴方《あなた》が言っていることじゃないですか」

「そうだけどさ。あっちはガチの顔で言うんだぜ？　勘弁してほしいというか」

「はぁ」

　このお方は宗教国家の第三王女と最近、世界の真実を追う同盟を組んだとか、組んでいないとか。

　しかし、当の本人はそんなのは存在しないし馬鹿らしいと思っているようでした。これまでもそんな感じなので、特におかしいとは思わないのですが。

――毎回思うのですが、この方はなぜ物事を奇跡的に運ぶのが上手《うま》いのでしょうか。

あの王女も言ってしまえば情報源としては大分価値がある。話半分でこの方が聞いていたとしても、情報としては本当に価値がある。なぜなら、ゼロ様が存在しないと、陰謀論だと、馬鹿にしてても。

六大神は本当にいるのですから。

天明界《てんめいかい》も、もしかしたら、国の上位層に入り込んでいるかもしれないし。この人毎回奇跡的に、奇跡的なムーブをするから凄いと言わざるを得ません。適当なのに凄いと言わざるを得ないのです（大事なことなので二回言っている）。

「ゼロ様はどんな女性が好みなのですか？」

「どうした？　なぜそんなのを聞くんだ？」

「最近貴方の周りには女性が多いと思いますが、靡《なび》いている様子がありません」

「あー、こう、俺の周りの美女って基本捻《ひね》くれてる人多いから」

「私、イルザ様、アルザ様、ナデコ様、ナナ様、キルス様、他にもアルカナ幹部諸々《もろもろ》いますけど」

「うーん、こう、もっと自然な出会いがしたいんだよね。というか今はいいかな。資産形成して、団長辞めた時を考えるのが先決だし」

「そうですか。どう考えても銀髪蒼眼のメイドがメインヒロインだと思われるのですが」

「自分で言うのか。自己評価高いの羨ましい。俺としては出会いはもっとこう、自然なのが良いんだよね。団長とか貴族とかそんなの関係なしに会いたいみたいな。ファンタジーならさ、エルフとか」

「あぁ、エルフ族が好きなのですか」

「まぁ、特別好きとかではないけど。獣人とか。まぁ、取り敢《あ》えず彼女とかはいらないな」

「そうですか」

そう言いながら私はゼロ様に大量の手紙が入った箱を渡した。これはアルカディア革命団の団員から、団長である彼に向けられたファンレター的なやつなのです。

正直、この大量の手紙全部に目を通すのは面倒そうです。しかし、彼はそれら全部に目を通します。しかも、自筆で返信までするのです。

「前から思っていたのですが、そういう手紙ちゃんと読んで返信するんですね」

「一応しておくべきだろ。架空の存在を信仰させて、偽りの俺を尊敬させてるからさ。い、一応な。俺の自己満足だよ!!」

「なるほど」

この人、変なところで律儀というか。上に立つ者としての器を持っていると偶に感じてしまいます。団員とご飯に行ったら絶対お金を出してるし。資産形成したいとか言いながら、必ずご飯代を出して、いつも財布を見てため息を吐《つ》いているのを何度も拝見しています。

それなのに、団長としての報酬は貰わない。騙《だま》しているから貰うのは気がひけるとか言っていますし。

二時間ほどで返信を全て書くと、ゼロ様は私の膝に頭を埋《うず》めていました。結構大胆なことを緊張するでもなくしてくるところに偶にドキドキしてしまいます。

いきなり神である私の膝に頭を乗せるとは……人間のくせに、神に対してなんたる無礼!! 膝枕など!!

まぁ、ゼロ様なので特別に許してあげますが。

「ふむ、前から思っていたがお前の膝枕はそれなりに気持ちがいいな」

「ふふふ、そうでしょうとも」

「膝の体温を下げて、氷枕みたいにできる?」

「要求が多いですよ。それは無理ですが特別に耳かきしてあげます」

「うむ、気がきくな。相変わらず痒《かゆ》いところに手が届く」

「ははー、仰せのままに、団長殿」

「ノリいいよな。お前」

「貴方のメイドですから」

膝枕をしながら適当に耳掃除をしていると、ゼロ様の耳垢《みみあか》の特徴がわかってきた。

「結構、乾いてる感じ、ぺりぺりした瘡蓋《かさぶた》みたいな耳垢が多いですよね」

「そうかー」

「それで、耳かきしながら天明界の話してもいいですか？」

「やめて！　このゆっくり休憩の時間に聞きたくない！　その話は後でして！」

「はいはい」

ゼロ様の休憩が終わると、二人してベッドの上で座り向かい合った。私は最近の報告をしないといけません。

「天明界ですが、拠点の隠し方がかなり巧妙なようですね。なかなか見つけられません」

「やっぱりそれなりな規模の集団なんだな。都市伝説を信じているヤバい奴らの癖に……いや、そういうのをマジにしてるからこそマジでヤバい人なのかもな。ガチで危機感持った方がいいよな。いい歳《とし》こいて神様復活とか」

「それと、以前ゼロ様が倒した人がいましたよね。【紅閃光《くれないせんこう》】の人です」

「……誰だっけ？」

「ほら、元聖騎士の男ですよ。かなり凄腕の剣士だと私と前に話しましたよね」

「……えっと、忘れた」

「かなりの凄腕の剣士なので、覚えていてほしいです。ゼロ様からしたら大したことのない天明界のメンバーかもしれませんが、世界的に見たらかなりの凄腕なんです」

「でも、レイナとか見てると他の人とかあんまり覚えられないいんだけど。ほら、お前等って造形美しいし、綺麗な瞳はまるで宝石みたいだろ？」

「きゅ、きゅん！」

こ、この人は神である私を誑《たぶら》かすとは万死に値しますよ！　くっ、神なのに人間にキュンキュンしちゃいました。

「見た目はね、良いのに。他はうんまぁ」

「そこ、いらない一言です。あれですよ、欲の亡者ちゃんこと、ナデコ様を助けた時。働きに行ったらそこにいた剣士です」

「あー！　あいつか！」

「思い出す流れが独特」

「あぁ、あれは結構な剣士だったな。俺天才だけどさ、生まれて三ヶ月の俺と良い勝負だなって思ったから凄いなって思ったんだ。あぁ、思い出した思い出した、大した剣士だったよ。いやー、俺が生まれて三ヶ月だったら、あの天才剣士、俺といい勝負だったろうな」

「嫌味の極致か」

この人、偶に自分のことを天才とか平気で言うんですよね。まぁ、ゼロ様が天才なのは本当ですから否定できませんけど。

「あれは聖騎士の位を持っていた、ダグゼという名前の剣士だそうですよ」

「ふーん、それで？」

「その剣士が脱獄したようです」

「え？　マジ？」

「マジです。ゼロ様が気絶させて、王国が幽閉していたそうですが、まんまと逃げられたそうです」

「あらあら」

「しかし、これではっきりしましたね」

「あぁ、レイナの太ももが少しふっくらしていることがわかったな。お前、ちょっと太ったろ」

「ち、違います！　太ってません！　脱獄を手助けした存在がいるということです！　王国の騎士団の中にも天明界の連中がいるというのが言いたいんです！」

「あぁ、なるほどね」

「あぁ、なるほどね、じゃないですよ。一応聞きますが、これを確かめるために、あの剣士を生きたまま倒し、騎士に処分を任せたんですか？」

「ふっ、その通りだ」

「はい、処分とかが面倒だから適当にやったんですね。わかりました」

「流石だ。ここまで看破するとは、お前こそ団長に相応《ふさわ》しい。凄い奴だよお前は、この団長の地位はお前に譲ろうじゃないか。頑張れ、レイナ、お前がナンバーワンだ」

「やりませんよ」

「ちぇー、んだよー」

ここで私が団長にでもなったら信仰が途切れるのが目に見えているからです。

流石の私も気づきます。信仰は間接的に生まれているということに。

聖神アルカディアを信仰しているわけではない。ゼロ・ラグラーが信仰をしていると言っているから、信仰をしている。彼が信仰をしているのだから良い神様に違いない、間違いない。

団員達がそう強く思っているのが凄くわかる。きっと、この人にそれを言っても、中二病的な痛いやつだと思われて、

『お、おう、日頃から疲れとかあるよな？　あ、あれだ、ハグしてやるぞ？　頭なでなでもしてやろう』

と言われるだけなのは目に見えているので言わない（偶に頭なでなでしてほしいさびしんぼ

う神様なので敢えて言う時がある)。

それゆえに彼に団長を辞めてもらっては困る。主に私が困るし、団員達も路頭に迷うし、もし、六大神が復活したら勝てるのは彼だけだろう。

他の団員でもいい勝負はできそうな方は何名かいらっしゃいます。特に【星】のジーン、一時期はゼロ様に剣を教えていたほどの剣士。彼が実質のナンバー2と言っても良いでしょう。

実力的にはゼロ様の次に彼が位置している。ただ、失礼ですがゼロ様とジーン様は隔絶している、絶対的な実力の差が存在している。

最早《もはや》、大人と子供。比べるのがおかしいほどの実力的な差がある。ジーン様もそれは認めているようで、ゼロ様にお仕えできて心底安心しているとおっしゃっていた。

そう、私もそう思います。神として、この人間が私を嘘だとしても信仰してくれていて良かったと心底思っています。

彼を一言で表すならば、

――突然変異の人間。

無限の魔力を持つ、究極の一。私はゼロ様をこのように評価している。才能マンという言葉では説明ができない。努力をしていないとは思っていない、幼少期から代行者としての実戦経験を培っていた。

だが、それだけでは説明がつかない。努力ができる、そういったのとは違う。完全的な別次元の存在。

もしかしたら……神という概念が生まれたのは、こういう稀《まれ》に生まれてくる化け物みたいな人間を、人々は【神】と崇《あが》めていたからかもしれない。

「あ、そう言えば団員達から会いたいって言われてたの思い出した。代行者の服着て行かないと……行きたくねぇ」

こんな気の抜けた感じなのに全盛期の力を持ってても勝てる気が一切しないんですよねぇ。

「ゼロ様はどうして、魔力を使う時は絶対に代行者ムーブになるんですか？　いつもあれ恥ずかしくないですか？」

「そりゃ、暗黒微笑ＢＧＭが始まるからな。いつ誰が見てるかわからないから魔力を使った時は代行者ムーブしてる。代行者がいなくて俺がいて暗黒微笑ＢＧＭ流れたら俺が代行者ってバレるだろ。大問題だろ、俺結構昔やんちゃしてたからそれバレたら貴族としての地位もやばいし、パパンとかママンとか、リトルシスターとかビッグシスターも立場がやばくなりそうだし」

「なるほど」

「あと、一応、団員はあっちが素だと思ってるだろ、偶にあっちのムーブしてないとできなくなるかもしれないからな、恥ずかしいからしたくないけど、してる」

「なるほど」

「ほら、この手紙見てよ。女の団員からなんだけど、いつも優しそうに気品ある話し方をしている団長が素敵ですってさ。これ書かれてどうやってやめられるよ？」

「無理ですね。お疲れ様です」

「うむ」

その後、私とゼロ様はアルカディア革命団の秘密基地に向かった。そこには他の団員もいた。

「あ、団長様！」

「団長!!」

「きゃー、団長よ！」

「団長、歴史について気になる箇所がありまして見て頂けますか！」

「僕、団長の役に立ちたくて、魔法を覚えるの頑張ってます!!」

「俺なんて、冒険者のランク上げました！」

「団長は世界の歴史の真実を見破っているから凄いよな」

「あの人、未来を視《み》られるとか」

「流石だよな、団長」

「しかも、団長お金貰ってないらしいぜ」

「凄すぎだよな。聖職者なんだろうな」

「性根から人格者、王の器だよ。あの人は」

「男気にも溢《あふ》れてるよな」

「俺、団長みたいに振る舞ってたら街に住んでいる好きだった女の子と付き合えたんだよ」

「俺も俺も」

「やっぱ団長みたいにしておくべきだよなぁ」

「聞いたか、団長ってまだまだ発展途上なんだって」

「まだ上があるのか⁉」

「しかも、この間聖騎士の【紅閃光】の処理を敢えて騎士団に任せたのは、王国の騎士団に天明界のメンバーいるのを確定させるためなんだって」

「頭脳もキレッキレだな。流石です団長」

「流石です、団長、略して……さすだん！！！」

「さすだん‼　さすだん‼」

「さすだん、さすだん‼」

「いや、団長最強、団長最強の方が良くないか」

「略して、だんさいだな」

「だんさい、だんさい！　だんさい!!」

「さすだんさすだん!!」

「でも、団長はこんなに頑張ってくれているのに無給なんでしょう？　辛《つら》くて辞めたりしないか心配よね」

「そうよね。私、団長のためにクッキー焼いたからこれで少し気持ち上げてくれないかな？」

「団長が辞めたら、絶対この組織崩壊するしね」

「内部分裂まっしぐらだよ、あんなカリスマ性と実力と実績を持ってる人他にいないし」

「団長こそ給料たくさん貰うべきだよね」

「優れた人には優れた対価が払われるべきだよ」

……これは辞められない。少し同情しました。ゼロ様も顔がなんだか青くなっていて、諦めているような表情をしていらっしゃいます。あとで、ハグしてあげよう。

「うわーん、レイえもん!!　団長辞めたいよ!!」

「もー、しょうがないなぁ、ゼロくんは」

ごめんなさい、人間。愚かな神で。この散々褒められて、団長をどんどん辞めづらくなって、疲弊しているゼロ様をこうやって甘やかすのが、私としては悪くないと思っているのです。

第七章　代行者対天明界

　さて、最近俺は面倒なことに巻き込まれている。それは第三王女様であるナナ様に付き纏《まと》われていることだ。

「ねぇ、最近何かわかった？」

「いえ」

「だよねぇ、僕も何もわからなくてさ。お父様に聞いても知らんぷりだよ」

　だろうな。だって、ただの中二病《ちゅうに》ノートだし。そろそろ聞かないであげてほしい。君のやっていることは、傷口にキムチを塗って、

「ねぇ？　キムチはどんな味なの!?」

　みたいな要領を得ない行動なのだと言いたい（それ言うと第三王女の権力を使ってくるので黙っている）。

「聞きたいんですけど、なぜ世界の真実を知りたいんですか？」

「え？　そうだね。えーと、どうしよっかな？　教えてあげようかな？　でもでも可愛《かわい》い乙女の秘密だしなぁ」

「じゃ、別に聞かないでおきます」

「いや、聞いてよ！」

「なんかウザかったので聞いて掘り下げない方がいいかなと」

「き、聞いてよ！」

「じゃ、どうぞ」

「……英雄に憧れてて」

「ふーん」

「こう、物語の英雄譚《たん》とかに出てくる、英雄ってカッコよくてさ。そういうのになりたくて」

「あぁ、主人公みたいなカッコいいやつですか。勇者とか」

「まぁ、そうかな」

「そうですか。思ったよりピュアで拍子抜けですね」

「ちょ、ちょっと、どういう意味!?」

思ったよりも理由が真っ当だった。

「てか、僕の目標を笑わないんだね。笑われるかと思った」

「まぁ、誰にでもそういうのに憧れる時期ありますし」

「へぇ」

「それに、てっきり功績を立てて、政治の権力を握り、この国を支配し、僕が天に立つ！　とか言い出すもんかと予想していたのですがそうでもないから、ちょっと好感度上がりました」

「おおい！　僕の評価どうなってるの！　君の中で凄《すご》い嫌な奴《やつ》になってるけど！」

何を今更、正直かなりあざとくて嫌な奴であるということくらいは自認しておいてほしいのだけどな。

「それでねー、あれ？　どこ行くの？」

「お昼食べてきます」

「えー、もうちょっと話そうぜ☆！」

「王女様と話すのって、息苦しいのでお昼くらいはゆっくりさせてください」

「……王族だぞ」

「……」

「……一緒にいてくれないと後が怖いんだぞ☆」

「わかりました！　一緒にいますから‼　すぐに権力ちらつかせるのやめてください‼」

「ふふふ、王族の怖さがわかったか！」

「そんなんだから、友達少ないんじゃないですか？」

「……」

「お昼食べてきまーす」

黙ったので俺の勝ちだな。ふっ、コレが貴族の力だ！！！　思い知ったか！　ぼっちの王族が！！！　調子に乗ってんじゃゃーねぇぜー！！！

「……」

おい、無言で付いてくるのやめろ。第三王女様が追ってくるので俺はダッシュで逃げた。

屋上に逃げることで、俺はようやく安心した。青空を見上げてぽわぽわしながら、お弁当を取り出した。普段は食堂で食べることが多いのだが、今日は目的があり弁当だった。

「にゃー」

あら、レイにゃが気づいたら膝の上に乗っていた。抱っこしてあげると鳴いた。喜んでいるのか、嫌がっているのか正直わからない。だが、嫌がっているようには思えなかった。

「お弁当食べるから、大人しくしててくれよ」

木箱を開けると入っているのは【寿司】と【茶碗蒸し】であった。実を言えば最近、団長引退後の資産形成のために何か商品を売りたいと考えているのだ。その試作品の一つが、これである。

「にゃー」

「これ食べるか……あれ、猫に寿司あげていいのか？　でもこいつ、この間普通にサラダ食べてたしな。異世界の猫は食べるのか」

「にゃにゃ！」

「おう、食べられるって感じだな。じゃ、これやるよ。マグロ……っぽい魚の寿司だ」

「にゃーにゃ！」

何言ってるのかわからん。ぼぉーと青空を見上げる。異世界と日本は違うのに空が青いのは一緒なのか、不思議だ。

——どがん！

呑気《のんき》にランチをしていると屋上のドアが開いた。するとそこには、リトルシスターである、イルザがいたのでした。

「……むすー」

なにやら、非常に不機嫌なご様子でした。おいおい、そうやって不機嫌な表情して周りに気を遣わせるのはお前の悪い癖だぞ。

「なんだ」

「……貴方《あなた》は誰のお兄様なのかしら？」

「お前のだろ」

「そうね。アタシの名前を言ってみなさい」

「ジャギ」

「誰よ！　違うでしょ！」

「冗談だって、イルザ・ラグラー」

「そうね、そしてアンタはゼロ・ラグラー。同じ家に生まれた貴方の可愛い妹を放《ほ》ったらかして、第三王女様と乳くりあってたわね」

「なんだよ。嫉妬《しっと》か」

「し、嫉妬じゃないわ！　そういうの良くないなって思ったの‼　第三王女様と絡んで何かあったらどうするのよ！」

「その時は、責任もって俺が一生守るから。絶対にお前を一人にはしないって」

「きゅ、きゅん……な、なによ、急に良いこと言うじゃない！」

「どこに感動してんだよ。わからんのよ、お前のポイントが上がる箇所が」

ぷんぷん、みたいな表情で彼女は俺の隣に座った。ぴたりと腕にひっついてジッと弁当の中身を見ている。

「それなに？」

「寿司」

「すし？」

「最近作ってみた。色んな場所から具材を取り寄せてる」

「へぇ。お兄様色々してるのね」

「まぁな」

「お腹《なか》すいたんだけど」

「食堂で食べてくればいいだろ」

「むー！　もう！　お兄様を探してててここに辿《たど》り着《つ》いたんだから戻れるわけないでしょ！」

「おいおい。落ち着けって」

「こほん、確かに少し感情的になりすぎてたのは謝るわ。悪かったわねお兄様」

「あいあい。これやるよ、穴子……みたいな魚の寿司だ。米は最近、とある未開拓の地で見つけてそれを栽培してる」

「嘘《うそ》でしょ。お兄様って結構優秀なの？　……もぐもぐ、あら美味《おい》しいわね」

「だろ？　結構良い線行くかもって思ってる」

「……魔法騎士の勉強しなさいよ。一応卒業したら、アタシが養ってあげるし、雇ってあげるし」

「でも、お前も結婚とかしたら、家に俺がいたら相手に迷惑だろ。最近好きな人できたって言ってなかったか」

「……あれは好きっていうか、ちょっと気になるだけっていうか。そもそも、どんな人かあんまりわからないし。どこで会えるかとかも分からないし」

一体誰に恋をしているというんだ。前から少し恋愛を気にしているようなそぶりを見せているが相手が一向にわからん。

「なら、他の貴族になるんじゃないか、学園にいい人いないのか？」

「いない」

「へぇ、金エンブレムだといそうだと思ったけどな」

「意外といないわ。あと、王女様と一緒だから下手なことできないんでしょ。王族敵に回したら終わりだし」

「……まじで？　やっぱり王族敵に回すとやばい？」

「そりゃそうよ」

「友達いないよね、王族だから！　とか言ったら殺されるかな」

「そりゃそうよ」

「……」

悪《わり》ぃ、俺死んだ！

ナナ様には後で誠心誠意謝罪をさせて頂こう。ほんまごめんって感じだな。でも、許されない確率の方が高そうだ。あいつ常に権力振りかざすし。

「イルザ。俺と一緒に学園を、国を出る覚悟はあるか？」

「え!?　きゅ、急に!?　逃避行的な!?」

「あぁ」

「え……ゆ、指輪は安くてもいいから同じの欲しい……」

「あ？　いや、そういうのじゃなくて、王族にめっちゃ失礼発言したからまずいかもって意味ね」

「はあああああああああ!?」

「声大きいぞ」

「ああああああああああああああ!?」

「わかったわかったから。ごめん、ごめん」

「……もう、知らないわ！　お兄様なんて！」

「悪い」

「……ナナ様にはアタシからも謝っておくわ。多分、少しは軽減されるでしょうし」

「助かる。流石《さすが》はリトルシスター」

「……でも、本当にダメだったら責任取ってもらうからね」

「あぁ、俺天才だから基本負けない。世界の誰にもな」

「……はぁ、魔力ゼロのくせに……その自信に期待しておくわ」

「あぁ」

「まぁ、こんなこと言っちゃったけど、ナナ様なら大丈夫だと思うわよ。あの人いい人で優しいし」

「優しいか、あいつ」

「優しいわよ。いつも丁寧な所作だし。授業中寝ちゃったら、起こしてくれるし」

「ほう、そんな良いところが」

「寿司ちょうだい。おすすめは？」

「これが美味《うま》いぞ。マグロ……みたいなやつだ」

「マグロって何よ……あら、美味しい」

「これなら、財産稼げるかもな。リトルシスターは舌肥えているしな」

「まぁね」

イルザは舌が肥えている。そんな妹のおすみつきを貰《もら》ったお寿司。これをそのうち広めていけば大きな財産となる。

「稼いでどうするのよ。結構売れそうだけど」

「ほら、俺魔力ゼロで落ちこぼれだろ。だから、これで財産を稼ぎ、権力を手に入れ……俺が天に立つ」

「欲ありすぎ」

「冗談だ。家族に迷惑はかけられないからな。魔法騎士になれなくても、こっちの方面で食っていこうかなと」

「……だめ」

「え？」

「絶対ダメ。そんなの許さない。ラグラー家の当主として許さないわ！　お兄様が寿司を売って儲《もう》けるのは禁止！　魔法騎士になれない場合はアタシの肩揉《も》み係とハグ係！」

「お前当主じゃないだろ」

「なるのはアタシだし」

「いや、ビッグシスターかもしれないだろ」

「ダメよ、お姉様は尊敬してるけどならないわ。いえ、ならせない」

「そ、そんなに当主の座が欲しいのか」

「ふふふ、当主ならば、一番偉いからお兄様を好きなようにできるもの……お姉様もそれが目的だろうし。一番偉いんだから好き勝手させてもらうわ」

「怖いわ。当主俺でもいぃ？」

「残念ね、魔力ゼロには無理よ」

「え、えぇ!?」

「ふふふ、当主になる日が楽しみね」

「パパンに手紙出して、ビッグシスター推薦しよ」

「おおい！　やめなさい！　お父様、妙にお兄様の言うこと聞きそうだし!!　それにお姉様でも言うこと一緒よ！」

「そうか？　ビッグシスターそんなこと言う気配がないけど」

「……お兄様、ちょっと危機感が……」

——膝の上の猫が飛び起きた。

「……ん？」

「なに？　どうしたの？」

魔力の波動を感じるな。何かが入ってきたな。この学園に。生徒の可能性もあるがこんな出力強めで入ってくる自己主張の強い生徒がいるだろうか。

「どうしたの、お兄様」

これに勘付けないとはまだまだ当主は程遠いと思ってしまうのは俺だけだろう。さーてと、何か大事だろうかね？

――どがぁぁあああ!!

「な、何よ!?　この音！　別館の方からだけど」

「らしいな」

「お兄様はここにいなさい！　危ないから！」

「あい」

リトルシスターは風の魔法で空を飛び、すぐさまそこに向かった。空を見ると青空が赤く染まっていた。これは他者を閉じ込め、同時に外に出さない為《ため》の結界魔法だろうな。

なーんか、面倒な気配がする。フリー組織のテロリストでもやってきたのだろうか？

「団長」

「キルスか」

「はい。来ました！　奴等《ら》が！」

「そうか」

「天明界《てんめいかい》です」

「ふっ、予想通りだ」

「はい、すぐさまわたくしも学園を捜索します!!　それでは」

天明界、遂《つい》に学園にまで手を出してくるとは……前々から危ない組織だとは思っていたけどここまでとはね。陰謀論信じてる奴とかとは話が合わない。

前世でも、無差別爆破をする兄と妹のテロリストがいたけど。そいつらも訳わからない思想を持っていた。死は救済！　みたいなね。爆破前になんとか爆弾は解除したけどさ。

異世界でもこんなテロリストがいるとはね。これは……

「ゼロ様、代行者《だいこうしゃ》の服と仮面、コツコツと音が鳴る靴を用意しておきました」

「なんで、用意してるんだ」

「ふふふ、準備バッチリのメイドでしょう？」

「はいはい」

「流石にテロリストはぼこぼこにしてください。やっておしまい！」

「誰目線なんだよ」

まぁ、妹もいるしね。ビッグシスターは現在遠征という魔法騎士を強化する合宿に行っているらしいので今はいない。上級生がいないこのタイミングを狙ってきたのかどうかは知らんけども、

「――では、行くとしようか。副団長よ。全てはあのお方の思《おぼ》し召《め》すままに」

「ええ、参りましょう」

「……や、やっぱりこの話し方、恥ずかしいわ」

「我慢してください。貴方が始めた物語でしょう」


「ほう、貴様、中々の魔力をしているわねぇ？」

「それはありがとうと言っておきますわ」

キルスは真っ先に天明界に突撃をした。学園には火花が上がり、煙が立ち込めている。

「天明界、その一人と見て間違いありませんわよね」

「……ほう、我々を知っているとは、やるではないですか」

彼女に相対しているのは天明界に所属する会員の一人であった。黒髪黒目の女である。

「私は【風剣】のメソッド。お見知り置きを」

「あら、そうでしたのね」

キルスはすぐさま魔法を展開する。

（この子、学生の域を超えてるわねぇ。魔法の展開速度、魔力量、全てが高水準。そうねぇ、

私が学生時代であったなら負けていたのかもしれないわねぇ）

キルスは魔法を発動、無詠唱にて風の弾丸を作り出し発砲する。それをメソッドは片手を出すことで相殺する。

「ふふ、この程度で……っ!?」

（嘘、私の綺麗《きれい》な手の平を弾丸が貫通しているっ!?　馬鹿な!?　【風圧する正面《ロンドルーム》】で確実に弾丸は止めたはず!?）

【風圧する正面《ロンドルーム》】。自身の目視する場所に圧縮された風の領域を発生させる魔法。その領域内を通る場合、強烈な風圧により、人体はバラバラになる。また、物体や魔法の場合でも同様で、その場所を通過することはできない。

超高難度魔法で、その危険度の高さも加味され、一級魔法に該当する。

（この女、あの魔法は……三級魔法、【そよ風の弾丸《エアブレット》】だろ!?　なんで三級の魔法で、一級魔法を貫通できんだッ）

「わたくしと、貴方では格が違いましてよ」

「あぁ!?　貴様、調子に乗んなよ！　年長の女敬え!!」

「学校に襲撃をかけて、尚且《なおか》つ、天明界などに属し違法行為に手を染める輩《やから》に尊敬も何もありませんことよ」

キルスの周りには洗練された魔力が練り上げられていた。

（こいつ、悪魔細胞を使ってる私よりも魔力量が多いってことか？　洗練されすぎてる……だとしても学生だろ。こいつも何か特別な細胞や血統を持ち合わせてるのか？）

「解せない。そう顔に書いてありますわよ」

「……なんだ？　どんなトリックを使っている？　細胞か、血統か、それともまったく別種の力か？」

「さぁ、なんでしょうね」

キルスは自らの魔力を只管《ひたすら》に練り上げる。すると、その練度が急激に上昇した。

「な、ま、まだ上があるのか!?」

「当然ですわ。一体わたくしが……誰を手本にして魔法を会得したと思っていますの」

（――初めて団長の魔法を見た時、まさに神の力と思った）

（何度も他の魔法や、他の卓越した騎士を見てきた。しかし、あのお方を超える存在を見たことはない!!）

（わたくしは恵まれている。目指すべきは、団長であると最初から決まっているのだから）

（世界最高の手本をいつも拝見できるのだから）

想像を絶する魔力量を彼女は生み出しそれを制御していた。思い出すのはいつでも、あの世界最強の力。

世界最強。この世界では強い方がいいに決まっている。

――その世界最強の力、それを示してくれたのは……

(これにて証明する！！！　誰が貴方様の隣に相応《ふさわ》しいのか！　貴方様の隣に相応しいのは、あの副団長じゃない!!　だって副団長は貴方様のおやつ勝手に食べたりしてて、布団のシーツ洗うふりして持ち帰ったりしてるし!!　絶対にわたくしの方が強いし、副団長に相応しい!!)

「【螺旋《らせん》・組み上げる塔・私は頂上から見下ろす者・蒼《あお》き空落とし青に染める】」

『魔力の強烈な波』を彼女は自らの手に収めていた。キルスから生じた魔力の波動にメソッドもたじろぎ、目を見開いた。

「おいおい、それは……反則だろうがッ！！！　なんていう魔力量、そして、その制御力。一体、どんな鍛錬と才があれば、それを会得できるって……」

「――【青空空玉《そうてん・ごく》】」

尋常ではない魔法発動の兆候。死を覚悟したメソッドはすぐさま距離を取った。しかし、キルスは魔法を構築しながら体術で近づき、発勁《はっけい》を打ち込み、その後の投げ技でメソッドを空に飛ばす。

「こ、このガキが!?」

「――この魔法は、団長の魔法。強すぎて、地上では打てませんの」

分類をするならば特級魔法、更にその上澄みの域の力であるのだろう。まさしく空のようにどこまでもその威力は拡大し、衝突すれば内側から相手を崩壊させていく魔法。

それゆえに、地上で放つことはできない。魔法の効果が消える瞬間まで全てを霧散させていく魔法。空に放たなければ被害が大きいでは済まないのだから。

空に放たれることが、絶対条件。

「――団長。わたくし、必ず」

彼女が空に蒼き宝玉を放つ。その宝玉は拡大し、空を青く上書きしながら大爆発し、辺り一面に突風を発生させた。

「わたくしだって、やってやりましたわ‼　くっ、魔力を使いすぎてフラフラしてきましたわ……まぁ、後は団長に……」

「お見事でした。キルス様」

「ふ、副団長」

「見ておりました。まさか、団長の技をものにしているとは……いや、すごいですね。いやまーじでびっくり仰天です」

「……そうやって、余裕をこいてればいいですわ。今回わたくしが倒したのは、天明界の、上級会員、ですわよ」

「えぇ、ありがとうございます。正に天才という評価が貴方には相応しい」

レイナは彼女を背負い、離脱をした。既に天明界の会員とは【星】のジーンをはじめとした他の団員によって交戦が始まっていた。


第三王女ナナ、ラグラー家の秀才イルザ、この二人は爆発が起こった場所にすぐさま現着した。

しかし、そこでは謎の神父姿の男達、また、シスター姿の女達が謎の存在達と戦っていた。

「なに、どういうことが起こっているのかしら……」

「僕だって知らないよ……ただの襲撃とは思えないけど」

その瞬間、二人は見た。仮面を被《かぶ》った一人の老人が数十人を一瞬で斬り裂く瞬間を。

「「……っ!!」」

「ほほ、驚かせてしまいましたかな？　おや、貴方様は……ほほ」

その神父姿の老人は二人が瞬《まばた》きをし、目を開けた瞬間には存在しておらず消えてしまっていた。先程までいた神父服姿の者達も消えている。

「な、なによ。これは……」

「……まさか」

「ナナ様、何か心当たりが？」

「魔法文献を狙ってきてるのかなと」

「そうかもしれないわ。それはどこに？」

「……これ本当は話したらいけないけど、そんなこと言ってる場合じゃないよね！　付いてきて！」

「えぇ」

二人が走り出したのは学園別館、そこには隠し扉が存在していた。しかし、隠し扉であるはずがその扉は開かれていた。

「開いてる。まさか、既に誰かが!?」

「行くわよ！　ナナ様！」

「うん！」

「あ、参りましょう！　ナナ様」

「なんで言い換えたの」

「あの、タメ口はダメだってお兄様に固く言われてて。俺以外に基本使うなよ、それが社会のルールだって」

「君のお兄様、散々、僕にぼっちとか言ってるから気にしなくていいよ」

「本当にうちのお兄様が申し訳ありません、王女様」

二人は満を持して突入をする。すると、そこには二人の男が立っていた。一人は同じ学園の制服を着ているサムラン・レーバール、もう一人は見知らぬ男性だった。

「おやおやおーや、サムラン君これはビッグゲストだねー」

「……えぇ、まさか、ラグラー家の才女。そして、第三王女様のナナ様まで来られるとは」

白髪に紅眼、一見人間のようなシルエットだが肌が異常に白い。正気を失っているような風貌で額には赤い宝石が埋め込まれていた。

「レーゼン様、どういたしますか？」

「うーむ、流石に第三王女を殺すとなると……大きく動きすぎてしまっているように思えるからねぇー。他の国にも目をつけられそうだし、それは今は避けたい」

「もう片方は」

「彼女は選ばれし者だと聞いてる。捕縛をしたまえ」

「は！」

サムランは言われるがままに剣を二人に向ける。

「ナナ様、どうか何もしないで頂きますよう」

「できないかな。それは」

「アタシに勝てると思ってるのかしら？　あ、勝てると思っているのでしょうか？」

「こういう時は敬語じゃなくてもいいんだよ。イルザちゃん」

イルザは剣を抜いた。魔法騎士として、実力は十分、金のエンブレムを左肩に付けているのは伊達《だて》ではない。満《み》ち溢《あふ》れる魔力はまさにラグラー家の秀才の証《あかし》。

「なるほど、これがラグラー家の秀才ですか。大したものですね、僕が相手でなければ」

「言ったわね。お兄様に剣術で負けた男が。入試で負けてたもんね。得意の剣術でさえお兄様に負けたのに、お兄様より強いアタシに勝てるとでも？」

「なるほど。貴方は分かっていないようだ。あのゼロ・ラグラーは剣術では大したものでしたが……魔力があれば話は別なんですよ」

——大きな魔力の発露。

優秀な生徒のイルザよりも大きく、室内を魔力で満たしていた。

「僕も手伝うぜ☆　ここには魔法文献があるからね。持っていかれると困るんだ」

「ナナ様、礼を言っておくわ」

「はぁ、貴方には下手に手を出すなと言われているのですがね」

サムラン対王女&イルザ、その戦いが今始まる。まず動いたのは……いや、誰も動けなかった。

動こうとした意志が体に通る前に、究極的な魔力の起こりを感じたからだった。

『うぇぇぇぇぇぇぇぇぇぇぇぇぇ……』

頭上には複数のカラスが舞っている。何かの降臨を祝福するように黒鳥達は鳴いているのだ。

「――さて、その戦い。私も交ぜて頂けるか」

「代行者様《だいこうしゃ》!?」

「代行者だと」

「誰?」

「ほう、君がー、代行者なんだーね」

イルザ、サムラン、ナナ、そしてレーゼン。彼等は彼《か》の者に視線を集める。金色の髪、片方の目だけ欠けた仮面、黒き神父の姿。

第三王女のみ、彼の存在を知らなかった。

「誰? イルザちゃん」

「あ、アタシもよく知らないというか。ただ、すごく強い人」

サムランはその存在を見て、代行者へと剣を向ける。

「まさか、貴殿に会えるとはね。僕は運がいいのだろう。会員としての地位を上げるのに、これ以上の手土産はない。レーゼン様」

「構わないよー」

「ありがとうございます。【光の矢《ひかりや》】」

一言でサムランは光に包まれ、そのまま直線に超加速をして突き進んだ。

「短文詠唱ッ!! しかもアレは一級魔法なのに！」

「あ、アタシ、多分負けてたわね。サムラン、強いわ……でも、それでも代行者様は」

短文詠唱。本来必要な詠唱の長さよりも短い詠唱にて魔法を行使する技術。無詠唱よりは下位の技術になってしまうが、一級魔法を短文詠唱で使えるとなると話が変わってくる。

「なるほど、見えているのですね。僕の剣が」

「大したものだ。恐れ入る」

「……完璧に見切っておいてよく言える。【光の矢《ひかりや》】」

「しかし、それでは私に及ばない。速さは極まりはしない、人の技は果てが存在しない。魔法は一時的には大きな力となり得るが――」

「っ!!」

「――肉体の成長の上に積み上げるべきものだ」

【光輪の矢剣《ライト・オブ・ストライク》】。一級魔法に分類される。一時的な速さを身に纏《まと》った超高速の一振り。

常人であれば、斬られたと認識する前に勝負が決してしまう。

だが、しかし、只人《ただびと》のはずもない。既に加速をしたサムランの後ろに代行者は回り込んでいた。

「……ふん」

「がっ！！！」

そして、無詠唱にて【光輪の矢剣《ライト・オブ・ストライク》】、それをサムランに放つ。剣ではなく拳にて彼の腹を叩《たた》いた。

（あ、熱いっ!! 腹が焼けるようだッ!! く、空気が、い、息ができないッ、こ、声も出せないッ！！！ これでは、詠唱がッ）

「無理をしなくても良い。迷える子羊よ。今はただ、眠りにつくといい。それが君の腹の火傷《やけど》を治してくれるであろう」

「ッ!!」

「情けないい〜ねー。サムラン君。まぁ、君には期待していないから、問題ないけどーねー。さて、代行者、今度はわたーしが相手だよ。天明界でも、君は話題だったからね」

「ほう、私の名を知って頂けているとは光栄。して？　私の信仰する神についても存じ上げてくれているると解釈しても？」

「あぁ、知っているとも。面白い話だ。真実を知ってなお、君はそっちにいるのだから。自己利益を追求するならばー。わたーし達と行動をすればいいーのにね」

「それには及ばない、天に手を伸ばす者よ。私は既に魂をあのお方に売り飛ばしていてね、品切れをしてしまっているのだから」

「おや、残念だーね。なら、ここで死んでもらおうかッ」

天明界の中でも彼の存在を知る者は多い。だが、野良犬が前を横切っている程度の認識だ。レーゼン、スラムで育った彼は他者から奪う事に罪悪感がない。それはしょうがないのかもしれない、極限の中で生きている彼にとっては取り立てる、奪われる、奪うのが当たり前。そこから永遠に奪う立場になるための剣。

残忍だが、奪うための剣技は確かに強い。彼の剣は二刀流、しかも剣が蛇のようによくしなう薄い剣だ。

「ほう。これは珍しい」

「高尚な魂などわたーしには無いが……それで戦いが決することもないだろう。それを知っているからね」

「私も同感だ。思いだけではどうにもならないこともあろう」

薄い蛇のような剣は柔軟で、一度に十の攻撃を繰り出す。点ではなく面による多重攻撃。しかし、それが致命打になることもない。

代行者の魔力は莫大《ばくだい》、さらに圧倒的な魔力センスも保有している。

「……ふん」

閃光《せんこう》のような輝きが辺りを包んだかと思うと、レーゼンは壁に身体を埋めていた。咄嗟《とっさ》の判断で体を起こし剣を握るが、その剣も既に細切れへと変えられている。

「な、なに!? ま、まさか、魔力で武器を創造することも可能なのか!?」

彼の手にはレーゼンが先ほどまで持っていた、蛇のような薄い剣が魔力によって形作られていた。

「なに、大したことでは無い。貴殿の攻撃を受ける際、私はこの辺り一帯を魔力で包み、把握した。それを覚えただけのこと」

「……ば、ばかな」

「この技は貴殿の仲間が好んで使っていたのでは無いのかね？」

「……【紅閃光《くれないせんこう》】、その固有魔法《オリジナル》。【無識《むしき》】かッ。余計なことを!? 十八番《おはこ》を写し取られやがって」

「貴殿だけには彼も言われたくは無いだろうがね」

その様子を見て、ナナも思わずたじろいだ。魔力の制御が尋常ではないからだ。

(術式の構築、詠唱、工程を全部吹っ飛ばして……高度な魔法を発動させるには一体どれだけの精度が必要か……！　魔法の常識が彼の身には適応されていないみたいだッ!!)

(そもそも魔法は術式の理解が先、さっきのサムラン君の魔法も一級魔法、それを見ただけで無詠唱……いや、流石に元から使用可能だったと考える方が納得がいくけども)

(ありえないけど、まさか、この人。見ただけで魔法を無詠唱で写し取れるのかッ！！？)

その予見は正しかった。代行者の魔力量と魔力センスは他者とは一線を画している。

戦闘センス、それもまた他者を超える。今まさに、代行者の拳がレーゼンに降りかかる。

「くっ、これほどの技量がありながらなぜ、なぜ、愚神を崇拝する！！！」

「知れたことを。いや、そうでもないか。愚かな行為だと私を笑うのであれば、存分に笑ってくれたまえ。ただ、私の行動は、想《おも》いは、人生は。全てはあのお方の思《おぼ》し召《め》しに過ぎないのだから。道化と笑われるのもまた、一興」

「バカが！　六大神の力を我が物にする我々と共にいた方が楽に世界を取れるというのに!!」

(六大神。六大神だって!?　あのお父様のノートに書いてあった……つまり、代行者は……あのノート、に書いてあった六大神と敵対する愚神を崇拝している……？)

「世界など、取る必要もあるまい。世界とは数多《あまた》の要素で構成されている。それは神の意志すらも関係なく、人の営みが回す場合もあろう。世界とは誰かの仕事で構成されている。我々は知らず知らずのうちに、誰かの施しを受けているのだ。それを支配するとは矛盾が生じる」

「阿呆《あほう》が、世界を回す側になれば好きにできるだろうに。支配をすれば、数多の弱者を引き連れ、強者となれる。弱者は強者により、潰されるのみに過ぎない!!」

「それはおかしな話。世界を回す側も回される側も言ってしまえばコインの裏と表。それは見ようによってはいくらでもひっくり返せる。騎士、王、貴族、平民。一見、階級があるように見えるがそれらどれかが欠ければ他もまた崩壊する」

「……」

「世界を取るなど神でも不可能。支配をすることと、支配をし続けることは訳が違う。ふむ、話がだいぶ逸《そ》れているような気がするな。とにかく私はただ、あのお方の思し召すままに。人が人を回すこの世を見届けているに過ぎないと、言っておこう」

「愚かな」

「それこそ、我々人間だろうに」

――ざしゅ。

代行者の手刀によって、レーゼンは気を失うこととなる。代行者はそのままナナとイルザの方を向いた。

「ここで見たことは忘れることだ。第三王女よ」

「な、わ、忘れる訳ない！」

「やめておけ、ここより先は地獄。そう、地獄だ」

「……君、何か知ってるな？　情報出せ、王族だぞ」

「王族とはこれまた恐れ入る。しかし、その王族がこんなにもあっさりと……【所有物】を奪われていいのかね？」

「あ⁉　ぼ、僕のノート！！！　か、返せよ！　王族の所有物奪うとか、じゅ、重罪だぞ！」

「ふふ、ならば捕まらないようにするしかあるまい」

（い、いつの間に、僕のノートを盗んだんだ⁉　ま、全くわからなかった……）

代行者の手には国王が綴《つづ》ったノートが握られていた。余裕綽々《しゃくしゃく》、仮面をしているが仮面の下はニヤニヤ笑っていると彼女は察した。

「このノートを盗《と》られた事にも気づかないとは。だが、この先はこのような事態は多いだろう。死ぬ間際、死を悟ることも叶《かな》わないかもしれない。それでも進むかね」

「……や、やってやるよ！」

「……マジかよ、こんだけビビらせたんだから引けよ」

「え?」

「ふ、その余裕がいつまで続くか楽しみにしておこう。そして、ラグラー家の才女よ。入学試験以来か、その後調子はどうだね」

「あ、あ、あ、えと、その」

「なんで、そんなオドオドしてるの⁉ イルザちゃん」

「しょ、しょうがないじゃない! 代行者様だし!」

「ふ、まぁいい。私の目的は達せられた」

「あ、待て! 返せ! ノート返せ! このやろう! 指名手配にしてやるからな‼ お父様に言ったら絶対に指名手配だぞ‼ いいのか、このやろう‼」

しかし、その声虚《むな》しく代行者は再び現れることはなかった。その学園に対する襲撃の事件は、後に【第一回 魔法騎士育成学園襲撃事件】(第三王女命名)と言われる事になる。

そして、代行者によってノートが奪われた第三王女であったが、代行者が指名手配されることはなかった。噂《うわさ》では国王が代行者の指名手配を止めたのが原因と言われているが、詳細は明らかにされていない。

何者なのか。襲撃者とは、代行者とは、あのお方とは、六大神とは。謎が謎を呼ぶ事件として終わることとなる。

あーあ、あの第三王女ビビらせてやろうと思ったのに結局あのまま都市伝説を追い続ける結果となってしまった。

あそこでビビらせて中二サークル活動が終わると思ったんだけどね。まぁ、このノートを手に入れることができたのだから、問題はないだろ。

「これがないと、あいつ困るだろうなぁ。手がかりもないだろうし、ふふふこれで暫《しばら》くあの、王女の活動が進むことはない！！！」

あの事件は正体不明の存在が襲撃をしてきたとして処理されているらしい。神父姿の男数名、シスター姿の女数名が目撃されたとか。これらは革命団の団員だけど。

そして、黒衣の謎の存在達、これは相変わらず頭のおかしい中二テロリスト集団天明界である。いや、まさかここまで拗《こじ》らせているとはね。神の力を我が手にとか言って行っている違法実験に加えて、まさか学園襲撃とはね。

やばすぎでしょ。まぁ、今回学園の生徒は死者ゼロだからいいけどさ、ゼロ・ラグラーだけに（超おもろい）。

「あれのトップって、どんな感じなんだろ。多分賢いふりしてる馬鹿なんだろうな」

やばいねぇ。陰謀論を信じている人って、しかもそれをガチでやっちゃうって本当に危機感持ってほしい。

ぼぉっと自室で考え事をしていると、扉をノックする音が聞こえた。

「あー、ちょっと待って」

「入るぜ☆！」

「何も言ってないんですけど」

「あ、ごめーん！　って、あ!?　そのノート!?」

し、しまったぁ!?　ゆ、油断してた。机の上に出しっぱなしだった!!

「そ、それ、どうしたの？」

「こ、これは」

「ま、まさか」

まずい、まさか、バレてしまったのか。俺が代行者であると……

「もしかして、取り返してくれたの!?」

「え？」

「そのノート！　僕のだよね！」

「……あ、はい。そうそう」

「うわーい！　やるじゃーないか！　よーよー！　やるじゃやないか！」

「あ、テンション高いんですね」

「そりゃね！　まず燃えてるんだ、今回の事件で自分がまだまだだって知ったからさ。多分、世界の裏側で色々起きてるよ。おそらく、お父様は何か知ってる」

「あ、そう」

「お父様は代行者についても何か知ってる様子だったし」

そりゃ、俺のパパンと中二サークルやってたんだから知ってるだろうな。あれ？　王族と仲がいいパパンって結構すごい人？

「代行者……多分、このノート関係がある。そんな気がする。代行者が言っていたあのお方。そして、それと敵対していた組織……これは大きな波乱が起きるよ」

「……応援してます」

「君もやるんだぞ☆　もう仲間だよ」

「強制的に仲間にしないでくださいよ」

「だって、僕のノート取り返してくれたじゃん。てか、よく取り返せたよね？　相手代行者だったのに」

「偶々《たまたま》です。帰りに空から落ちてきたんです。疲れて落としちゃったんだと」

「あー、なるほどね。ふふ、代行者なのにドジだなんてちょっとポイント高いかも。こう、裏と表の面があって人間味があるのは嫌いじゃない」

「そうですか」

「それはそれとしても、ノートを君が拾ってくれたのは嬉《うれ》しいよ。ありがとうね」

「はいはい」

「これからもよろしくね！」

「ええ」

「もうこれは、偉業だよ。称号与えたいくらい……うーん、公爵かな」

「こら、ちゃんと爵位の価値を考えてください」

こいつ、本当に王族か。適当すぎるだろう。ノートを拾っただけで公爵とか馬鹿すぎる。

「なら、兄妹《きょうだい》で！」

「は？」

「兄妹よろしく」

「いやいや、無理だわー」

「僕、姉二人だから弟か兄欲しかったし」

「お前の価値観知らんし」

「僕に、可愛く、お兄ちゃんって呼ばれたい？　それともお姉ちゃんと呼びたいかな？」

「ふっ、そんなあざとく言っても俺は靡《なび》かないぞ。男を舐《な》めるなよ。賢者タイムの俺は何にも響かんわ」

「け、賢者タイムってなに？」

「魔力常時十倍」

「すごい！　あれ、でも君ゼロだから意味ないじゃん」

「ジョークだよ」

「面白いね、兄妹！」

「や、やめろ！　俺には既にブラコンの妹と姉が一人ずついるんだよ！　これ以上いるか！」

「だから、兄妹だって！」

「意味わからないこと言ってないで政治の勉強しろよ。王族だろ」

　こいつ、王族の自覚がないな。あざとくて、ヘラヘラしてて、中二病ですごく面倒くさい。しかも友達いないから、誰かに擦《なす》りつけることもできない。

「これから、世界の真実に迫っていこうね！　兄妹！」

「やめろ！　そうやって俺を面倒ごとに巻き込むなよ！」

「でも、お兄ちゃんでもいいかも」

「それやったら、俺の妹がお前を許さないだろうな」

「え？　そうなんだ」

「あいつ、結構さびしんぼうだから自分のポジション取られたくないんだよ」

「へぇ。そうなんだ、兄妹」

「定着させるな」

「王族特権発動、これにて兄妹です」

「くっ、俺には何も言えない……」

「ははは！　思い知ったか！」

「そんなんだから、友達いなくてぼっちで、あざとくして、周囲と接するしかないんだろ」

「う、うわーん！　その言葉はライン越えだ‼　お父様に言いつけてやる！」

「お前のそれは洒落《しゃれ》にならないからやめろ！！！」

これはマジで困った。どうしようこの面倒な爆弾……もう、イルザ巻き込んじゃおうかな。

妹は困った時には兄の味方なのだ。

第八章　清廉一族

「今回の一件、流石《さすが》でございました」

「うむ」

「まさか、団長が入試の時に目をつけていたサムランが敵の会員の一人であったとは、わたくし、目から鱗《うろこ》ですわ」

「うむ」

「ふふふ、今頃天明界《てんめいかい》も焦っていることでしょう。今回、会員は下級、中級が五人、そして、わたくしと団長で上級が二人。全て撃破いたしました」

「うむ」

「まさにこれは、最初からの狙い通りということでしょうね」

「うむ」

　なーんの話なのかさっぱりだが全部わかっていますよ感を出すしかない。代行者《だいこうしゃ》フィルターが入ると全部すごいになるのはいつものことだ。

「キルス様、団長はお疲れのようです。少し下がられては」

「なんですか？　副団長、貴方《あなた》も帰れば宜《よろ》しいのに」

「私は少し団長と話があるのです」

「ほう」

やめて！　俺のために争わないで！

「しかし、団長の狙いがここまで上手《うま》くいくとは私もびっくりしました」

「ええ、流石ですわ」

「最初にサムランが怪しいとわかっていながら捕縛をしなかったのは、魔法文献を確保するためですよね？」

「う、うむ」

レイナが何か言っているが、こいつが偶《たま》にしてくれる俺の行動のフォローなのだろう。

「サムランが天明界で文献を狙っていることにすぐに気づき、しかし、敢《あ》えて泳がせました。そうすることで、魔法学園のどこかに眠る魔法文献を天明界に見つけさせ襲撃を起こさせた。そして、文献の発見、敵の排除をいっぺんに最も効率よくなされたということですね（最上級のメイドフォロー）」

「ふ、私としてもこれが最善であったと思ったのでね」

「流石です、団長（最上級のメイドフォロー）」

「流石ですわ！　魔法文献の中には六大神など、微《かす》かに真の歴史の記載がありました。貴重な資料が渡るのも問題でしょう。今回の一件で王族直轄、【神聖騎士団】が直々に魔法文献の格納所を守備管轄に加えたそうです」

「うむ」

神聖騎士団って、ビッグシスターの内定先だったような気がする。めっちゃ入団試験が難しくて審査も厳しいって聞いたけど、流石はビッグシスターだわ。

うーむ、そろそろ二人共夜遅いから帰ってくれないかと薄々思っている。そうすると、こんこんと部屋をノックする音が聞こえた。

「団長、お久しぶりです。【女帝】チャイカでございます」

「「っ!!」」

「入りたまえ」

うわぁ、アルカナ幹部がまた一人増えるのか！　今日はもう寝たいけど、部屋に入れるしかないなぁ。

「チャイカか、よく来た」

「団長、お久しぶりです」

「その話し方は窮屈だろうと以前にも私は言ったがね。好きに話したまえ、立場はあるが常に我々は対等だ」

「ふふふ、ならばそうせて貰《もら》おうかのぉ。こっちの方が妾《わらわ》は楽なのじゃ」

チャイカ。銀髪に紫の瞳を持っている幹部団員だ。身長189センチ、超絶ぼんきゅぼんなスタイルの女団員である。レイナは基本的に自分より巨乳が嫌いな器の小さいメイドなので、凄《すご》く嫌いらしい。

「チャイカ様、すぐに帰って頂けますか」

「断らせてもらおうかのぉ。妾は団長殿に用事があるのじゃから」

「そうですか。ならさっさと用事済ませてください」

「うむ、団長殿。妾は団長殿が最近も見事な活躍をしていると聞き、顔を見たくなったから来たのじゃ」

「それだけならさっさと帰れば宜しいのでは？」

「全くですわね」

「引っ込んでおれ、チビ貧乳ダブル」

「「な!?」」

あーあ、もうケンカ始まってる。レイナは結構胸でかいのだが、一番はチャイカだからな。チャイカからすると小さいとも言えるけど。キルスもそこそこあるしな。チャイカ一番、レイナ二番、キルス三番だな。ランキングをつけるとすればだけど。

さて、チャイカと名乗るこの団員は一見すると凄く若そうな女性に見える。しかし、実際は200歳を越えているらしい。なんでも、ずっと封印されていたとか。

とある山奥に封印されていたので中二《ちゅうに》時代に思わず解いてしまったのだ。その時はひどく驚かれたな。かなり強固な呪いらしいので。

「そ、そっちが消えてくださいまし！　おばさん（ぴちぴち15歳）」

「そうですよ、消えてください、おばさん（かなり高年、ぶっちゃけ年上神様）」

「貴様ら……」

チャイカは吸血鬼と言われる存在なのだ。流石は異世界ファンタジーと言いたいところなのだが、この世界に吸血鬼族という種族は存在していない。あくまで彼女のみの単体で存在する生物なのだ。

そして、彼女は吸血をしないと活動ができないのだ。彼女は他者の血を吸うことでそれを魔力に変換しているらしい。

「まぁよいわ。それで団長殿、いつもの【あれ】をお願いしたいのじゃ」

「構わんよ」

「前から思うのですが、それはわたくしでよくないでしょうか？」

「私の血すごく美味《おい》しいですよ。よく虫に刺されてるので味は保証します」

吸血をする行為が気に入らない団員もいる。というか幹部とかが主にその傾向なのだが。

「お主らの血など吸いとうないわ。団長殿が一番栄養があるのは吸わずともわかるからのぉ、一番長く効率よく、活動が継続できるのじゃ」

「構わんよ」

「では、遠慮なく」

ガブガブ、ちゅーちゅーと彼女は首筋に牙を立てて吸っている。

「ぷはー！　美味しいのじゃ！」

「そうか。前から思うのだが、そんなに美味しいのか」

「えぇえぇ。それはもう、美味《うま》いのじゃ！　栄養満点じゃ!!」

大分血を吸ったら眠くなったようでベッドに横になった。

「団長殿、妾が添い寝してやろう。血の礼じゃ」

「遠慮しておくよ」

「なんじゃ、釣れない男よ」

「では、私がその権利貰《もら》いますね。代わりに」

「お主が貰ってどうする。てか、あっちいけ」

レイナとチャイカが争っている間にキルスが俺の下によってきた。

「団長。そろそろ次の命令を与えてほしいですわ。今回、天明界の動きを見事に察知し、打ち倒した団長ならば既に他の手も考えておいでのはず」

「……あ、あぁ、勿論《もちろん》だとも」

「学園の神器について、引き続き回収をするべきか。それとも別の任務が良いのか」

「ふむ、取り敢《あ》えず暫《しばら》くは現状維持で構わない。私は私でやることがあるのでね」

「まさか、既に行動に移っていると!?」

「あ。うん、そうだな」

「そんな……流石でございます。団長」

どーしよう。そろそろテストあるからその勉強と、学生らしく何かしらの部活に入ろうかなと思ってたり、夏休みにグランパとグランマに会うことと、色々バイトをすることしか決めていなかったんだけど……

ま、まぁ、良いよね？

僕はナナ・ラキルデュース。宗教国家ラキルディスの第三王女である。僕を一言で表すなら可愛《かわい》くて美人である。

まぁ、事実だしね、鏡を見てあら女神かな？　と思ったら映ってるの絶対僕だしね‼

なーんて、日々思っているが周りの人には清楚《せいそ》な姫様を演じている。

「あ、そうなんだね。○○君て優しいよね」

「えー！　嘘《うそ》、本当に○○ちゃんはおしゃれだよね」

「えー、それわかるわかる！　あそこのスイーツ美味しいよね！」

正直言ったら、全然友達いない。というかこんなあざとい雰囲気や言動をしているけど、遊びに行く友達いない。話したり、お昼食べたりする人はいるけど、それ以上には発展しない。

やっぱり王族だから何かあったらまずいと思っているのだろう。クラスメイト以上、友達以下がすごく多いのだ。

でも最近、友達と言える人が増えた。一人は同じクラスのナデコちゃん、もう一人はイルザちゃん。

そして、もう一人はゼロ君、または兄妹。

個人的に、ゼロ君と絡むのが一番多い気がする。なんか、雰囲気が独特で面白いんだよね、あの人。

魔力が無いらしく落ちこぼれと言われてるけど、本人は特に気にしてないようで言動が好印象だった。

それに、僕と彼は同じ秘密を共有している。六大神と愚神についての著述だ。歴史が隠蔽されているかもしれない、その事実を知っている人が身近にいてくれるのは結構嬉《うれ》しい。

彼はそんなに信じていないが、僕はこれが必ず世界を揺るがす何かであると思っているのだ。

だが、折角同盟組んで兄妹になれたというのに彼は結構ドライだ。

あっちから話しかけてくることって、未《いま》だに一回も無いんだよね。ちょっと寂しい。

とある日、他の女子生徒とご飯を食べる機会があった。

「ねー、それわかるー」

「王女様っていつも城で何してるの？」

「えっとね」

お人形に話しかけてるとか言えないし、植物に話しかけて会話の練習してるとか言えない。

あと、自分が主役の小説書いてニヤニヤしてるとか言えないわぁ。イメージ崩れるし。

「あ、えっと、鍛錬とか、お姉様と優雅にティータイムとか」

「流石王女様ね」

「カッコいいわ」

「ど、どうも」

あ、嘘ついてまた金メッキを貼ってしまった。これをすればするほど、立場が悪くなっていく気がする。

「お兄様、今日は何を作ってきたの？」

「これ？　恵方巻きだな」

「ほうほうほう」

「決まった方角を向いて、願いを心の中で言いながら、無言で食べると願いが叶《かな》うんだ」

「え!?　まじで!?　めっちゃすごい！　嘘でしょ！」

「言い伝えみたいなのだからな」

「で、でも、凄い験担ぎじゃない！　早速食べよ！」

「てか、友達と食べなくていいのかよ」

「お兄様が心配だから来てるんじゃない。妹の気遣いよ」

あぁ、羨ましい。あの空間に交ざりたい。ゼロ君って失礼なこと言うけど、僕に気を遣ってる感が全然無いから接しやすいんだよなぁ。偶に使わなすぎの時もあるけど。

そんなゼロ君だが、変わった場面を目撃した。

「おい、落ちこぼれ。俺達の出席カード出しておけよ！」

「そうよ、姉と妹のおこぼれ貰ってるくせに」

「ひ、ひぃぃぃ、も、勿論出しておくヨォー」

「へへへ。出しておけよ無能」

「そうよそうよ」

そう言って彼に出席カードを投げるように渡している生徒が数名いた。流石に看過できないと思い、あいつら全員王族権力でボコボコに!! してやろうと思ったが、ゼロ君は、

「いいよ、気にするなよ」

そう言って出席カードを捨てた。

「出しておいたよ！　これからもお、俺が出すヨォ〜」

出席カード出してるふりして捨ててるみたいだった。なんというか破天荒すぎるというか。

ムカムカするからあいつら殴りたいと言っても、

「いや、いいよ、あいつら落第だろうし。テスト範囲も違うところ教えてやったしさ」

「え、あ、そうなんだ」

なんか、メンタル強すぎじゃないこの人。そして、テストが終わり、案の定、ゼロ君に出席カードを任していた連中は落第が決定した。

「て、てめぇ!!」

「この落ちこぼれが！」

「そうよそうよ！」

「なんてやつだ!!」

「お前が騙《だま》したせいで!!」

「いやでも、そもそも俺に任せなきゃよかったんですよね？」

今までビビったふりしてたのに……急に堂々とし始めた。ビビったふりして、言うこと聞くと見せかけておいて、出席カード出さないで復讐《ふくしゅう》するなんてね。

あんな演技もできるなんて。だけど、王族として流石に看過できず、そこに入り込んだ。

「君達、テストをサボり授業をサボったツケが回ったんだよ。彼のせいにしてないで、反省したらどうかな」

「だ、第三王女様……」

「マジかよ、ナナ様か」

「王女様まで出ていらっしゃるなんて」

彼等《ら》は流石に観念したようだった。だが、それで終わらなかった。

「おんどりゃぁあああああ！！！！！　アタシのお兄様を虐《いじ》めたのはどこの誰だぁあああ！！！！　ぶっ殺してやる！！！！」

「団長……ではなく、ゼロ様を虐《いじ》めたなんて万死に値しますわねぇ！！！」

「しゃあああああ！！！（猫の鳴き声）」

この一件を聞いたイルザちゃんと、キルスちゃんという生徒が物凄い形相でキレたので、彼等は放課後に平謝りだったらしい。土下座もしたらしい。

「よしよし、お兄様怖かったわね、これからはアタシが何をしても守るわ！」

「いや、大丈夫なんだが」

「強がらなくていいのよ」

「ゼロ様、わたくしも貴方の味方ですわ。何かあればすぐに連絡してくださいまし」

「にゃー」

猫まで!?　猫まで彼の味方するんだ。やっぱり、彼は案外凄い人なのかもしれない。


妾《わらわ》は巨大な宝石の中に封印をされていた。

清廉一族《せいれんいちぞく》。嘗《かつ》て聖神アルカディア様に血を与えられし一族。始まりは六大神による人類への攻撃からであったという。

その際に、人類を守る為《ため》に立ち上がったのが聖神アルカディア様だ。我らが神は人類が対抗する為に一部の人類に血を与えたという。

そう、その血を与えられた者達の一族が妾達、清廉一族なのだ。

２００年前のことは今でも覚えておる。妾は一族最後の生き残りであった。

清廉一族のように他の神に力を与えられた一族、または神の力を求める存在、純粋に狂気的な信仰を捧《ささ》げる者達。

それらの板挟みにあってしまった妾は最後の最後に自らの力を振り絞り、争った。だがそれでどうにかなることもなく封印をされてしまった。

「目覚めよ。古《いにしえ》の吸血鬼よ」

「……誰じゃ」

「私は単なる聖職者……あのお方の意志を代行する存在だよ」

数百年ぶりの光の先に立っていたのは【まさしく神の意志を代行する存在】。これこそが運命なのだと妾にはすぐにわかった。

練り上げられた最高峰の魔力が彼の実力を雄弁に語っていた。

「妾は、ここは……どこじゃ」

「知りたければ付いてくるといい」

付いていくしかないとこの時に悟った。そして、妾はこのお方より世界の真実を知ったのだ。その事実は妾が幼い時に聞いた清廉一族の長《おさ》に聞いた事実と酷似していた。やはり六大神は悪であったか、そして我らが神であるアルカディア様万歳。

どうか、これからも妾達を側《そば》で見守っていてほしいと願っている。

たとえ妾は人を捨ててしまったとしても……吸血鬼になったとしても。未だその体の傷が癒えぬとしても。我が神よ、最後まで戦うことを誓う。

「団長殿、妾は大事な話があるのじゃ」

「うむ」

「ずっと言っていなかったことなのじゃが……いや、団長殿であれば知っておると思うのじゃが」

「うむ（多分、知らない話だろうな。知ってる感じだけは出しておこう）」

妾は団長殿には清廉一族の末裔《まつえい》で最後の生き残りであることを言ってはいない。わざわざ言う必要もないと思っておった、なぜなら団長殿なのだから。

だが、そこはしっかりと言葉で伝えておこうと思った。これから戦いは加速していく。互いのことを語り合うのは非常に大事なことなのだろうから。

「うむ、それでじゃが……副団長殿は席を外してもらえるかの？」

「いえ、お気になさらず」

「いや、団長殿にしか話すつもりがないのでの」

「いえ、お気になさらず」

「お主……まぁ良いわ。お主に聞かれても変わらん。さて、団長殿。妾が……清廉一族であることは知っておるじゃろう」

「……ふっ（急に知らん単語出てきた）」

「……そうでしたか（あ、昔血を与えた人間の一族だったんだ、この人）」

ふ、この一連の流れだけで団長の器がわかったノォ？

不敵な笑みを浮かべている団長はわざわざなぜそんなことを今更言うのか？　とでも言いたそうにしておる。

しかし、反対に副団長はなんもわかっておらんかったの。前から思っておったがこやつは副団長に相応《ふさわ》しいのか疑問だった。やはり、妾じゃな。

「流石は団長殿、わかっておったか。そう、妾はあの一族の最後の末裔。生き延びる為に人を捨て吸血鬼となったのだ。全ては……偉大なる神、聖神アルカディア様復活のために」

「そうか。それは君にとって大きな選択だったのだろうな（マジかよ。都市伝説のためにそこまでするのか）」

「お、おぉ！（わぁぁ!!　私のこと偉大なる神って言ってくれた!!）」

ふっ、やはり団長殿は常に冷静に物事を見ておる、それに比べて副団長は相変わらず抜けているのぉ。

「私から聞きたいのだが、清廉一族は【あのお方】を見たことのある者がいるのか？（まさかとは思うけど、その一族で神様を見たことがある人がいたら……あのお方が本当にいることになるけど）」

「いや、誰も。妾の大分の前の初代様だけ血を与えられたとか聞いていたの」

「そうか（じゃ、やっぱり神様いないじゃん。すーごい前のご先祖さまの言っていたことずっと信じてるってヤバい一族じゃん！　中二版ゾルディック家じゃん）」

「ふむふむ、そうでしたか（やはりあの時に血を与えておいて正解でしたね！　まぁ、あの時血を与えないと死にそうにしてたので、結構ノリで血はあげたのですが）」

団長殿は複雑そうな顔をしている。妾の一言からも何か他の事実に辿《たど》り着《つ》いているのじゃろう。一を聞いて、十を知るのみならず百を見据える。それが団長殿なのだから。

「それでなのじゃが、一つ団長殿にどうしても相談しないといけないことがあっての」

「ゼロ様、私からも彼女の言うことに協力してあげてほしいです！（慈愛神モード）」

「え？　あ、うん。まぁ、構わんがね」

急にこっちに擦り寄ってくる謎の副団長は無視するとして。妾には清廉一族としての使命がある。先《ま》ずは聖神の復活、そして子孫を繋《つな》ぐこと。

「妾にはどうしても果たすべき使命があるのじゃ。それは慈愛に満ちた神を復活させること」

「うんうん！　ですね！（慈愛神モード）」

「これは世界を救うため必要じゃ。アルカディア様は人間を救うために身を捨て、ここまで人類史を繋げてくれた」

「うんうん。ですね！（慈愛神モード）」

「そのため妾も人を捨てたのじゃが、もう一つ妾には使命がある。これは妾が死に至った時の保険となるのじゃが」

「こんな素晴らしい信徒を私は死なせることはしません！（慈愛神モード）」

「うむ……それでじゃが、妾のもう一つの使命は……子を繋ぐことじゃ」

「ん？（疑問神モード）」

「団長殿、妾と婚姻を交わし、清廉一族の血を繋ぐパートナーとなってほしい！」

「あ？（邪神モード）」

妾がそれを言うと団長はふむと、僅かに悩むそぶりをしているようだった。

「ゼロ様、チャイカ様は疲れているようなので半世紀くらい休みを与えてあげましょう」

「おおい！　なんじゃお主は!!」

「いえ、そろそろ帰った方がいいかなと。外暗いですよ」

「寧《むし》ろ暗い方が好きじゃ！　さっきからなんじゃ！　お主は！」

「いえ、聖神アルカディア様を崇拝しているのに目的が色恋とはと思っただけですが」

「妾は一族の使命のために団長に相談をしているだけじゃ！　それにこの目的は団長殿、聖神アルカディア様復活のための役に立つじゃろうて！」

「それなら問題ないです。私がアルカディアなので復活してます」

「お前のような訳わからんメイドが何を言っておる！　我が神の名を騙《かた》るな!!　恥を知れ！　馬鹿者！」

「あ!?　バカって言った！！！　私に向かってバカって言ったぁ!!」

「言うに決まっておるじゃろ！　この馬鹿！　神の名を嘘でも騙りおって！」

「嘘じゃないもん！　神様だもん!!」

「副団長の器じゃないのぉ!!　そこをどけ！　妾が今日から副団長じゃ!!」

「譲りませんよ!!」

アルカディア革命団、団長！　今日の格言！！！

【こいつら《レイナ&チャイカ》なにやってんの？】

以上!!

第九章　血縁者達

さて、現在俺は祖父の家に向かっている。学園はなんとか落第を避けることができた。

現在は夏休みに突入し、祖父の家にパパンとママンとリトルシスター、レイナと向かうことになっている。ビッグシスターは学園にて色々予定があるらしい。

「あ、お兄様この問題間違ってるわ」

「え？」

「これ、50年前に王都を震撼《しんかん》させた最悪の殺人騎士とは？　これの答えは【絶戒《ぜっかい》の騎士】なの」

「へぇ」

夏休みの宿題をしながら馬車に揺られている。前にはパパンとママン、両隣にはリトルシスターとレイナである。レイナは爆睡して俺の肩に涎垂《よだれ》らしている。汚い。

「ねぇ、お兄様。お祖父《じい》様の領地には遺跡があるみたいなの！　一緒に行きましょう！」

「いや、宿題あるから一人で行ってこい」

「むー！」

「今ギリギリなんだ。今度一緒にデート行ってやるから」

「ホント！　わかった！」

遺跡ねぇ。昔はよく回っていた記憶があるけど今更回りたいとかは思わないかな。遺跡と聞くと中二心《ちゅうに》が疼《うず》いてしまうのでそれはやめたい。俺は既に卒業をしているのだから。

「あ、お祖父様の領地!!」

「グランパとグランマは元気してるかな」

馬車から降りて、大きな家の扉の前まで歩いた。レイナは未《いま》だ寝ているので俺がおんぶしている。

「久しぶりじゃのぉ。ゴルザ、エルザ、イルザ、ゼロ、あと、メイドのレイナ」

「久しぶりだねぇ」

グランパとグランマ、相変わらず渋いなぁ。特にグランパは目つきがパパンみたいに鋭い。

「まぁ、ゆっくりしていきなさい。ゴルザ、来なさい」

「はい、お父様」

グランパとパパンは何か話があるみたいでどこかに行ってしまった。さーてと俺はレイナをベッドに寝かしつけながら宿題でもしようかな。

「グランパ、適当な部屋借りるね」

「構わんぞ」

グランパの家はかなり大きい。二階建ての建築で我が家と同じくらいの大きさである。一応はラグラー家の領地に建ててある家であり、家の周囲には他の平民も住んでいる。

「ここか。レイナはベッドに寝かしてと……」

一個だけ机が置いてある部屋なのだが、その場所を借りて宿題をすることにした。ある程度時間をかけて宿題をすると、だいぶ終わらせることができた。

「ふー、そういえばここはグランパの部屋だったか。この机も年代物だな。中に何が入ってるんだろ」

本当にちょっとした興味本位で机の引き出しを開いてしまった。中には一冊の黒いノートが入っていた。

妙な既視感があったけど、多分気のせいだろう。

「へぇー、グランパのノートは何が書いてあるんだろう」

ええっと。六大神……それは表向きは人を救いし神であるが、最初に人を滅ぼそうとした神々。愚神と言われている神アルカディアは人類救済を謳《うた》った神である。

……あ、やっぱりこの人パパンのパパンやったんやな!!

二人揃《そろ》って中二じゃん!!!!!

マジかよ、書いてる内容パパンと一緒やった!! パパンもグランパのノート見て中二病に目覚めて、色々中二サークルとかしてたんだろうな。

　しかし、これは流石に……俺も含めてだがうちの家系の男は全員中二病か。グランパも中二病だったのか。そういう時期もあるよね!!

　俺はできた孫だから知らないふりをしてあげよう。


「久しぶりじゃのう、こうやって話すのは」

「はい、お父様」

　ゼロの祖父、ジグザ・ラグラー。鋭い鷹《たか》のような目つきをしている老人である。腰は曲がっているが実力は現役の頃から衰えてはいない。

「それで……何か私に言いたいことがあるのでしょうか」

「ふむ、そうじゃのぉ。ゴルザよ、最近面白いことを聞いた。魔法騎士育成学園に、神父の姿をした男が現れたということじゃが」

「……」

「ほほほ、お前ではあるまい」

「さて。なんのことやら」

「アルザではあるまい。あの子の性格上あのような振る舞いはできん。かと言ってイルザもそんな度胸はないじゃろうて。となると」

「……ゼロは魔力を保有しておりませんが」

「ほほ、惚《とぼ》けるとは。あの子しかおらんよ。あの子が継いだのじゃな。代行者《だいこうしゃ》と天明界《てんめいかい》との戦いを」

「……私は何も言ってはおりません。ゼロは勝手に自ら動き、自ら真実に辿《たど》り着《つ》き、現在はさらにその先に向かっております」

「……やはり天才か」

「気づいておられたのですか」

「あの子が1歳の時、読書をしていた儂《わし》のハニーが本のページで指を切ってしまっての。その時、まだ言葉も発していないあの子が回復魔法で治しおった」

「なんと……」

「僅か1歳、赤子同然でそれを為《な》していた。天才の中の天才であり上澄みじゃろうて」

「貴方《あなた》よりも」

「当然じゃ。儂なんかと比べものにならんじゃろ」

「嘗《かつ》て【絶戒の騎士】と恐れられていた貴方がそれを言いますか」

ジグザは僅かに微笑《ほほえ》みながらコーヒーを飲んだ。数瞬の沈黙を破ったのはゴルザだった。

「あの子に口出しは無用でしょう。全て我々が口を出すまでもなくゼロに任せるべきでしょう」

「確かにのぉ。余計なことかもしれんの。儂達の領域をゼロは超えているか」

「はい。綿密な計画をあの子は持っているはず。それに任せましょう」

「……もしや。あの子が、因果を断ち切るかもしれん」


イルザ・ラグラーは学園の宿題の一つである自由研究をする為《ため》に遺跡を調査していた。ジグザの家の近くにはとある遺跡が存在している。いつ誰が作ったのかはわからない遺跡だ。

「ここかしら……はぁ、お兄様が来てくれればよかったのに」

遺跡の中は特に変わった造りになっていない。入ればすぐに行き止まりになってしまう程度の大したことのない構造である。

彼女は中に入ると、メモ帳に内部についてメモを書き込んでいた。すると、

「……イルザ・ラグラー？」

「……誰、あんた」

気づいたら後ろに半透明の女の子が立っていた。

「ええ⁉　ゆ、幽霊⁉」

「確かに幽霊に近いかもしれないね。私は」

「え、え？　じ、自由研究の題材にしようかな」

「やめて、私は題材に相応《ふさわ》しくないからさ」

「だ、誰なの」

「うーん、そうだね。君のひーひーひーおばあちゃんかな」

「えあ、そ、そうなんですね」

なぜ、ひーひーひーおばあちゃんが急に出てくるのだろう。といった表情をしてしまうイルザ。それを彼女の祖先は見抜く。

「どうして、急に出てきて話しかけてきたって顔してるね」

「まぁね」

「本当はずっといるんだ。ここで、ずっと待っている。自分と波長が近い子孫が来るまでね」

「ふーん」

波長が近い人間……ではなく、波長が近い子孫という言葉に彼女は少し引っ掛かりを覚えた。

「子孫限定。それも、自分に近い子孫じゃないとこの霊体は見えなんだ。しかも、この遺跡からは動けない。いやー、困ったねぇ。でも不便だけど、死んだのに話せるだけで御の字さ」

随分と変な状態のご先祖様だなとイルザは感じて、ジッと幽体を眺めていると、先祖から質問を投げかけられる。

「……一つ聞いてもいいかな？」

「あ、どうぞ」

「……君はどうしてここにいるのかな？」

「あ、えと、その、自由研究でして」

思わず幽霊に自分が持っていたメモ帳を見せるイルザ。しかし、その幽霊はそういう意味じゃないと少し微笑む。

「違う違う。私が言っているのは……いや、言っても伝わらないか。君は今は魔法騎士育成学園の生徒で、夏休み中ということでいいのかな？」

「そうです」

「……おかしいな。君は既に……死んでいるはずなんだけど」

「え？」

「あぁ、えっとね。私には昔から子孫の未来を視《み》る力があったんだ。歴史を視る能力とも言えるね。それでそれぞれの子孫の未来を僅かながら視られるんだよ」

「そ、そうなんだ」

「全部じゃないよ。微《かす》かに断片的に……本当に些細《ささい》なものさ。それに視られない子孫もいるしね」

あっさりと自分は死んでるはずだと言われると、どういう意味なのか彼女は気になって仕方がない。

「あのアタシが死んだって」

「あぁ、入学試験の日に誰かに襲われなかったかい？」

「……あ」

「そう、襲われたかと思ったんだがなぜ助かったのかなと」

「だ、代行者様に助けて貰《もら》いました」

「……代行者？　あぁ、彼か。しかし、いや、そんな未来は……」

「あの、誰かわかってるのですか？」

「あぁ、ゴルザ・ラグラーだろう？　代行者は」

「え。全然違います。それははっきり言えます。あの人ではないです」

「え？　嘘《うそ》、あ、あれぇ？　そういう風に視えたんだけどなぁ」

「……」

（この幽霊大丈夫かしら？　意味深な感じで登場したけど、全然的外れだし）

「ふーむ、ゴルザじゃないとすると……アルザかな？」

「いえ、お姉様はその日、試験会場の警備でしたから違います」

「あ、そ、そうか。あ！　わかった！　エルザだね！」

「いえ、お母様はその日、お父様と一緒に薔薇《ばら》のスケッチをしてました」

「え!?　あ、あれ、他誰だ」

「あの、無理に当てなくても……」

「あ、うん、そうするよ。でもおかしいな。歴史がここにきて曲がってきてるのか？」

「歴史とか本当に視えるんですか？」

「今まではね。どんな未来も覆せなかったよ。こんな幽体になってしまったから。教えたいとは思ってもこんな体じゃ、誰も気づいてはくれなかった」

「そ、そうですか」

「それに……歴史とは知っていても変わらないものだ。どうにもね。歴史の修正力という奴《やつ》なのかもしれないね。一度決まったレールに誰もが乗らされている。それが時間であると私は解釈している」

「は、はぁ」

「だから、不思議だ。既に君は天明界に捕らわれて殺されていると思っていたんだけど。しかも代行者か」

「あ、そうですね」

（この人、何か重要なことを知っていそうだけど。言ってることが全然当たってなくて聞く気になれない！）

「あ、あの、ゼロ・ラグラーの未来は知っていますか？」

「ゼロ・ラグラー。あぁ、可哀想《かわいそう》な子だよね。死産とは」

「いえ、ピンピンしてます、夏休みの宿題してます」

「あ、あれぇ？」

（やっぱり、話聞かない方がいいかもしれない）

「……なるほどね、これは面白いことが起きているのかも」

「え、えっと？」

「あぁ、私はずっと歴史を変えたくてね。本来ならラグラー家は君で末代。全員死んでしまう、というか世界は滅んでしまうのさ」

「な!?」

「でも、その私も変えられなかった歴史を誰かが変えているようだ。もしかして、それが【代行者】なのかな？」

「代行者……」

「君のお父さんが代行者だと思っていたけど、どうやら違うようだね。子孫に言っては悪いが、彼にそこまでの力はないだろうし」

「ま、待って、世界が滅びるってどういうこと！」

「あぁ、そうだね。もう時間がない。私の知る限りを君に教えよう」

「じ、時間がないって」

「私の時間さ。この幽体はもうすぐ消滅する。魔力が切れてしまうのでね。だが、最後に君と会えてよかった」

幽体の少女はふふと微かに笑ってみせた。その笑みは少しだけ姉に似ているように見えた。

「私も詳しいことは知らない。だけど、世界を救いたいと君が願うなら……聖神アルカディアを追え」

「聖神アルカディア」

「六大神と戦った神だ。あの神の謎を追うといい」

「……世界が滅びるのは本当なんですか」

「わからない。歴史が大きく動き始めている。私には視えても変えることはできなかった。歴史という大きな流れを変える存在が唐突にこの世界に現れたと私は解釈したよ」

「なら、代行者」

「それも追うといい。君の顔を見ていればわかる。自分より大切なものがあるのだろう」

「はい、お兄様です」

「あ、そうなのかい。恋愛的な意味で好きとか？」

「か、勘違いしないでよね！　す、好きとかじゃなくて、掌握しておきたいだけなんだから!!」

「この妹さん、面倒だね」

「それで占いできますか」

「占いじゃないんだよ、私の能力は」

「なら、アタシのお兄様を視てください」

「……それくらいなら……いや、申し訳ないが何度視ても君のお兄様は死んでいるよ。産まれるはずもなくね」

「お兄様……アタシ、お兄様がいない世界なんて考えられない」

「なら、守りたまえ。その世界を……君は特別な子だ。必ず、世界を救う鍵となるだろう」

「それも占い？」

「占いじゃない、ただの勘さ。私が視た未来と今の君の顔を見て勝手に期待しただけさ。随分いい顔をしているじゃないか、私が知る未来では君は仏頂面で死ぬ時も何の後悔もなく死んでいたよ。大切なものがないから何も感じないような顔をしてね」

「お兄様」

「そんなに大事なんだ」

「はい」

「カッコいい？」

「まぁ、それなりに」

「へぇ……最後に、消える前にそのお兄様を視せてもらってもいいかい？」

「家にいます」

「それじゃ、間に合わない。消えてしまうよ。こっちにおいで、頭を触らせてくれ。それで視える」

「あ、はい。どうぞ……正直言うとカッコよすぎるので惚《ほ》れないでくださいね、最近も羽虫が増えて面倒なので」

「あ、うん。全然知ってる未来の君と違いすぎて引いてるよ」

半透明の少女はイルザの頭に触れた。その瞬間、彼女の頭の中で溢《あふ》れ出《だ》す記憶。

『おにいしゃま！　おにいしゃま！』

『うん？　どうした？』

『おにいしゃまはなんで、筋トレするの？』

『それはね、カッコよくなるためさ』

『へぇー！　きんにくみしぇて！』

『ふ、構わんよ』

当時5歳のゼロが妹に裸体を晒《さら》している。上半身はとんでもないほどにムキムキボーイだった。

（え？　これ5歳⁉　5歳⁉）

『ふぇー！　おにいしゃま筋肉しゅごい！！！』

『さらにもう一段階変身可能だ』

ボゴんと急に二回りほどゼロは筋肉で巨大化した。

（ええええええええ⁉　なにこいつ⁉　なにこいつ⁉　こーわ⁉　マジで怖いんだけど……）

『ふぁあ！！！　しゅごーい！』

『よく見ろ、地獄に行ってもこんな美しい筋肉は見られんぞ』

『おにいしゃましゅごーい!!』

『イェイ!!』

『あたしもする！　ふーん！！！　ふーん!!　う――！　できなーい！』

『カワイイ』

『ほんとしゅごい！　おにいしゃまって、なにものなの？』

『とっくにご存知《ぞんじ》なんだろう？』

『しってる！　あたしのおにいしゃま！』

『ふふ』

(あ、こいつだわ、歴史の転換の大本。何があったのか知らないけど、こいつだわ。絶対こいつだわ)

『――それで……さっきからこの俺を覗《のぞ》いているな？　貴様』

筋肉ムキムキの巨大化したゼロの瞳が、記憶を視ていた透明の女の子にギロリと向いた。

「ぎゃあああああああああああ！！！！！」

「ちょっと、急に大声出さないでしょ！　びっくりしたじゃない！」

「びっくりしたのこっちなんですけど!?　何あいつ、あんなの私の子孫じゃないよ!!　化け物だよ、筋肉の!!」

「お兄様、筋肉には自信あるらしいわね」

「それじゃ、説明が……あのお兄様のどこが好きなの？　怖くない？」

「昔、色々あったのよ。ちょっと荒れてた時期があってね。その時叱ってくれたのお兄様だけだったの」

「へぇ、色々あるんだね。あ。ごめん、そろそろ時間だ。まぁ、世界とか、末代とか、最悪未来とか……多分大丈夫でしょ」

「ちょ、ちょっと急に雑！」

「この遺跡自体ざっくり説明すると、私の幽体を維持する装置なんだ。だから、ここで留《とど》まってたんだ。来た子孫に世界の真実とか話したりしながら、歴史変えようとしてたけど……本当に意味なかったわぁ。筋肉の化け物みたいなのがいたなら、最初から言えよ。あんなのが子孫に現れるならさぁ」

「ちょ、急に雑だって!!　遺跡のこととかもっと丁寧に言ってよ！　自由研究で来たって言ったでしょ！　メモ間に合わないんだから!!」

「いやまぁ、大丈夫そう、うん、あれ、化け物だわぁ。安心したら成仏できそうだわ！　それじゃ！」

ふわぁぁああああと半透明の彼女は消えてしまった。そして、何が起こったのかよくわからないままイルザは取り残されてしまった。

「でも、お兄様、必ずアタシが守るわ。世界は死ぬほどどうでもいいけど、お兄様との新婚旅行に行けないと嫌だし、ついでに世界も守りましょう」

第十章

最強団長マジバリやばい？

「神への信仰が足りない。大地神を復活させるには」

「予言ではあと少しだとか」

「うむ」

「人々の信仰を高めねば」

広いとある会議室、六人の人間が机を囲い会議を行っている。彼らは神源教団《しんげんきょうだん》。六大神を信仰し、その信仰心により神をこの世に蘇《よみがえ》らせる者達。

天明界《てんめいかい》は神の力を我が物にしようとする存在だが、彼等《ら》は神の純粋な復活を望んでいる者達である。

「天明界も好き勝手に動いている。あやつらは神への冒瀆《ぼうとく》者だ」

「我々は動くしかあるまい。再び、この世に信仰の心を」

「しかし、神々の復活は近い。あと少し、あと少しの信仰心なのだ」

「ならば、あの催しを利用するしかあるまい」

「武闘会か。して？　その作戦とは」

「……武闘会に我々側の剣士を二人送り込む。大地神の加護を受けた剣士だ。そして、その会場に神の【眷属様《けんぞく》】を送り、観客を襲わせる。それを剣士に討伐させるのだ」

「なるほど。それにて会場の人間の心に信仰心を植え付け、高めさせる。神の化身が災いを討伐したと」

「優勝と準優勝の座を獲得してからが理想ですな。大地神の力を存分に受け継いでいる剣士、我らが同志。その優勝の後に眷属様を送る」

「会場の人間はいくらか死んでも構わんでしょう。その方が大事を解決したと認識される」

こつこつと机を指先で叩《たた》きながら、軽快なリズムで会話を弾ませていく六人。

「代行者《だいこうしゃ》……あれはどうされますか？　介入が予想されますが」

「あいつは放っておけ。所詮ただの愚神を信仰する愚かな信徒よ」

「ええ、20年前に活動を断念したのが良い証拠、本質は臆病なのでしょう」

「純粋な神を信仰する我々の敵ではあるまい」

「さよう。放っておけ。もし出てきたとしても、眷属様に潰させる」

グランパの家に来て数日が経過した。その間に夏休みの宿題はバッチリ終えることができたのです。

「ゼロよ。今日は近くで戦士武闘会があるから儂《わし》と一緒に観《み》に行こうじゃないか」

「うんいいよ」

「アタシも行く！」

グランパと俺、リトルシスター、レイナ、パパンもママンもグランマも皆一緒に武闘会に行くことになった。

「お兄様、参加したらどうかしら？　お兄様は魔力ゼロだしこういう魔法禁止のイベントで実績を作っておいた方がいいわ。魔法禁止だから魔力を使った近接格闘が多いわ。剣術まぁまぁのお兄様にうってつけじゃない」

「え？」

「魔法学園での評価のためよ！　出ておいて損はないわ！　少しでも勝ち上がったらアタシが頑張ったって学園教師に言えばいいし」

「えぇ」

「出なさい、お兄様の為《ため》よ」

「厳しい」

しょうがないので出ることになった。この武闘会では魔力を使ってはダメだが、それは俺からしたらいつもと同じだ。普段から使ったら暗黒微笑ＢＧＭだしな。

武闘会の会場にて受付も行われているのでそこに並んだ。他にも屈強な戦士達がエントリーをしている。

「ちーす、団長」

「ロッテか」

「団長も来たってことは、あーしと同じ的な？」

「あぁ」

「神源教団が主催の武闘会だし。何かあるとは思ってたけど団長もおそろね」

「……ふ」

全然知らん。

「ひゅー、団長やるぅ」

「ところでロッテ。神源教団について説明せよ。わかりやすいようにな。理解の深さを測るための言語化のテストだな」

「あーしからしたら超余裕。六大神を強く信仰する存在。天明界との違いはあいつらは神の力を自身のものにしようとしてる、教団は神の復活を純粋に願う狂信者が多い」

「ふむ100点だ。花丸あげよう」

「ま、別に嬉《うれ》しかないけど、あざーす」

見た目は如何《いか》にも生意気なヤンキー少女である。髪は紅《あか》でブリーチみたいに黄色も一部入っている。眼《め》は左右で色が違う青と赤、オッドアイ。

格好も制服に酷似したものを着ている。着崩してて若干不良っぽい。しかし、めっちゃ性格は真面目なのである。あとついでだがエルフという耳が尖《とが》って魔法が得意な種族でもある。あるあるファンタジーエルフギャルみたいな女の子である。

「団長って、学園でテスト通過したんだってね、おめ」

「おめでとうと言いたいのね」

「これ、ガチプレ」

「ガチのプレゼントの意味ね」

「そそ」

プレゼントを開けたら香水だった。あら、すごいオシャレ。

「じゃ、戦う相手だったら手抜いてね。あーし死んじゃうから」

「はいはい」

「あ、この間弟に魔法教えてくれてさんきゅ。めっちゃ喜んでた」

「あいあい」

「今度お礼するから予定あけといてね」

「あいあい」

――そして、武闘会が始まった。一回戦はロッテが戦っている。エルフだから魔法が得意だけど、近接も得意なんだよね。俺が以前教えてあげたからな。

「まぁ、あーしなら余裕っしょ」

「嬢ちゃん。さっさと負けを認めた方がいいぜ」

「あーし、ものすげぇ強いよ。あーしの師匠は天才の中の天才、完全無欠のジーニアスだから、すげぇ、ものすげぇから」

「あ？」

「だから、あーしは絶対勝つってこと。勝利の方程式は決まってっから。これあーしが勝ったら焼肉貰《もら》ったわ」

あ、昔俺が教えた決め台詞《ぜりふ》も完璧に覚えてるんだな。ちょっと嬉しいな。ただ傍《はた》から見ると少し痛々しいのが玉に瑕《きず》だな。

「魔力練り上げ……」

「ガキが!!」

「……【純粋なパンチ《ライトニングウルトラゴールデンスマッシュ》】」

「あは⁉」

「ネーミングセンスもいかすわ、師匠」

ロッテの純粋な魔力パンチで一発ＫＯだった。勝ったらロッテは席に座っている俺にウインクしてきた。

「あいつ、お兄様に色目使ってるわ」

「ほう、あの少女やるな」

「ええ、ゼロちゃんに気があるみたいだし。お嫁さんにどうかしら？」

「お母様完璧なメイドがここにおります」

リトルシスターがイライラしているようだった。パパンとかママンとかはロッテの戦いぶりが見事で褒めていた。

次戦うのは俺みたいだ。

「次は魔法騎士育成学園の生徒ゼロ・ラグラー。そして、神源教団、【神覚者《しんかくしゃ》】ベゼブ・ストルドーム」

「お兄様、大丈夫かしら」

「余裕っしょ」

「あ、アンタ」

「ども、妹ちゃん」

「アンタ、お兄様の知り合いなの？」

「まぁ、そんなとこ」

イルザ、その隣にレイナ、更に隣にロッテが座った。

ロッテはジッと大司教ベゼブ・ストルドームの様子を窺《うかが》っていた。剣士としてはレベルが非常に高い。

（まぁ、団長が負けるはずないけど。ゼロ・ラグラーとしては適当に戦うんだろうな）

その存在と自らの主人である団長が剣を交えている。ゼロと相対する剣士は腕は見事だが眼がどこか虚《うつろ》になっている。ゼロは、相手が強くても未《いま》だ負けていない、だが、長く戦い追い込まれているように見せている。

（相変わらず、剣のセンスえぐすぎッ）

ロッテはゼロの剣舞に感激していた。同時に相手の剣士に対しては不信感を抱く。

（あの剣士、様子おかしいな。まぁ、あれが【神覚者】。信仰心を強制的に植え付け悪魔の細胞を入れることで神の力を再現した戦士か。そもそもこの大会自体が【神覚者】を活躍させて、大地神の信仰を高める為の催しだからね）

「レイナっち。あの剣士どう？」

（レイナもいるし、団長も気づいて参加してるんだろうなぁ）

「……ええ、この感覚懐かしいです」

「懐かしい？」

「あの剣士、意志が乗っ取られてます。しかも大分人間としての部分が消えてしまっています」

「……確かに様子変だけど……あ、団長降参した」

「ええ」

「大分、手抜いてた。実力出すわけにはいかないだろうけど。まぁ、あーしが優勝したら全部オーライっしょ」

「それに期待してます」

そして、二回戦となりロッテと神源教団大司教ベゼブ・ストルドームの事実上の決勝戦が始まった。

ふむ、一回戦で負けてしまった。あれ以上やってたら下手な目立ち方をしちゃうだろうし。魔法禁止とは言え魔力無しの落ちこぼれ学生なのに勝ったら不自然だしね。

でも、一回戦で負けたことはリトルシスターに怒られちゃうだろうな。熱《ほとぼ》りが冷めるまで適当に時間潰さないといけない。

武闘会の会場は円形闘技場のような構造となっている。そこを出て少し離れた場所を歩き回っていた。

「もし、そこのお方」

「え?」

「ええ、貴方《あなた》です」

「あ、どうも」

「どうも。先程の剣舞、凄《すご》かったです」

「あ、あぁ、どうも」

「負けてしまいましたが、わたしの目には貴方に軍配が上がっているように見えました」

「あ、ど、どうも」

誰だこの人……。いや、どっかで見たことがある。誰だっけなこの人。茶髪に茶色の瞳の女の子。見覚えがすごくある。

「敬語じゃなくてもいいかな？」

「砕けた感じでどうぞ」

「ならそちらもどうぞ。わたしの名前は……ポムン」

「ゼロだ」

「ふーん、いい名前だね」

「どうも」

「ねぇ、ルバザは貴方のおばあちゃん？」

「よくご存知《ぞんじ》で」

「だよね、似てるもん」

「どうも」

「……ねぇ、家族と来てるの？」

「はい」

「なら、逃げた方がいいよ」

「なんで？」

「暫《しばら》くしたら悪魔がやってくる」

「やべぇじゃん」

「うん。だから、逃げてほしいなって」

「それ本当？」

「うん」

「嘘《うそ》じゃない？」

「嘘だったらゼロ君の恋人になるね」

「じゃあ、やばいな」

「逃げてほしいけど、会場の人も危ないだろうし。……君ならなんとかできそうだね」

「あ、そう？」

「うん、すごく強いんでしょ？」

「え、そう思う？」

「うん。正直、ぱっと見だと強さわからないけど。でもねルバザがよく言ってたよ。孫は天才だって」

「もしかして、俺の祖母の知り合い？」

「うーん、友達かな。昔はよく遊んでたんだけどね……」

そのポムンと名乗る人は大人しそうな雰囲気の人だ。今にも消えそうなくらい白い肌が不思議な女性。グランマよりも明らかに若々しい。

「悪魔なんだけどね、この闘技場の地下にいるんだ」

「へぇ」

「案内するから、退治してくれたら嬉しいな」

「俺にできるかな」

「できるよ。君、自信持ってそうだもん。焦ってもないしさ」

ふむ、この様子だともしかして実力バレてるのかな。面倒だなぁ。団長引退後はスローライフ計画があるから下手にバレてると本当に面倒臭い。

「大丈夫、誰にも言わないから」

「そうですか」

「その代わり、ね？　お願い」

「……まぁ、悪魔くらいなら」

「ありがと。ゼロ君、カッコいいよ」

「そんな感情感じさせない瞳で言われても」

「あーごめんね。大人しい性格だから。取《と》り敢《あ》えず付いてきてくれる？」

「わかった」

「これ上手《うま》く行ったらジュース奢《おご》るね」

ポムンと名乗る女性は歩いてどこかに進み始めた。こんな手間をかけるのは性分ではないが悪魔が出てくるとなると少し話が変わる。グランマがアップルパイを後で作ってくれると約束しているのだ。

アップルパイは大好物なので美味《おい》しく食べたい。悪魔で被害とか出た後に食べると美味《うま》さ半減だよ。

「闘技場にこんな地下室があるんだ」

「そうだよ。ゼロ君こっち」

「はいはい」

一緒に歩いていくと門番と思われる二人組が扉の前で談笑をしている。

「この大会が終わったら悪魔を放つらしいぜ。大地神の加護を高めるための儀式だな」

「しかし、あの女妙に強いな。ブロウ様は勝てるだろうか」

「勝てなくても、憤怒の眷属様が」

あら、本当に会場を襲うらしい。

「本当にピンチだね」

「こんな地下にやばい奴《やつ》が」

「うん、あれは神源教団だね」

「……神様を蘇らせるとか言ってる」

「うん。純粋に狂ってる人達だよ」

「神様とかずっと信じているのはやばいよな」

「神様は信じてないんだね」

「見たことないしさ。取り敢えず、ちょっと待ってて」

すっと移動して、恐ろしく速い手刀で二人を気絶させておいた。

「うわ、すっごく速い」

「俺でなきゃ見逃しちゃうレベルだろ?」

「うーん、何言ってるかわからないけど。凄いのはわかったよ」

その後も歩き続けていると、他にも監視役とかがいたのでそれも気絶をさせておいた。

「神様を信じてる人達はこんなにいるのか」

「ゼロ君は神様信じてない?」

「うーん、俺は基本的に自分で見たりしたものを評価するから。今まで生きてきて神様を見たことがないしさ」

「ふーん。確かにわたしも見たことないな。信じてる人はたくさんいたけど」

「俺もだな。多分迷信なんだろうさ。でも自称神様のメイドはいる」

「へぇ、自称神様なんだ」

「まぁ、神様じゃないけどね」

「意外と本当に神様かもよ」

「神様って言うなら人間より強くて凄い存在だろ。俺より強そうではないから」

「じゃ、君より強くて凄い存在がいたら神様って思うんだ」

「言い得て妙だね。確かにそうかもしれない」

「ふーん。神様……大地神は隕石《いんせき》を作って落とせるらしいよ」

「そんなの俺だってできるよ。七ついっぺんに作ってお手玉みたいにもできるさ」

「……大地神は地震とかも起こせるって」

「それなら俺も生まれて半年で起こしたよ」

「……えっとね、海王神ってのがいてね。海を二つに割ったんだって」

「うーん、それくらいで神様って言えるのかな？　俺もクロールしながら泳いでたら四つに海割れたぞ」

「……なんかこれ以上ゼロ君と話しても不毛な会話になりそうだからやめておくね」

「うん。結局神様なんて、いないんだよ。いる存在といない存在ははっきり分別をつけるのが大人なんだ」

地下室を歩き続けていると牢獄《ろうごく》のような場所に大量の悪魔を発見した。その数は余裕で百を超えている。

「じゃ、さっさと倒しておきますか」

「うん、よろしくね。ありがとうゼロ君、超カッコいいよ」

「ふふ、まぁね」

「あ、君が意外とちょろい人なのはわかったよ」


「どういうことだ。あの女が決勝戦に残っているではないか」

「決勝は大地神の加護を持った同士に争わせる手筈《てはず》。それらを戦わせることで決勝の舞台にて大きく大地神の力を示す策略が狂った」

「だが、あの女は途轍《とてつ》もなく強い。どこからあんな存在が……」

「魔力制御のレベルが高い。魔法は使用していないのにあそこまでの戦闘力を持つとは【神覚者】ではないのか」

「天明界の者か」

「今は互いに不可侵のはずでは」

「あんな奴らに約束など通用するはずもありますまい。しかし、もう一人の神覚者もあの女に勝てるかどうか」

「この大会そのものが無駄になるのは……」

「このままあの女に優勝を持って行かれてたまるか！　信仰心は年々人々から薄れつつある。人口が増えたことでかろうじて大地神の力の総量が保たれているのだ。ここで加護を持つ者が優勝できないとなれば、それは大問題だ!!」

「ふむ、今回の大会は国中に広く知られています。大地神の力を宣伝する為にと思い広報に力を入れたのですが」

「──それなら僕が出ましょうか」

ズッと話に割り込み、気づいたら六人が話し合う机の上に少年が乗っていた。白い肌、額には宝石が埋め込まれている。

「け、眷属様」

「憤怒のアシッド様……」

「いつも信仰ありがとう人間の諸君。さて、話は戻すがあれは相当の実力者だ。僕が出ようじゃないか。決勝の前に僕が乱入し、あの女を倒す。その後、もう一人の神覚者が僕を倒す。勿論《もちろん》僕が倒される時は演技さ。これら全てをあの会場にて行う。どう？」

「あ、アシッド様ならば倒せるのですか？」

「当然でしょう。僕は……大地神の力を最も享受する眷属なのだから。あと会場には結界魔法を構築して逃げられないようにしてくれよ。そして大きく金をかけてこれを知らしめること。わかった？」

「は、はい」

「オーケー。なら、さっさと終わらせようか」

六人の男達の間を抜けて、悪魔の少年は一人、闘技場の選手控え室に向かった。もう直《す》ぐ決勝戦であり既に負けた選手は退場しているので誰もいない。

「……役立たずどもが。神覚者も随分と程度が低い。他にも必要だね。ねぇ？　大地神様……？」

『……ふ、ふっかつ、のとき、は、ち、ちかい』

「わかってますよ。信仰は大地にあり、ってね」

ニタニタと少年の悪魔は笑っていた。その悪魔は闘技場に向かって歩き続ける。そこには既にロッテが決勝で戦う為に待っていた。

「あ……？　何この感じ？　まぁまぁの魔力持ってる奴あーしの前に来た感じ？」

「まぁねぇ、そういう感じかもねぇ。魔法結界発動」

「……ってか、ちょい予想外れたわ」

「そうだろ？　まぁ、殺すから予想とかしてもねぇ？」

突如として闘技場を結界が覆った。闘技場内にいた観客を閉じ込め、恐怖を植え付ける。

「な、なんだこれは⁉」

「魔法結界⁉」

「や、破れない‼」

「おいおいおいおい、ふざけんなよ！」

「あれは悪魔か……‼」

「人の姿をして会話できる悪魔なんて……上位種か‼」

ざわざわと闘技場内に恐怖が生まれていく。全員が結界を叩いたり、逃げようとしたりするが外には出られない。

「お父様、あれって」

「あぁ、悪魔。しかも上位種か」

「……っ」

「レイナ、あんた大丈夫？　震えてるけど」

「……い、いえ。も、問題ないです」

「そ、そう？」

（レイナがこんなに取り乱すなんて……）

イルザはレイナの驚愕《きょうがく》した表情を見て、目を見開いた。普段から、ずっとふざけているメイドがこんな不安そうにするとは思わなかったからだ。

ゴルザは腕を組みながら鋭い目つきを向けている。またジグザも同様に視線を鋭くしていた。

「……この戦いどう見ますか？」

「ふむ、ゴルザよ。あの少女の勝ちと見た」

「私も予想は同様です」

「ただ、被害がゼロかと言われると」

「それについても同意いたします」

「出るか、儂らも」

「……いえ、問題ないでしょう。奴が……来る」

「ふむ、だろうの。ゴルザ、お主の全盛期ならあの二人を倒せるか」

「……はい。両方とも倒せます。しかし、無傷は厳しいでしょう。特に少女の方は」

「ありゃ、化け物じゃろうて。どこにあんなものがいたのか。儂の全盛期ならば倒せたかもしれんが。だとしても魔力の練り上げ方が尋常でなく速い、それでいて魔力の流れもまた美しい。大したもんじゃ」

「エルフなので見た目による判断は難しいですが、言動から察するに年齢はまだ若め、発展途上……ですか」

「末恐ろしいのぉ」

客観的に冷静に、逃げようともせず観客席に座った二人は観覧を続けていた。

「貴方！　ゼロちゃんがいないわ！」

「あの子なら問題ない」

「なら、あのゼロちゃんのお嫁さんはどうするの！　助けなくていいの!?」

「まだゼロの結婚相手と決まったわけじゃない。それにあの少女なら負ける確率は低い」

「お父様！　アタシはあんなエルフがお兄様の嫁なんて反対よ！」

「あら、イルザちゃん、あの子可愛《かわい》いしゼロちゃんにぴったりよ」

「お母様！　お兄様にお嫁さんは早いと思うわ！」

外野はぎゃーぎゃー騒いでいるが今まさにロッテと悪魔の戦いが始まろうと――

「あぁ、さっきの言葉なんだけどさ……あーしが予想ちょいと外れたって言った意味はさ……

まさか、あのお方が直々に出てくるんだって意味なんだよね」

「なに？」

『――でででんでででんーでんでんでんでんでん。るーるるーるるー』

――上空にカラスが浮かんでいた。

「な、バカな!?　ゴルザ、気づいたか!?」

「……カラスが転移魔法を使い、この会場にやってきておりました」

「……なんと、では転移魔法を鳥に教えたと？」

「そう、なります。理論上は可能かも、しれませんが……だとしても転移は特級クラスの魔法」

「儂とて使えんのに」

「私も使えません」

――そして、その存在が上空より彗星《すいせい》の如《ごと》く飛来する。

――ドゴンッ！！！

闘技場の結界をガラスのように破り現れたのは仮面を被《かぶ》った男。悪魔と少女の間に割り込むように立っていた。

「……相変わらず、カッコよさぱねぇ。あーし勝てる気しないからこうさーん」

両手を上げてロッテは観客席に登っていった。レイナの隣に陣取り、うっとりとしながら闘技場を眺めている。イルザは彼女に声をかけた。

「ねぇ、アンタ」

「あーし？」

「そうよ。アンタあれに勝てたんじゃないの？」

「勝てたと思うけど？　なに？」

「そう、勝てるのね。あれに」

「勝てたけどちょぃと荒れただろうから。任せた方がいい的な？」

「いい的な？」

「てか見学したかった的な？」

「的な？」

「まぁ、見てればわかるよ。立ち姿だけでわかるっしょ、格の違い」

代行者がポケットに手を入れながら優雅に佇《たたず》んでいる。悪魔もそれを見て微《かす》かに笑いながら声をかけた。

「なるほど。君が噂《うわさ》の……調子はどうだい？　愚神はそろそろ復活しそうかい？」

「まさか悪魔如きに心配されるとは。無論、問題はないとも」

「そうかいそうかい、随分と自信に満《み》ち溢《あふ》れているなぁ。しかし、可哀想《かわいそう》に。その全てが打ち崩されることを知らずにいるとは」

「そうか、ならば是非ご教授頂きたいものだがね。その壊れてしまった私を」

その様子を見ていたゴルザとジグザは深く息を吸い込んだ。天より降臨した存在の僅かな挙動を見逃さぬように。

「……あの域に至れるとは」

「凄さを理解できるのは一体この会場に何人おるかのぉ」

「少なくとも、私が観測する限りは五人でしょう」

「あのエルフの嬢ちゃん、儂とお主。イルザとメイドちゃんか」

「えぇ、悪魔は理解できぬようです」

「憐《あわ》れとは思わんの。あの魔力の流れを理解しろというのが無理な話」

（見せてもらうぞ、息子よ。お前の力を）

（さて、孫よ。どこまで魅せてくれる）

まず最初に動いたのは悪魔の方だ。腕を五倍ほどに巨大化させ代行者に向かって殴りかかった。

「残像だ……【千手刀《ちぎり》】」

手刀にて悪魔の腕を豆腐のように斬り裂いた。しかし、すぐさま悪魔も腕を再生させて戦況を五分へと戻す。

「へぇ、人間のくせに」

「その人間に腕を斬られているのだが、少し焦ってはいかがかな」

「この程度で図に乗るなよ。【憤怒火球《インフェルノ》】」

黒い炎の火球を代行者に向かって放射する。しかし、代行者はそれに軽く手の平で払うようにして、カウンターのように跳ね返した。そのまま火球は悪魔へと激突する。

「できるのか！　そんなことが!!」

ゴルザが思わず立ち上がり、驚きの表情を見せる。その表情にイルザもまた驚いた。

（お父様がこんなに驚くなんて……）

イルザは自らの父の様子に驚きつつ、その理由を問う。

「お、お父様、今の何が凄いのかしら？」

「私も初めて見た。魔力の抵抗《レジスト》を応用したカウンターだ」

「か、カウンター？」

「あーしが説明しちゃるよ。自分の魔力で作った魔法は自分へのダメージが極端に抑えられる。自分で作った魔法に当たっても大したこと無かったりするっしょ？　反対に自分以外の作った魔法だと大きなダメージなの」

ロッテによる説明を聞いたイルザは、続きを促すように眼を向ける。

「それで、どうなるのよ」

「だんちょ……あ、代行者は火球が放たれた時、それが炸裂《さくれつ》する前に火球の全体を自身の大量魔力で包み悪魔の魔力を侵食した。その瞬間魔法の主導権も代行者になったんだよ」

「ふ、ふーん、魔力で魔法を包んで自分が作った魔法にすれば、じ、自分へのダメージを最小限にできるんだ」

「それ、簡単に言うけど超効率悪いから。普通に防御系統の魔法を作った方が効率いい的な？　しかも包んで侵食した魔法の主導権取ってんのがやばい。バリバリセンス必須の激ヤバカウンター曲技的な？」

「て、的な？」

「んで、それをあの一瞬でやってるのが相当にぱねぇってこと。無理無理、ありゃ真似《まね》できねぇわ」

そんな芸当は真似できないと両手を上げて、降参のポーズをロッテはとる。

「そ、そう」

「しかも」

「まだあるの!?」

「大量の魔力で包んでったから威力が底上げされてる。あれできたら天下取れちゃうの、もう取ってってけど」

「て、的な?」

「そうそう。的な?」

何をしているのか殆《ほとん》どの者には理解できない大技の応酬。ゴルザの妻であるエルザもよくわかっていないようだった。

「よくわからないけど、あの神父の方すごいってことなのねぇ。あの人すごいわぁ」

「……私もやろうと思えばできるがね」

「あら、貴方も?」

ゼロの父、ゴルザもその神業をできると言い放ち、それに対して妻のエルザが驚いた口を手で隠す。

(お父様、お母様があの人褒めたら独占欲が出始めてるわね。こういうところはアタシとお父様が似てるなって思うわ)

「貴方ならあの仮面の人倒せるの？」

「……あぁ、行けるな」

「お父様、それ本当に？」

「あぁ」

「どうやるのよ、お父様」

「先《ま》ず、魔法を使わないことだな。カウンターが来る」

「そ、そう。でも相手は魔法使ってくると思うけど？」

「攻撃魔法はお願いして使ってもらわないようにすればいい」

「お、お父様!?」

（お父様、お母様の前でカッコつけたくて本末転倒なこと言ってしまってますけど!?　それカッコ悪いですけど!?）

「え、えと、それでも代行者様は近接も得意そうですが」

「私も剣術なら負けない」

「あ、えと、あの人体術だけで悪魔圧倒してますけど」

「ふむ、目を瞑《つむ》ってもらえばいい」

「お、お父様!?　す、すごいハンデ戦になってる!?」

「じわじわと武器を使い削ればいい」

「ひ、卑怯《ひきょう》では？」

「毒も使えばいい」

「で、でも、代行者様、回復魔法無詠唱で使えますけど」

「じゃ、もう無理やんけ（半ギレ）」

「お、お父様⁉」

（こ、こんなカッコ悪いお父様見たくなかった！）

「あら、大丈夫よ。私貴方を愛してるもの」

「……そうか」

「ふふふ、独占欲が強いのね。イルザちゃんも貴方にそっくりになって」

家族で談笑をしているうちに代行者対悪魔の決着が訪れる。代行者の腕が悪魔の背中から突き出ていたのだ。

「あ、ありえん。どう、やれば、お前のような化け物が生まれるんだ。本当に人間か⁉　あり得ないフザケルナ！！！　ふざけるな、なんだ、なんなんだおまえ‼」

「私はただ、あのお方の思し召《おぼ》《め》しのままに生きる存在。下等な悪魔などに理解はできんだろうがね」

「ふ、ふふふ、しかし、これは引き分けだ。少しの合図で、百を超えた悪魔が押し寄せる。会場の連中は無傷で済むかなぁ？　流石《さすが》のお前もこれで！！！」

「それなら既に葬ってあるさ」

「な、に!?」

その様子を見ていたロッテは団長の狙いに気づいてしまった。

(あぁー、なるほどどんぶり。あーし出汁《だし》に使われてたなこれ。大会で活躍させておいて、自分は速攻で負けて裏で悪魔事前に叩いてたのか。うわぁ、団長に出し抜かれてるじゃん)

(敵を騙《だま》す前に味方欺く的な？　うーわ、鬼恥ず。自分でチェックメイトする的な？　感じ出しておいてバリバリ駒として使われてるじゃん)

(流石だけど、してやられたわぁ、まーじで勝てねぇわぁ。団長)

代行者は悪魔を倒すとすぐさま姿を消した。そして、武闘会に代行者が現れたことは人伝《ひとづて》で伝わることとなる。


全部終わったのでグランマのアップルパイを食べながら部屋に引きこもりタイムをしている。

「ちーす、団長」

「ロッテか」

「どもども。てか、頭の回転どうなってるん？　団長」

「ふむ」

どういう意味で言ってるのか知らんのだけど、バリわからない的な？

「一回マジで解剖して脳みそをしわまで見たいわ」

「そうか」

「人的被害ゼロとはやるね」

「ゼロ・ラグラーだけにな」

「え？　それ笑った方がいい感じ？　部下だから爆笑かっさらってて流石っすねみたいな感じ出した方がいい感じ？」

「いや。忘れてくれ」

「まぁ、失敗してる部分もあって、あーしからしたら安心したわ。あぁ、そういうの狙ってた感じ？」

「ふっ」

「あーだからね。団長がこんなクソ寒いクソおもんないギャグ言うはずないとは思ったわ」

「ふ」

そんな言う⁉　ギャルロッテちゃんばりばりのバリギャグセンスに厳しすぎ的な？

「団長。それ美味い？」

「アップルパイか」

「そそ」

「バリ美味い」

「マージ？　舌落ちる的な？」

「最早《もはや》溶ける的な？」

「舌が実質はちみつ的な？」

「そうそう」

「……あ、上司にこんなこと言うのあれだけどさ。一口くんない？」

「いいよ。ほら」

「あーんして」

「あいあい」

「……めっちゃ美味いね」

「だろ」

「……あ、ちょっと待って」

「どうした」

「これ、間接キスじゃん。どうしよ!?　あ、えと。嘘!?」

「いや、間接キスくらい」

「あ、えええええ!?　ああああ!?　団長に初めて奪われてしまいました。私!?」

「口調どうした」

「う、うわぁあ。これってもう結婚しないと……あれ!?　その前に子供できちゃう!?」

「できないって」

「キスすると、鳥が子供勝手に運んでくるって」

「違う。落ち着け」

「う、うん。わかった。で、でもキスはキスだし。あーしは嬉しいけどさ……ああもう、ちょっともう帰る!!」

騒がしい奴だ。

終章　さらば祖父の家。また会う日まで

アップルパイ最高！　アップルパイ最高！　お前もアップルパイ最高と叫びなさい!!

などと考えながら俺はお風呂に入っていた。祖父《グランパ》の家には大きな浴場がある。流石《さすが》は名門家のラグラー貴族様とでも言っておこうか。

「ゼロ様」

「うん？」

湯船に浸《つ》かっているとレイナが背を預けてきた。バスタオルを巻いているので裸体が見えているわけではない。

頭には何も巻いていないので表情がよく見える。しかし、綺麗《きれい》な顔なのだが少しだけ悲しそうだった。

「俺がアップルパイ食べすぎたから怒ってるのか？」

「いえ」

「なら、太ったなお前って言ったことか？」

「それもあります……でも、違くて」

「ふむ」

「あの闘技場にいた悪魔が怖くて、嫌な思い出が蘇《よみがえ》りました」

「……あ、話してた悪魔ね。それが怖かったのか」

「えぇ……ゼロ様、私も偶《たま》には甘えたいんですよ。怖い事とか沢山あるんです」

「へぇ」

ずっと寄りかかってレイナはジッとしている。

「大丈夫では。あの程度は大した事ないし。なんかあったら俺が倒しておくよ」

「偶にカッコいいこと言いますよね」

「8割カッコいいだろ」

「それはちょっと」

「俺が倒すって言ったんだからそれでいいだろ」

「ふふ、確かに。あの悪魔は強かったですか」

「弱い」

「即答とはびびりますよ」

チラリと見るとレイナは何やらニヤニヤしていた。一体全体何が言いたいのだろうか。

「ふふふ、さては私の美しさに見惚《みと》れてましたね」

「……美しいとは思うが見惚れてはない」

「ふふ、嘘《うそ》が下手ですね。まぁ、童貞のゼロ様には刺激強いでしょうからしょうがないと言えばしょうがないですよ。女神に見惚れてしまうのもねぇ」

「……俺童貞じゃないけど」

「うぇ!?」

「あー、体は童貞だけど。魂は違う」

「何意味わからないこと言ってるんです？」

「前世の話だからさ」

「……は？　ぜ、前世？　冗談ですか!?」

「あー、まぁ、レイナならいいか。一回死んだことあってさ」

「そ、それで転生したって？」

「そそ」

ざっくりと日本についての説明をしておいた。レイナは興味深そうな顔をしていた。そして話題は再び恋愛の話に戻る。

「えっと、ゼロ様は何人くらい、そのその、あれは、あの経験あるんですか？」

「うーん、分からん。少し色々あって包丁で刺されたり、睡眠薬と痺《しび》れ薬でとかありすぎて」

「……に、日本の人って皆そんな風な恋愛を？」

「流石にそれはないと思うが」

「へ、へぇ。日本人ってどれくらいの強さを持っているんですか？　ゼロ様とどっちが強いですか？」

「あー、今は俺の方が強いけど。前世の俺はそんなに周囲と変わらなかったな。俺もその他大勢のぼっちだった。飛び抜けた強さはなかった」

「え？　日本人ヤバい集団じゃないですか。過去とは言えゼロ様が飛び抜けてないなんて。魔境ですね。日本はどんな国でした？」

「ここは全く違う発展をしてた。魔法とかはなかったが代わりに科学があったな」

「へぇ、神様とかはいましたか？」

「信仰してる人はいたよ。宗教とかも沢山あったけど、誰一人として神様を見たことのある人はいなかったさ」

そう、神様を信仰している人は日本にも沢山いたが誰も見たことはない。こっちの異世界でも見たことのある人はいない。

「神様。ゼロ様は信じてませんもんね」

「神様って言うんだから人間よりも上位存在じゃないとさ。そうじゃないとそれは神とは言わないと思う」

「まぁ、一理ありますね」

「あぁ、いいこと思いついた。レイナはずっと神様を信じているだろ。これから俺より強い存在を神様って事で定義つけようか」

「無茶言うな。最悪なこと思いつかないでください。はぁ、まぁいいですよ。そうだ、ゼロ様背中洗ってあげます」

「よろしく」

「なんなら、下半身も洗ってあげましょうか？」

「頼むわ。一度言ったんだから命かけろよ」

「こ、怖い！　え、ええ!?　あ、あの」

「ふっ、そいつは脅しの道具になんてなりゃしないのさ。わかったらさっさと背中を洗え、このメイド」

「くっ、これで勝ったと思うな！」

そして、風呂から上がりグランパの家の俺の部屋に戻った。ついでにレイナも付いてきている。

「夏休みの宿題も終わってるし、無事帰れそうだ」

「充実してましたね。アップルパイ食べられましたし」

「ゼロ。少し良いかの？」

部屋をノックする音に続いて、グランパの声が聞こえた。部屋に通すと真面目そうな顔をして彼は入ってきた。一体全体何があったのだろうか。

「ふむ、ゼロよ。これから話すことは少しばかり重い話になるかもしれん。すまんがレイナよ。外してもらえるかの」

「いえ、何の話かわかっています……六大神のことですね」

「なんと！　知っておったか！」

「はい。実は……私とゼロ様は六大神との戦いに身を投じているのです。ですから、ここに来た理由もわかっております。先程の悪魔との戦いを見て、言うべきことがあるのですね」

「なんと、レイナも一緒に戦っておったか！　更にそこまで儂《わし》の行動も見抜かれているとは!?」

「私も日々戦っていますので、勘は鋭いのです」

「ふむ……そうか。ゼロよ。これからお主には辛《つら》い戦いが待っているが覚悟はあるのか」

「勿論《もちろん》でございます。ゼロ様が覚悟のないことなどあろうはずがありません。メイドである私が保証します」

「ふむ、ゼロよ。お前は天才だ。儂も昔は才に溺れたことがあったがお主ならそうはならんと思う。やれるな？」

「ゼロ様は天才の中の天才。天才の上澄みのお方、自惚《うぬぼ》れることなどあろうはずがないでしょう」

「うむ、ゼロよ。仲間を大切にし、真実の先に行きつき、この世界を六大神の魔の手から救い、欲に乱れた人を滅ぼし、伝説となる覚悟は……あるのか？」

「ゼロ様なら言うまでもないでしょう。あるに決まっております。既に仲間は二百人を超え真実に辿《たど》り着《つ》いております。ゼロ様は未来を常に的確に見抜くお方」

「そこまでメイドに言わせるとはの」

「ゼロ様ならば当然です」

「うむ。ならばゼロよ――」

「――ゼロ様ならその程度」

……

……

……

「そうか。ならばゼロよ――」

「――ゼロ様ならその程度、朝飯前」

……

……

……

「うむ。ならばゼロよ――」

「――ゼロ様ならその晩飯の前にちょちょいのちょい」

――いや、俺何も言ってないやん（半ギレ）。

めちゃくちゃ勝手に話進めてるじゃん。え？　グランパって中二病《ちゆうに》まだ卒業してなかったの？

おいレイナ、お前どんだけ勝手に返答してるんだ？

あのね、神様なんていないんだよ。俺より強い奴《やつ》もいないし。俺はこの目で神を見たことないし、神を見た人も誰一人としていないの！！！！

もうね、マジでいい加減にしてほしい。俺もさ、少し信じてるくらいならそんなに強く言わないよ。日本なら俺も初詣とか行ってたからさ。

でもこの世界の人って、ガチで信じててさ。神の復活とか神の力を我が物にするとかで違法実験とか不法行為しまくってるじゃん？　常識ってないのかな。グランパ、あんたは少しパパンを見習った方がいいぜ。

あの人、中二病は既に卒業してるしさ。

「ゼロよ……頼むぞ。この世界を」

「……あ、はい。あ、勿論」

そんなキラキラした中学二年生みたいな眼《め》を向けられたら了承するしかないだろ。でも、俺も人のことって言えないからな。昔は中二病で好き勝手異世界で暴れたから。

因果応報、自業自得なのかもなぁ。

「ではゼロよ。今日はよく休むといい」

「あ、はい」

「代行者《だいこうしゃ》としての活躍を期待しておるぞ」

代行者であるのもバレてるのか……

もう、引くに引けないだろ！！！

「ふっ、当然だ」

「ほほ、それでこそ自慢の孫じゃ」

どこにこんな孫自慢するんだよ。自虐好きじゃないけどさ。はぁ――――(クソデカため息)。

話が終わった後、グランパが自室に戻ったので文句を言いたげな表情でレイナを見た。

「ゼロ様?」

「お前、何乗ってるんだよ」

「ゼロ様がボロを出さないようにフォローしてたんじゃないですか」

「好き勝手言ってたろ」

「どうせバレてましたよ」

「お前さ……フォローするとか言って俺を絶対に団長と代行者から辞めさせないようにしてないか?」

「そそそそ、そんな、そんな訳ないでしょ! 言いがかりですよ!」

「おい! なんだそのテンプレなわかりやすい反応は!!」

「うへぇ、ほ、ほっぺたつねらないで!」

「はぁ……まぁいいわ。疲れたから今日は寝る」

「ふふふ、添い寝は任せてください」

「そうは行かないわ! この淫乱メイド!」

「そ、その声は」

急にドアがばあんッと勢いよく開いた。おい、ノックしろよ。

「アタシを差し置いて、お兄様の隣を陣取るなんて、なんて奴なのかしら。お兄様はね、可愛《かわい》い妹であるアタシがいないと寝られないの！」

「さっき怖い話の本読んでたから、寝る瞬間に怖くなって一人で眠れなくなったんだろう」

「お、お兄様！　適当なこと言うと魔法放つわよ！」

「わかったから寝させてくれ、もう疲れた」

本当に疲れた。そして、俺は益々《ますます》……引けなくなったのだ。まさか、こんなことになるなんて思わなかったんだ。

全てはあのお方の思《おぼ》し召《め》すままに……と言いまくってたら引くに引けなくなった。

こ、こんな事になるなんて。まぁ、大丈夫だ。これから少しずつ真っ当な道を歩んでいけば問題はないのだ。人間誰しも間違う時がある。

でも、そこからなんだ。少しずつ。

一歩ずつ、間違いから正解に進んでいく。それが人生なんだ。

これまでの人生を振り返っていたら、気づくと俺の部屋なのにベッドにはイルザが寝ていた。

俺は置いてあるソファに座り、夜空を見ている。レイナはそんな俺の隣に座っている。

「すぴー、すぴー、ふぇぇ、お兄様、筋肉、マッソー」

変わった寝言を言っているリトルシスターはさておいて、俺は今後は真っ当に生きることを改めて心に決めたんだ。

「ゼロ様」

「なんだ？」

「ありがとう」

「……なにが」

「いえいえ、色々です」

「ふーん、まぁ、どういたしまして。でもあれだからな。これ以上厄介ごと増やすなよ」

「増やしませんよ。できるメイドですから」

「そうは見えんが」

「とやかく言いますが元はと言えば悪いのはゼロ様ですよ。代行者ロールプレイとか意味わからないことしているからそうなるんです」

「何も言えなくなるからそのカード禁止な」

「いえ、言い続けます」

「勝手にしろよ、でも、俺はこっから真っ当に生きるって決めてるから。まっすぐ、自分の言葉は曲げねぇ」

「ほぇ、流石ゼロ様。カッコいいセリフです。全部終わったら結婚でもしますか？」

「さぁね」

「それがいいのでしましょうよ」

「やだね」

「む……まぁいいですよ。ゼロ様ならいずれ……きっと世界を」

「世界とかどうでもいいわ。普通に生きるしさ。代行者も団長も怪盗とかも、もう飽きたよ」

「そうですか…………ん？　怪盗？」

「ん？　なに」

「一応聞いておきますが……怪盗とかしてました？」

「前に少しな。でもあれだぞ、代行者の方がカッコよかったと当時思ってたからあんまりしてないぞ」

「……なんで怪盗とかしてたんですか」

「ママンの部屋に怪盗グッズが色々置いてあったから」

「……」

「あの人、怪盗とか盗賊マニアなんだよ。あと伝説の書物とか昔書いてたわ。知ってる？　俺が昔編み出したんだけど、紅茶を新品の紙に垂らして火で炙《あぶ》ると古臭い年代物みたいに見えるんだぜ。加工した本とか色々ある」

「……そんなことばっかりしてるから、引くに引けなくなるですよ。お馬鹿さん」

「あ？　こら？　喧嘩《けんか》売ってる？」

「買いますよ」

まぁ、今日はとりあえず寝よう。これ以上こいつに付き合うのは面倒だしな。

俺は中二を卒業して、真っ当に生きるのだ。異世界スローライフを目指すのだ。革命団？六大神？　そんなのはもう知らんわ!!

絶対にいつか辞めてやるわ!!

――しかし、過去からは逃れられない。


「ゼロ様！　悪魔出ましたよ!!　代行者の出番です！　革命団の団員も期待してます!!　ほれほれ！　早く早く!!」

ちくしょう!!　夜遅くに起こしやがって!!

「――全てはあのお方の思し召すままに……」

「流石です！　団長！」

「流石ですわ！」

「流石すぎ、マジ鬼カッコいい」

「ほほほ、流石です。団長殿」

うわぁ、引けないわ!!　これは……

全てはあのお方の思し召すままに……とか言いまくってただけなのに……

あとがき

ここまで読んで頂きありがとうございます。
著者の流石《さすが》ユユシタと申します。ウェブ版から応援をしてくださっている方、
初めて本を取って頂いた方、本当にありがとうございます。
少しでも、皆さんの暇つぶしになれたら嬉しく思います。
今後も頑張っていきたいので、応援をしてくださると嬉しいです。

それではまた!!

神《かみ》の代行者《だいこうしゃ》（自称《じしょう》）
全《すべ》てはあのお方《かた》の思《おぼ》し召《め》すままに……と言《い》いまくってたら引《ひ》くに引《ひ》けなくなった

2025年1月30日　初版発行

著／流石《さすが》ユユシタ

画／卵《たまご》の黄身《きみ》

発行者／山下直久

発行／株式会社KADOKAWA
〒102-8177　東京都千代田区富士見2-13-3
電話 0570-002-301（ナビダイヤル）

印刷所／TOPPANクロレ株式会社

製本所／TOPPANクロレ株式会社

●お問い合わせ
https://www.kadokawa.co.jp/（「お問い合わせ」へお進みください）
※内容によっては、お答えできない場合があります。
※サポートは日本国内のみとさせていただきます。
※Japanese text only

定価はカバーに表示してあります。

ISBN 978-4-04-738235-0　C0093

◇◇◇